网络文学前沿探索丛书

黄发有 主编

"女性向"
网络文学初探

肖映萱 著

海峡出版发行集团 | 海峡文艺出版社

图书在版编目(CIP)数据

"女性向"网络文学初探/肖映萱著. —福州:海峡文艺出版社,2024.6
(网络文学前沿探索丛书/黄发有主编)
ISBN 978-7-5550-3671-5

Ⅰ.①女… Ⅱ.①肖… Ⅲ.①网络文学—文学研究—中国 Ⅳ.①I207.999

中国国家版本馆 CIP 数据核字(2024)第 101220 号

"女性向"网络文学初探

肖映萱 著

出 版 人	林 滨	
责任编辑	张琳琳	
出版发行	海峡文艺出版社	
经 销	福建新华发行(集团)有限责任公司	
社 址	福州市东水路 76 号 14 层	
发 行 部	0591－87536797	
印 刷	福建新华联合印务集团有限公司	
厂 址	福州市晋安区福兴大道 42 号	
开 本	720 毫米×1010 毫米 1/16	
字 数	230 千字	
印 张	13.75	
版 次	2024 年 6 月第 1 版	
印 次	2024 年 6 月第 1 次印刷	
书 号	ISBN 978-7-5550-3671-5	
定 价	55.00 元	

如发现印装质量问题,请寄承印厂调换

总　序

◎黄发有

　　进入 21 世纪以来，网络文学的生产与消费快速增长，新媒体的崛起带来了文学发展格局的变化，网络文学成为贯穿电影、电视、网络游戏、图书出版等产业链条的新兴文化现象。值得注意的是，网络文学研究相对滞后：一方面，一些网络文学研究者的文学理念形成了比较稳定的框架，对新生事物的接受较为迟缓，直接挪用长期形成的印刷文学和纯文学研究模式，忽略了网络文学的特殊性；另一方面，目前从事网络文学研究的学术队伍在数量、质量方面都有欠缺，对网络文学的研究还不够深入，对网络文学整体结构的把握较为薄弱。而且，随着网络文学的社会影响的日益增强，研究者应当加强对网络文学发展的正确引导。

　　作为一个新兴的学术领域，网络文学研究亟待拓展和深化。应该肯定的是，经过一批学人和评论家的辛勤耕耘，这片领地已经渐成气象。从网络文学的概念界定到评价标准讨论，从文学网站考察到网络文学生产机制探究，从网络文学新作评论到网络文学史研究，从网络文学题材类型分析到男频女频解读，从网络文学 IP 传播研判到网文出海观察，从网络文学历史脉络溯源到未来影响评估，从人工智能技术的运用到数字人文方法的引入……网络文学研究遍地开花，活力四射。

网络文学研究不是一块封闭的学术领域，研究者应当具有开放的视野。网络文学作为新生力量正在悄然改变当代文学整体生态，媒介技术革新与文化潮流转换是其生长、发展的时代土壤。同时，汉语网络文学从本土文学传统中不断汲取养料，从外来文化与外来文学中获得启示。在新的文化语境与媒介环境中，研究者不能把网络文学与印刷文学对立起来，不能把网络文学从社会文化潮流中剥离出来，而应该从其与周边世界纵横交错的关系中标识出它在时代坐标中的位置。学术界对于网络文学的描述，简单地贴标签的做法曾经盛行一时，不屑者讥之为“垃圾”，推崇者奉之为新创，两者逻辑如出一辙。在网络文学经历了20余年发展的今天，我们应当具有更大的包容度，研究也应当更加客观，更加理性，平心静气地开掘其丰富性与复杂性。在网络已经深度介入我们的生活的背景下，边缘的网络文学正在逐渐走向主流化，网络文学和所谓的传统文学逐渐融合，和网络完全绝缘的作家与文学新作变得越来越稀罕。在速度为王的时代氛围里，对网络文学的静态分析依然有其合法性，但更应加强的是动态分析，网络文学和不同的文学种类、周边的文化产品处于动态的关系结构中，相互制约、相互影响。

网络文学具有网络性和文学性，具有独特的内部结构与运行机制，作为文化产业中的新贵与商业资本有千丝万缕的联系，作为舆论场中的流量高地具有无法忽视的意识形态功能。因此，网络文学研究不仅仍然需要贴近作品的艺术分析，还需要突破学科壁垒的交叉透视，跨学科的文化研究大有用武之地。近年，一些社会学、新闻传播学、经济学、心理学、人工智能领域的新锐学者对网络文学的研究别出心裁，让我们看到了这个研究对象有可供开掘的巨大空间，这是一座值得我们深入探索的学术富矿。在某种意义上，网络文学对研究者形成了新的挑战，要求研究者更新知识结构，更新研究方法。

出版"网络文学前沿探索丛书"，就是为了及时向学术界推介网络文学研究领域的最新成果，动态呈现具有探索意义的学术轨迹。坦率地说，近年网络文学研究的成果数量激增，多数还是跟踪式的研究，尤其在研究生学位论文方面，低水平重复的现象比较突出，真正具有原创性的成果还不够多。所谓"前沿探索"，不仅要及时关注新进展和新现象，还要有真正的创新和突破，不是浮皮潦草地跑马圈地，而是稳扎稳打地向前推进，能够形成持续的学术积累。另一方面，网络文学研究的学术力量比较分散，交流不够充分。这套丛书的集中展示，有利于增强研究人员之间的协作和沟通，共同为网络文学研究的健康发展奉献力量。这套丛书的作者既有国内的领军学者，也有新锐评论家。如果能够坚持出版的话，希望可以陆续推出更为年轻的新锐学者的著作。网络文学研究要成熟和完善，应当形成一片学术的森林，而不断成长的新生力量是活力和希望的源泉。

是为序。

自 序

　　网络文学研究如今堪称显学，但"女性向"却仍然不是一个不言自明的概念。自1999年夏天桑桑学院开辟"耽美小岛"版块，中国大陆互联网上专门的"女性写作"已经出现了25年，这种写作被冠以"网络言情小说""女频"或"女性向"网络文学等诸种名称，所指的创作实践各有差异。目前的研究大多围绕网络女性写作最主要的三种——"言情""纯爱""同人"中的一支来开展，缺乏将这三种女性写作并置在一起的整体性研究，而这三者之间的联系和相互影响却是如此显而易见、不容忽视，它们分明是从同一块土壤中生长出来的不同枝蔓上的花朵。更重要的是，在文学理论与批评的话语建设中，没有确立一个有效的语汇、概念或专有名词，用来整体性地描述囊括这三者在内的网络女性文学实践。

　　自2013年起，我开始有意识地使用"女性向"一词来指代这三种女性写作脉络中蕴含的网络女性写作趋势。虽然在《劫后余生的异世界幻象图景》一文中，我已经使用了"女性向"这个词，但当时完全是下意识地想要用一个区别于"女频"的字眼，因为彼时在网文资深读者的语境中，"女频"几乎是网络言情小说的代名词。到2013年写作本科毕业论文时，我才真正开始思考：我希望勾勒的这种特殊的女性写作与"女频"到底有何区别。在这篇毕业论文中我第一次将"女性向"定义为"女性在逃离了男性目光的封闭空间里以女性自身话语进行书写的一种趋势，这种书写所投射的是只从女性自身出发的欲望和诉求"。此后，我的每一篇论文都在继续对"女性向"内涵进行阐释和修订，一边使用，一边不断地更新对"女性向"的定义。

　　引领我走向网络文学研究的邵燕君老师，每当面对刚入门的年轻学生，总希望我们能找到一个根植于自身生命经验的核心问题。因为只有这样的问题，对我们自己来说才是真问题，才是会随着我们生命经验的变化而继续延展的，等我们走上学术道路，乃至将其变成职业后，才有可能靠着这种"真"保持激情和热爱，不把学术研究变成一件面目可憎的苦差。我很幸运，在大二下学期就误打误撞地闯进了邵老师的网文课堂，在大四写本科论文的时候就已经找到了我情愿为之探索一生的核心问题——"女性向"，一切都由这一个关键词展开。如何追踪、勾勒这种特殊的网络女性写作？它真有清晰可辨的边界吗？它是如何诞生又为什么会诞生？是什么样的人在创作又是什么样的人在阅读？这个空间中生长出来的文学真的能打破囚禁了全世界女性数千年的父权枷锁、创出一种新的文学来吗？更重要的是，从我个人的生命经验出发，为什么我会对它如此着迷？这种着迷状态折射的是我左近这一代人的哪些文化特性？我们与前代、后代有何异同？我会一直喜欢它、需要一直阅读追随它吗？这些不断从内里生发出来的问题，驱使着我不停地推进着"女性向"网络文学的探索之路，即便已经在这条路上走了十多年，其中部分问题的答案我仍然还没有找到。

　　本书呈现的，多是我在漫长的 11 年大学生涯中积累的思考产物。这些探索虽然"初级"，却也因时间早、跨度长、有连续性与成长性，而具备了某种可供一观的参考价值。于我，这近乎是一场学生时代的总结，它们充满稚气，但也有种初生牛犊不怕虎的生猛劲儿，有后来博士毕业、真正成为一名大学老师/职业研究者的我已经褪去的勇猛。许多表述如今看来非常粗陋，一些早期的观点与后来的判断也有龃龉之处，甚至可以说是"黑历史"。但也如实反映了彼时网络文学的一些现象在我的主观视角下曾经呈现的状况，我尊重彼时自己的感受，也希望凭此重新记起当年的"第一"感觉，不让如今反刍过无数遍的自己扼杀掉最初的那一线灵光。因而即便是"黑历史"，我也尽量保留了这些文章的原貌，只改掉了一些客观上的错误，没有进行系统的修订——若真的这样做，其中的多数文章都应该重写，有的也已经在我的博士论文中被重写、被编织进一个更完整的框架中去了。这样拼凑起来的三辑内容，不免有些零散、不成体系，但作为一种"初探"，也已呈现出网络文学研究的一些可能的面向。

本书的大部分文章都曾在报刊中全文或节选发布过，或收录于一些以书代刊的网络文学研究专刊中。其中，第一辑第一篇《中国"女性向"网络文学的性别实验》曾节选发表于《中国现代文学研究丛刊》2016年第8期，原题为《"女性向"网络文学的性别实验——以耽美小说为例》，收录本书时又根据我的硕士学位论文《"女性向"与"男男爱"——中国网络空间中的耽美性别实验》（2016年6月通过答辩）对一些相关表述进行了补充。写完这篇，我对"女性向"网络文学的定义才算正式确立，后来又在博士学位论文《她的国——中国"女性向"网络文学空间的兴起与建构》（2020年6月通过答辩）中继续探讨孕育、塑造了这种文学实践的"女性向"网络空间。

第二篇《剽悍的"小粉红"：论精英粉丝对晋江"女性向"网络文学的影响》曾收录于《网络文学评论（第五辑）》（花城出版社2014年10月版）。《网络文学评论》是国内最早的网络文学研究刊物，由广东省作家协会、广东网络文学院主编，在2017年正式拿到刊号之前，最早的几期是以书代刊的形式由花城出版社出版的。当时广东作协的杨克老师非常支持邵老师的网文课堂，甚至愿意给课上的本科生提供发稿机会，在此之前已经让我在第四辑（花城出版社2013年11月版）上发表了《劫后余生的异世界幻象图景》，那是我大三时在网文课上成为晋江扫文组的组长后，写出的第一篇晋江年度综述。发在第五辑的《剽悍的"小粉红"》则是我的本科毕业论文。当时我们面临的问题是，在读者的层面上我们这些"读着网文长大的小孩"早已"入场"走到了社群内部，但在行业的层面上却一直保持距离、停留在外部观察，我希望转向晋江文学城的生产机制研究。在邵燕君老师的鼓励下，2013年3月到5月我进入晋江文学城实习，在iceheart站长的大力支持下得以在晋江文学城的各个部门轮岗，了解网站运行的各个环节。直到今天，"女性向"各大平台的生产机制与差异化发展依然是我最关注的研究对象，而这次内部观察催生的《剽悍的"小粉红"》，可以说是迈出的第一步。邵老师对我转向生产机制的研究方向给予了充分的认可，文章立即被推到《网络文学评论》

并迅速得到刊发，对刚刚本科毕业的我也是一种莫大的肯定。2020年《网络文学评论》改为《粤港澳大湾区文学评论》，不再是网络文学研究的专门杂志，但它曾为徘徊在网络文学研究大门之外的我提供了最初的登台机会。

第三篇《数据库时代的网络写作：如何重新定义"抄袭"？》曾发表于《文艺理论与批评》2017年第3期，这篇论文的诞生直接受到电视剧《三生三世十里桃花》播出后引发的原著小说抄袭争议事件影响，原本只是我对这类抄袭事件的一种回应，其开拓的网络文学的数据库写作理论，却成为后来我对"女性向"发展趋势的重要判断和持续观察的方向。第四篇《不止言情：女频仙侠网络小说的多元叙事》曾发表于《扬子江文学评论》2022年第2期，是我对"女性向"小说类型发展史梳理的第一次尝试，目前我计划专门写一本《"女性向"网络小说类型研究》的专著，这将是一个开始。第五篇《中文广播剧进化史：从"为爱发电"到"声音经济"》曾发表于澎湃新闻（2022年3月11日），是与邹梦云合写的。邹梦云是我三次元的朋友里少有的、和我一样的网配时代广播剧爱好者，并且她还深度地参与过广播剧的策划、制作。本来我是不想写关于广播剧的论文的，不希望把除网文之外的第二个爱好也变成研究对象，合作这篇文章的一个主要原因是为了纪念我和她的友谊。

第二辑第一篇的情况上文已经介绍到了。自第二篇开始是2017年的女频综述和此后每两年一次的女频综述，它们都源自北京大学团队集体合作的《网络文学年度作品》和《网络文学双年选》系列榜单。自2015年起，我们就希望建立一个"学院榜"的评价体系，以与"官方榜"和"商业榜"有所区分。前几年的综述是由邵老师、吉云飞（男频组长）和我（女频组长）合作完成的，2017年的女频部分曾以《商业化与原创力的多种可能性——2017年度女频网络文学综述》为题单独发表于《文学报》2017年9月28日第21版。自2018年改做双年选之后，吉云飞和我开始独立撰写男频和女频的综述。我的《"嗑CP"、玩设定的女频新时代——2018—2019年中国网络文学女频综述》曾发表于《文艺理论与批评》2020年第1期；《女孩们的"叙世诗"——2020—2021年中国网络文学女频综述》曾发表于《中国文学批评》2022 年第 1 期;《"大女主"的游戏法则——2022—2023 年女频网络文学综述》曾节选发表于《文学报》2024 年 3 月 28 日第 7 版。这些综述也都作为历年女频卷的序言收录于正式出版的双年选中。

第三辑第一篇《"废柴"精神与"网络女性主义"——"女性向"代表作家妖舟论》的发表情况比较复杂,其中关于妖舟作品《Blood × Blood》的论述曾以《真爱如血:妖舟小说〈Blood × Blood〉中女性的生存与爱情》为题发表于《文艺报》2014 年 9 月 22 日第 2 版;第一节曾以《"废柴精神"也是精神——妖舟笔下的网络一代"小市民"处世哲学》为题发表于《南方文坛》2015 年第 5 期;全文收录于邵燕君主编的《网络文学经典解读》(北京大学出版社 2016 年 4 月版)中。妖舟是我阅读网络小说以来第一位特别喜欢的作家,这篇文章也是我第一次尝试系统性地写作一位网络作家的作品论,因而反反复复修改了很多版本,陆续发表后才最终成文,虽然当时就仍有一些不满足,却实在无力再写。如今看来,当时还是硕士生的我,对文本的解读还多停留在叙事层面,对妖舟作品中的一些潜意识情感结构未能进行更深入的挖掘,也没有能力运用精神分析等理论去处理文本,只尝试做了最宽泛的文化研究式的解读,算是为了引玉抛出的一块砖头。但也是从这一篇开始,我对网络小说文本分析的热情被大大激发起来,此后在年榜/双年选的编写中我每次都会写作其中一两篇作品的评论,也算是逐渐找到了自己的文学批评之路。

第二篇《"男版白莲花"与"女装花木兰"——"女性向"大历史叙述与"网络女性主义"》曾发表于《南方文坛》2016 年第 2 期,与师妹叶栩乔合写。当时因电视剧《琅琊榜》的播出而生发了一组《琅琊榜》评论文章,我们的这篇聚焦于从小说到电视剧进行的一些改编对比,其他几篇切入的角度各有不同,最理想的情况是放在一起对读。

第三辑接下来都是单篇作品的评论。其中,《颠覆"倾城之恋",重写末世文明——评非天夜翔〈二零一三〉》曾发表于《中国当代文学研究》2019 年第 2 期,收录于《中国网络文学二十年·典文集》(邵燕君、薛静主编,漓江出版社 2019 年 2 月版);《"大数据"时代的"反类型"——评风流书呆〈快穿之打脸狂魔〉》曾发表于《文学报》2015年12月31日第23版,收录于《2015中国年度网络文学·女频卷》;《"历史演义"与"东方奇幻"的女频引渡——评非天夜翔〈天宝伏妖录〉》曾发表于《中国文学批评》2018年第1期,收录于《2017中国年度网络文学·女频卷》;《"女性向"大神的主流化之路——评淮上〈破云〉》曾发表于《中国文学批评》2020年第1期,收录于《中国网络文学双年选(2018—2019)·女频卷》;《少年侠气,死生同,一诺千金重!——评好大一卷卫生纸〈见江山〉》曾收录于《中国网络文学双年选(2018—2019)·女频卷》;《时间辗转,唯爱永恒——评微风几许〈薄雾〉》曾发表于《文学报》2022年1月27日第8版,收录于《中国网络文学双年选(2020—2021)·女频卷》;《多重"穿书"的社畜猜心游戏——评七英俊〈成何体统〉》曾收录于《中国网络文学双年选(2020—2021)·女频卷》;《如何建立一个西幻世界——评羊羽子〈如何建立一所大学〉》曾发表于《文学报》2024年3月28日第11版。

在此向《中国现代文学研究丛刊》《网络文学评论》《文艺理论与批评》《扬子江文学评论》《中国文学批评》《南方文坛》《文学报》《文艺报》《中国当代文学研究》编辑部及澎湃新闻、漓江出版社一并致谢。感谢编辑老师们,在网络文学研究的合法性还有待论证的时候就敢于拥抱初出茅庐的新人,在"女性向"等论题面临审核风险时依然顶住压力践行"学术无禁忌"的原则。如果没有你们的认可鼓励和提供的宝贵机会,我也许并不会最终选择学术之路。本书收录于黄发有老师主编的"网络文学前沿探索丛书",并受到山东大学双一流学科建设资助项目、山东大学文学院院立科研项目的资助,感谢山东大学文学院和网络文学研究中心一直以来对我学术方向的支持、包容与慷慨相助,让这本青涩的小书得以面世。

如今,我的"女性向"网络文学探索之路仍在进行,希望在下一部专著中能呈现一场系统性的理论建构与文学史建构。目前我还没有看到这条路的尽头,也希望它永无止境,足以让我追求一生。

2024年5月

目 录

第一辑　网站与现象观察

中国"女性向"网络文学的性别实验

在网络出现之前，中国女性的性别认同探寻已经走过了漫长的历程，如英国女作家维吉尼亚·伍尔夫所描绘的那间"自己的房间"却迟迟没有出现。"女人如果要写小说，就必须有钱，和一间自己的房间"，伍尔夫的这句话，不仅是说女作者要有独立的经济能力和一间实体的屋子，更呼吁她们将社会加诸她们身上的种种歧视、偏见、刻板印象通通挡在房间外面。然而，即使拥有了"五百磅的年金"、一间"自己的房间"，乃至一家"自己的出版社"①，伍尔夫在创作时肉身虽然与房间外面的男性世界隔离开来，心里却始终藏着一位男评委，她的作品最终进入的是以男性为中心的阅读、评价体系。伍尔夫没有真正做到驱逐男性目光，长久以来中国的女性作家也一样无法做到。在与男性共享、以男性文化为中心的文学土壤中，女性的写作不被允许自由地生长，只能被无形的手修剪、规范成男性心目中应该呈现的模样，开

---

① 伍尔夫的作品大多数在霍加斯出版社（Hogarth Press）出版，这是一家由她与丈夫共同经营的私人出版社，起初只有一台手动印刷机，后来规模扩大，从1917年到1946年共出版了527部作品，除了伍尔夫的作品，还有一些他们的朋友的创作。参见［英］维吉尼亚·伍尔夫：《一间自己的房间》，于是译，中信出版社2019年版，第5—6页。

出一朵朵符合男性审美和想象的、温良解语的"白莲花"①。唯有一个真正属于女性的写作空间出现之后，唯有当女作者能够把男评委彻底挡在门外时，那些深埋在根须之下、专属于女性的浪漫激情才能肆无忌惮地破土而出，听从女性内心深处的愿望，滋生出五花八门的各色奇葩。女性如果想要搭建这样一个包括言情、纯爱、同人等各种"女性向"亚文化的"女儿国"世界，其基本前提，正是一间能够彻底隔绝男性的、女性"自己的房间"。

在谈论中国的"女性向"文化之前，我们必须首先探究："女性向"的纯爱书写最初是如何在日本的文化环境中生长出来的？在这种"男男爱"的文化当中，日本女性什么样的需求得到了满足？而在纯爱进入中国之时，中国的女性读者为迎接这股亚文化潮流做好了哪些准备？如果不是这些前置经验的积累，中国女性面对来自日本的"男男爱"，未必会做出如此积极的接受反应。只有当女性对某种欲望的需求被建构起来，之后却又经历了相当程度的压抑、长时间得不到满足，才会使她们如此迫切地需要一个可供发泄压抑、自我满足的空间。互联网媒介的出现，恰恰为中国女性的这些需求找到了一个安身立命的私密空间。而在互联网出现之前，日本女性已经先于中国女性拥有了这个空间，于是，亚洲的"女性向"文化以及其中的纯爱文化在日本率先诞生了。

一、女性空间与"女性向"的诞生

"女性向"一词来自日语，写作"女性向け"，意为"面向女性的""针对女性的"。在日本，"女性向"广义上是一个普泛的商品分

---

① "白莲花"，又称"圣母白莲花"，是网文圈对像大长今这样集真善美于一身的"完美女性"的称呼。20世纪90年代，琼瑶作品《梅花烙》中的白吟霜、《还珠格格》中的夏紫薇等都是最为典型的"白莲花"式女主人公。她们柔弱善良、逆来顺受，对于爱情忠贞不渝，实际上是"男性向"视角下理想女性的化身。参见王玉玊：《从〈渴望〉到〈甄嬛传〉：走出"白莲花"时代》，《南方文坛》2015年第5期。

类标签，譬如专门销售女性产品的"女性向"商场、店铺，为女性设计的"女性向"（女式的）发型等。而在文化消费领域，尤其是在ACG（动画、漫画、游戏）文化当中，"女性向"是一个更加特定的分类标签，主要包括乙女/少女、BL等类型。这一标签的使用始于20世纪50年代，"二战"后ACG文化作为日本的核心产业，迎来了高速发展时期，很快进入了市场细分化、专业化的阶段。1953年，日本漫画大师手冢治虫开始在《少女组》（又名《少女俱乐部》）上连载漫画《蓝宝石王子》（又名《缎带骑士》），并提出要有"面向女孩子"的漫画。《蓝宝石王子》被公认为是第一部少女漫画，其造型特征①和叙述方式（如不规则的漫画分镜边框）后来也成为少女漫画的通用基础。20世纪60年代后半期，日本漫画市场细化完成，"少女向""女性向"这样的漫画分类方式正式确立起来。② 20世纪70年代，随着"女性向"漫画的发展壮大，"女性向"动画也随之兴起，同时兴起的"少年爱"漫画也被纳入"女性向"漫画的范畴。1994年，日本光荣公司推出第一款"女性向"电子游戏《安琪莉可》，成功调动了女性玩家的游戏热情，后来又发展出"乙女（向）游戏"③和"BL游戏"两大脉络。随着女性消费市场的固化和壮大，"女性向"成为日本ACG文化产业的重要分类标签之一，后来逐渐进入大

---

① 如眼珠是"一个大黑丸，里面还有星星。眼睛往上吊，细细的；有刘海儿，脸长长的、平平的"。手冢治虫认为这种造型是"日本女性向往的类型"。参见［日］手冢治虫：《我的漫画人生》，张苓译，中信出版社2010年版，第161页。

② 第一部少女漫画《蓝宝石王子》启发了20世纪50年代一批女性作者的漫画创作，1963年前后，在漫画中发展出了真正的"女性向"少女漫画分支，1966年（昭和四十一年）前后，日后被称为"花之24年组"的少女漫画家们陆续开始创作。因此，夏目房之介认为20世纪60年代后半期发生了第二次漫画革命，"日本漫画已经成功地开发出了面向小学生、初高中学生、大学生、社会人士，其中又分成男性、女性或白领、刚有孩子的年轻家长等等逐一细化的市场"。参见［日］夏目房之介：《日本漫画为什么有趣——表现和文法》，潘郁红译，新星出版社2012年版，第36页。

③ "乙女（向）游戏"是针对女性玩家开发的游戏，形式多表现为一女多男的恋爱养成、恋爱攻略，很多都是对"男性向"一男多女"后宫"模式的"逆后宫"反转。

众语境，用作更为广泛的商品分类标签。

总的来说，"女性向"是一种将女性视作主要受众的文化消费分类。这种文化消费是在日本 ACG 文化的大背景之下产生的，是"二次元""御宅"亚文化的一部分。然而日本女性之所以能够在"二次元"世界中开辟出独属于她们的一片小天地，则要从近代以来日本女性的特殊生存境遇谈起。

1. 日本的女性空间与"女性向"文化

明治维新之后，为了加速日本的近代化、产业化进程，日本社会的公私领域开始分离，日本近代的"家庭性"（尤其是核心家庭）概念及家庭制度逐渐形成。明治二十年（1888）前后，一夫一妻的婚姻制度被确立下来，结婚的一对男女成了"主人"和"主妇"，并确立了"男主外、女主内"的性别分工。从此，以"夫妻家庭制"形态出现的近代日本家长制度逐渐被建构起来，这使家庭的女主人从正经体面的就业机会中排除出去，把女性隔离和幽禁在了一个绝对的私人领域。① 将女性隔离起来的男人们，很可能会认为女性在纯粹的"女人世界"中会变得更加"女人"、更具有阴柔的"女性气质"，甚至会怀着这样的期待，为主妇们提供聚集在一起的机会，以便她们交流生儿育女、相夫教子的家政经验，加强其女性的性别身份认同。然而事实却恰恰相反，在性别单一的"女人世界"中，女性会自然而然地分饰两角，承担起阳刚的"男性"与阴柔的"女性"这两种职责，她们会更晚地产生女性的性别身份认同。于是，日本社会的这种性别隔离，使日本的女性群体形成了一种独特的女性文化。这种女性文化与近代日本的女性获得受教育权、进入女校（或男女同校）接受现代教育有关，而女校的封闭空间，又与整个社会的性别隔离情景存在某种相似性。

日本社会学家上野千鹤子提出了一种"女校文化"的概念，她既用这一概念来形容日本女校的实际状况，又拿它来映射日本女性在日本社会中的现状。上野千鹤子指出，由于女校的女生必须无差别地承

① 参见 ［日］ 上野千鹤子：《近代家庭的形成和终结》第二章第三节"女性史和近代"，吴咏梅译，商务印书馆 2004 年版。

担日常的体力劳动，并在集体活动中发挥统率作用，她们会比男女同校的女生更晚地确认自己的"异性恋"身份认同。女人在有男人在场和只有女人在场的两种情境中，会遵守两种不同的行为规范，二者之间存在一种落差。比如，女校生在外出野餐郊游的时候，会对砍柴、取水等体力活儿进行分工，而男女同校的女生则会推给男生们做。这也许是无意识的表现，也可能是谙熟了性别分工之后有意识的行为。一些"天真无邪"的女性可能会对两套规则的落差毫无知觉，但更多的女性能够习得这种落差，并对此形成"默契共识"，甚至有意识地操纵这种落差，在异性恋制度下利用自己的性别资源——这甚至被视作一种生存技能。① 由于女校封闭空间与日本社会性别隔离的相似性，这种"女校文化"的适用范围，可以拓展到整个日本社会的女性群体。与之对应的是"男女同校文化"，更准确地说是"男校文化"和附属于男校的"异性恋文化"。即使一位日本女性没有进入女校，而是从小在男女同校的环境中接受教育，她在毕业之后仍旧会面临被幽禁于家庭空间的婚后主妇生活，仍旧会在性别隔离中习得这套"女校文化"的"默契共识"规则，只不过经历过女校训练的女性能够更早、更深入地掌握这种技能。

"二战"并没有对日本的近代家庭制度和女性的性别隔离造成太大的影响。战后的 20 世纪 50 年代，由于家庭的电气化和妇女生育子女次数的减少，一些女性开始进入职业场所。然而她们面临的职场道路是困境重重的，根据日本劳动经济学专家柴山惠美子对 1973 年之后女子劳动的情况做出的总结②，20 世纪 70 年代日本劳动力总人口中的妇女比率上升到了 40%，其中 70% 是被雇用的雇员，她们的平均年龄在 35 岁左右，七成是已婚者；女雇员中 70% 集中在第三产业，20% 是非全日制工。这一调查表明，日本女性的劳动呈现出"周边化"（marginalization of women's labor）现象。因此，日本女性在结婚之后，大多仍会主动或被动地选择回归家庭，生存在主妇的小小天地

---

① 参见［日］上野千鹤子：《厌女：日本的女性厌恶》第十一章"女校文化与厌女症"，王兰译，上海三联书店 2015 年版。

② 《日本国民经济白皮书》，1987 年。转引自［日］上野千鹤子：《近代家庭的形成和终结》，吴咏梅译，商务印书馆 2004 年版，第 45 页。

之间——根据上野千鹤子 1989 年在日本女性论坛进行的调查①，在企业工作的"所有年龄段的女性均有一半以上希望进入家庭"，20 岁以下的女性中有 55%的志向是当家庭主妇。

无论是学生时代的女校时光，还是嫁做人妇后的婚姻生活，日本女性日常生活的绝大部分时间，男性是不在场的，"女校文化"在主妇世界继续通行，妻子们遵守着丈夫在场与丈夫不在场的两种行为规范。2014 年热播的日剧《昼颜：工作日下午 3 点的恋人们》向观众展示了日本主妇不为人知的一面：她们早上送走工作的丈夫并完成当天的家务之后，可以有整个白天的时间去与其他男性维持婚外恋情。当然，这只是一个证明日本女性能够过两种分裂生活的非常极端的案例。更多的情况，是像 2016 年的日剧《99.9：刑事专业律师》每一集都会出现的固定场景那样：早晨，丈夫吃着早餐看着报纸，妻子站在旁边，一边做家务，一边不断地提醒他："老公，10 点了！"一旦超过上班时间，丈夫还不离开，妻子就要向他举起吸尘器，要求丈夫腾出地方，别妨碍她打扫房间。当妻子成功地把丈夫赶出家门之后，立即拿出手机查了一下美容院的预约信息，然后带着计谋得逞的欣喜说道："太好了，正好赶上！"② 日本社会畸形的性别隔离，天然地为女性保留了能够过两种分裂生活的空隙，使日本女性因祸得福地获得了一个相对独立的性别空间。"女人早就开始建构无需男人的女人世界了，只不过在你（男人）的视界中成了死角"，"男人知道的，只是男人世界和与男人在一起时的女人"。③

妻子们不只可以过着"两面派"的日常生活，更可以在丈夫缺席的空间里，以性别为中心结成趣缘社群，发展出专属于女性的文化娱乐。19 世纪 70 年代，日本开始实行全民教育，普及识字率，到了 19 世纪 90 年代左右，90%以上的国民都受过至少 4 年的教育，能看书识

---

① 参见［日］上野千鹤子：《近代家庭的形成和终结》，吴咏梅译，商务印书馆 2004 年版，第 56 页。

② 参见 2016 年日剧《99.9：刑事专业律师》第 3 集，17 分 40 秒到 18 分 48 秒。

③ ［日］上野千鹤子：《厌女：日本的女性厌恶》第十一章"女校文化与厌女症"，王兰译，上海三联书店 2015 年版，第 150—151 页。

字。日本女性享有较高的教育和文化水平，女性文化消费市场一直很受重视。早在 1914 年，日本宝冢歌剧团（Takarazuka Revue Company，以下简称"宝冢"）就已经开始以全员女性的阵容组织歌舞剧表演了，剧团的所有成员都是未婚的女性，一旦结婚就必须离开剧团，即"毕业"。全员女性的阵容，意味着在宝冢的舞台上所有男性角色都是由女演员"反串"的，称为"男役"；相对地，扮演女性角色的演员称为"娘役"。宝冢的演出一直以纯洁、正派、美丽为宗旨，"娘役"们中规中矩地表现了日本歌剧的美学传统，而"男役"们却因既有女演员特有的优雅气质和俊朗外表，又表现出十足的"男性魅力"而大放异彩。她们需要经过长期的艰苦训练，平时走路、吃饭、睡觉都会模仿男性的行为。虽然宝冢的观众和粉丝在早期并没有表现出太大的男女比例失衡，但这些"男役"在舞台上表演的男性形象，无疑是专门为取悦女性观众而塑造的，她们甚至比真正的男性演员更能满足女性的欲望。面对如此贴心的投其所好，女观众们常常会为"男役"演员们陷入疯狂的迷恋。台下的女人们突然发现，原来自己不一定非得要把男演员当作欲望的对象，原来女人的欲望是可以自给自足的——不仅如此，由女人创造的"男人"甚至比真实的男人更对她们的胃口。于是，通过像宝冢这样一些小小的"女儿国"世界，女性开始渴求更多由女人自己创造的欲望对象，进而渴求一个不需要再考虑观众席上坐着的男人会作何感想的舞台，让女性的欲望和创造力能够得到更加尽情的释放。当这种渴求越来越强大、越来越迫切，男性观众就真的被渐渐赶出了观众席，于是诞生了"女性向"漫画、动画、游戏。

手冢治虫在谈到《蓝宝石王子》漫画的创作时说："虽然他们演出的不是真人真事，我却借由他们熟悉了全世界的音乐和服装。他们模仿百老汇的歌舞剧与红磨坊的闹剧……我深受感动并且相信那是世上最精致的艺术。"[①] 手冢治虫是在宝冢市长大的，母亲经常会带他去观看宝冢歌剧团的演出。这种女扮男装的演绎方式，以及专门为女性

[①] ［美］Patrick Draz：《日本动画疯——日本动画的内涵、法则与经典》，李建兴译，台北大块文化出版古风有限公司 2005 年版。转引自宁可：《中国耽美小说中的男性同社会关系与男性气质》，南开大学文学院 2014 年博士学位论文。

市场塑造的男女主人公形象，都是促成他后来创作第一部少女漫画的灵感。宝冢的演出风格，最直接地影响了手冢治虫创作少女漫画时的美学风格和人物形象塑造，也奠定了早期的日本少女漫画多围绕女性的恋爱、家族、日常烦恼等主题展开的"女性向"叙事套路。当越来越多对"女性向"的受众们更了解也更感兴趣的女漫画家进入少女漫画的创作行列，"女性向"作为一个独立的漫画分支，越来越壮大起来。

　　除了白马王子式的少女漫画男主角，宝冢"男役"的美少年形象更在一定程度上激发了描写美少年之间情感的"少年爱"漫画创作。纯爱，于是从日本的"女性向"的土壤中生长出来。专门描写美少年之间情感的日本"少年爱"漫画，以"花之24年组"①萩尾望都的《托马的心脏》（1974）为代表，最早出现在20世纪70年代中期。1978年，第一本专门刊载"少年爱"题材的漫画刊物 JUNE 创刊，因此"JUNE"也被当作是"少年爱"漫画类型的代称。这一时期的"少年爱"漫画，无论是分镜、人物，还是台词、独白，都追求一种纯真的唯美风格，因此也被短暂地冠以"耽美"（Aestheticism）——即19世纪末20世纪初流行于欧洲文坛的唯美主义文学的日语译名。1976年，竹宫惠子开始在小学馆的《少女周刊》漫画杂志上连载《风与木之诗》，这部漫画描述了美少年在青春期对同性爱情的冲动，但与之前的"少年爱"作品不同，《风与木之诗》的开篇就是两位美少年赤裸地躺在床上的画面。当时包括"少年爱"在内的所有"女性向"漫画所表现的亲密关系，最大的尺度只到接吻和牵手，《风与木之诗》打破了这一禁忌。1981年，高桥阳一的《足球小将》和安达充的《棒球英豪》分别在《周刊少年 JUMP》和《周刊少年 SUNDAY》漫画杂志上开始连载，这两部以足球和棒球的体育竞技为题材的青春热血漫画，与后来篮球题材的《灌篮高手》（由井上雄彦创作，1990年开始在《周刊少年 JUMP》上连载）一同被奉为日本运动漫的三大巅峰，受到动漫爱好者的普遍喜爱。20世纪80年代初，日本的女性读者中开始出现围绕《足球小将》等热门作品的主要人物展开同人写作，因带有

---

　　① "花之24年组"，即昭和二十四年（1949）前后出生的一批少女漫画家，包括萩尾望都、竹宫惠子、青池保子、大岛弓子、木原敏江、山岸凉子等。

男性同性的情色内容，而被戏称为"YAOI"。随着日本"女性向"消费文化的发展，"TANBI"或"YAOI"作为"女性向"的重要部分，其商业化程度也越来越高。到了 20 世纪 90 年代，这一类型的小说和漫画呈现出高度的符号化、程式化商业特征。这种商业类型的创作，更多地被称为"BL"（和制英语 Boy's Love 的缩写）"。在进入中文语境之后，这些语汇得到了中文圈的广泛接受。①

"少年爱""JUNE""YAOI""BL"……无论采用哪一个称呼，日本的 BL 创作，都与女性的男色消费和欲望满足密不可分。日本女性的欲望满足模式，决定了日本的 BL 很大程度上仍在巩固原有的男女性别模式，因此，日本 BL 的两个男性角色之间，分出了"攻×受"这两种与"男×女"十分相近的性别角色，以性行为中的位置来区分。这与现实的男同性恋关系很少有事实上的联系，主要是女性想象出来的。然而在实际的创作中，"攻/受"之分不仅仅关系到二者在性行为中所处的位置，更隐含着恋爱关系中的性别权力结构。用于标识攻受的"×"符号是不可互逆的，前面的是"攻"，后面的是"受"，"A×B"与"B×A"（如"君主×臣子"与"臣子×君主"）是两个不同的配对，意味着两种截然不同的情感模式甚至价值体系。"攻/受"之分，构成了以日本为源头的亚洲 BL 与欧美的 Slash 文化最显著的区别之一。Slash 即斜线符号"/"，英文同人圈用"A/B"的标识方法，来表示 A、B 两人的（同性）恋人关系。这种同人的二次创作最早出现在美国 20 世纪 70 年代的科幻圈，当时最重要的原作资源是美剧《星际迷航》（1966 年开播）。如今的欧美 Slash 泛指基于流行文本中的同性人物展开的同人创作，是粉丝文化的重要组成部分。Slash 并不存在严格的"攻/受"区分，尤其缺乏日本"YAOI"写作传统中已经极其系统化的攻受文化符号体系。② 当然，这并不表示 Slash 中双方的关系比"YAOI"更加平等，Slash 只是没有一套定型的符号系统而已。进入中文语境之后，日本 BL 中的一些特征被沿袭下来，此后中

① 参见郑熙青撰写的"耽美"词条，邵燕君主编：《破壁书：网络文化关键词》，生活书店出版有限公司 2018 年版，第 173—181 页。

② 参见郑熙青撰写的"攻受"词条，邵燕君主编：《破壁书：网络文化关键词》，生活书店出版有限公司 2018 年版，第 188—192 页。

国大陆的原创纯爱书写很快立足本土，显示出与日本不同的面貌。

2. 中国的女性空间与"女性向"文化

近代以来，与日本女性基本处在一个相对稳定的性别秩序之中相比，中国女性的命运发生了翻天覆地的巨变。20 世纪初，五四新文化运动拉开了现代中国的序幕，影响力渗透整个世纪并延续至今的启蒙思想，建构出了无数个令中国人耳目一新、魂牵梦萦的现代神话："民主""自由""理性""爱情"……"女性/female"作为一个与"男性/male"相对的概念，"女人/woman"作为大写的"人/man"中长久以来被忽视的一部分，终于在自西方舶来的现代性话语体系中，被赋予了一个合法的身份。女性的性别意识开始觉醒，女作家、女学者，甚至女社会活动家、女政治家，开始登上中国的历史舞台，并发出丝毫不逊于男性的动人光辉。五四启蒙赋予了中国女性一个合法的命名，女作者们获得了性别的指认，冰心、庐隐、丁玲、萧红都以女作家的面孔走上文坛，她们的作品在不同程度上显示了女性身上的一些特质：细腻真挚的描写，纯真隽永的情感。然而，这并不足以将她们与同时期的男性作者截然区分，她们讲述的似乎是女人的故事，身后却背负着和男作者一样的"救亡图存""家国天下"命题。她们讲故事的话语和技巧，都显得那么雌雄莫辨；而这些故事本来也不是专门写给女人看的，它们从被写下的那一刻，就已经自觉或不自觉地预设了男性目光的审视。

新中国成立后，随着《婚姻法》的颁布，一场自上而下、由外而内的妇女解放运动轰轰烈烈地展开了。一系列变革措施开始施行，女性享有缔结或解除婚约、生育与抚养孩子、堕胎的权利；她们还被鼓励走出家庭，参与社会事务，享有与男人平等的公民权、选举权；男女平等就业，同工同酬。"男女都一样"的口号，暗示着男人能做到的女人也能做到，男权文化的标准在社会生活的各个方面被毫无差别地套用在了男女两性之间，女性在获得了做"人"的资格的同时，失去了做"女人"的特权。日本社会畸形的性别秩序把女性隔离、幽禁在家庭当中，却阴差阳错地使女性得到了一个借以释放和满足欲望的私密空间。然而在中国，一种截然不同的性别秩序，通过国家政策的施行，召唤着女性走出家庭、走入社会，承担起"铁姑娘"和"贤内助"的双重社会角色。① 经历了妇女解放运动，中国女性被吸纳进社会主义阶级话语体系，成为一颗颗"社会主义的螺丝钉"。她们是革命的"女战士""铁姑娘"，无论是作为客体还是主体，她们的欲望都是不被提及、不被承认的，更不要说释放、满足欲望的空间了。

改革开放之后，社会主义的阶级、性别话语开始松动。20 世纪80 年代，以琼瑶为代表的港台言情小说席卷中国大陆，女性关于性别、关于爱情的浪漫幻想，终于在文学作品中落地生根；女性的个人历史与私密体验，也开始在一些女作家奇观式的"私人写作"中得到展现。但社会主义的单位制度，使中国女性仍过着相对公共的私人生活，"男人视界"的窥视无处不在。即使是琼瑶式的港台言情小说，其出版、引进乃至影视化的全过程，都需要接受男性的审核与规训。琼瑶小说的女主人公往往被刻画为最被男人世界需要、最受男人喜爱的形象，她们温柔美丽、天真善良、莲花般纯洁、圣母般博爱（如《梅花烙》中的白吟霜、《还珠格格》中的夏紫薇）。这绝不是"无需男人的女人世界"天然会追求的理想女性形象，而是当女作者时刻忌惮着那个隐形的男性评委时，才会出现的趋向。一旦女性将男人从评委席上驱逐出去，这类女主角形象就立即被污名化，冠以"圣母""白莲花"的蔑称。随着《后宫·甄嬛传》（作者流潋紫，2006 年②）及后续一系列"宫斗""宅斗""职场""种田"等类型中"反白莲花"作品的涌现，近十年来的"女性向"网络写作中，"白莲花"早已无立足之地，"女性向"开始塑造符合女性偏好的新女主角形象。

20 世纪末，日本的"女性向"分类标签与 ACGN 文化一同传入中国大陆，与此同时，互联网进入中国并迅速普及。网络平台的低门槛设置，使千千万万的女性作者得到了群体性话语表达的机会；而网络媒介的隐秘性和区隔性，又起到了与日本的性别秩序相似的隔离作用，舶

---

① 相关论述参见戴锦华：《涉渡之舟：新时期中国女性写作与女性文化》，北京大学出版社 2007 年版。

② 《后宫·甄嬛传》最初于 2006 年在晋江原创网发布，但连载后在晋江论坛引起巨大争议，后转到流潋紫的私人博客中连载完结。同名小说 2007 年由浙江文艺出版社、花山文艺出版社出版。2011 年 11 月，根据小说改编的电视剧《甄嬛传》首播并受到广泛关注，成为现象级影视作品。

来的"女性向"在中国有了客观的生存条件。而在男性世界里一直努力扮演符合男权中心的审美标准和价值判断的"好女人"的中国女性，先是在20世纪80年代涌入中国大陆的西方思潮中受到了女性主义理论的冲击，又通过网络实实在在地看到了国界之外的女性们开辟出的种种丰富的可能性。长久以来不被认可、不被允许的欲望想象和对另类可能性的追寻，终于到了一个必须要得到疏解或释放的临界点。在这个时刻，既有发展到成熟期的"女性向"文化以日本为中心向整个亚洲地区传播的"天时"，又有互联网在中国各个主要城市迅速普及的"地利"，兼之中国女性已经具有了构建欲望、满足欲望的迫切需求的"人和"。中国女性几乎是水到渠成地接受了日本的"女性向"文化，并且很快建立起一个个以性别为趣缘的网络社群，生发出本土化的"女性向"网络空间。以世界性的媒介革命为契机，中国女性终于找到了那间属于她们"自己的房间"。进入这个"女性向"空间之后，女作者们不再顾忌男人的眼色，关起门来YY，以"爽"为目的，释放欲望、疏解焦虑、自我疗愈。她们开始在男人的眼皮底下，构筑他们看不见的死角。

20世纪末，大量带有同性暧昧情感因素的日本动画、漫画和小说，以及更加直接的纯爱题材，通过中国港台地区的汉化，以地下渠道进入中国大陆。一些动漫爱好者网站或论坛开始转载这些作品的电子版，以筱禾的《北京故事》（1998）为代表的最早一波原创纯爱作品开始在这些论坛里发布。由于早期发布在网上的作品中，纯爱和同人混在一起，同人作品中绝大部分又是纯爱向的，同人和纯爱这两个词被混用了，中国的纯爱爱好者最早被称作"同人女"。1999年夏天，动漫网站"迷迷漫画世界"和同人网站"桑桑学院"合并成新的"桑桑学院"，并设置"耽美小岛"版块，开始专门刊登纯爱作品。1999年11月28日，中国大陆第一个专门的纯爱文学网站"露西弗俱乐部"（以下简称"露西弗"）建立，成为早期中国大陆纯爱爱好者的重要聚集地。进入21世纪之后，中国大陆的纯爱、同人作品开始大量涌现，除了露西弗，还出现了分散于乐趣园、西陆等网络社区的许许多多个版块/站点，如墨音阁、秋之屋、雨之林、白草折、单行道、月夜下、魔宇等。2000年6月，汇集了中国台港地区、中国大陆作者的"鲜文学网"成立，中国大陆作者开始赶上台港作者的脚步。2003 年 8 月，晋江原创网（2010 年更名为"晋江文学城"，后文为表述方便，一律称"晋江"）建立，网站内容包括言情、纯爱、同人，逐渐成为中国"女性向"网络写作的核心阵地。

中国大陆的"女性向"创作，一开始就是在网络上开展的，其阅读传播、读者反应、纸质书销售的生产消费全过程，基本都是通过网络实现的。随着纸书市场的衰弱，网络文学逐渐不再以纸书出版而以 VIP 付费阅读或 IP 改编为创收导向，中国纯爱的生产机制是建立在网络媒介基础上的，文学形态也因此带有更新快、篇幅长、叙事高潮密集、重视读者反馈等网络化特点。在创作资源方面，一开始，中国港台地区和日本是中国大陆"女性向"网络文化最重要的参考资源，然而，经历了长达半个世纪"男女都一样"妇女解放思潮的洗礼，中国女性与被迫偏居一隅的日本女性已经形成了截然不同的性别意识和情感结构——为了取悦女性自己而"反串"的"男役"，与女扮男装替父从军的女将军"花木兰"，性质完全不同。中国大陆的"女性向"读者与日本、中国港台地区的"女性向"读者，站在了不同的起跑线上。中国的纯爱书写，蕴含着中国女性更为复杂多元的本土化诉求。

不仅如此，中国"女性向"和纯爱网络文化的主流受众是"80后""90 后"乃至"00 后"女性，她们是网络一代，更是备受宠爱的"独生女一代"①；随着《婚姻法》的改革和婚前财产分割相关规定的推行，作为家庭唯一的后代以及财产的合法占有人，她们还会是前所未有的"女继承人"一代。因此，这一代的女性，不仅可以实现经济独立，更可能有足够的经济实力成为文化消费市场的主力。在消费主义的时代，女性市场正越来越受到重视，甚至逐渐成为消费文化的主流。与日本女性被迫幽禁在自己的小天地、很难突破死角进入"男人视界"的处境不同，中国"独生女一代"主导的边缘文化，完

① 1980 年 9 月，中央发表《关于控制我国人口增长问题致全体共产党员、共青团员的公开信》，提倡一对夫妇只生育一个孩子，"80 后"成为中国第一代独生子女。此后的"90 后"乃至"00 后"，都是网络时代的独生子女。2015 年 12 月 27 日，全国人大常委会表决通过了《人口与计划生育法修正案》，2016 年 1 月 1 日起正式实施全面二孩，至此结束了中国的独生子女时代。

全存在向"主流"文化发起"逆袭"的可能性。

二、纯爱配对模式的性别实验

在中国，女性的确被赋予了一些与男性等同的权利，但她们在选择成为像男人一样的"人"的同时，又不得不兼顾"女人"的性别角色。社会的不同阶段，根据劳动力市场需求的变化，女性在"人"与"女人"两种社会角色之间来回跳转。双重的社会角色与生命体验，构造出双重的情感需求，女性既需要作为"人"在社会公共领域受到个人价值的肯定，又渴望作为"女人"得到美满的爱情和婚姻。然而现实却是，她们一面被"妇女能顶半边天"的口号鼓励着积极上进，一面在与男性竞争的过程中，不断被泼"读得好/干得好不如嫁得好"的凉水。当网络一代的中国女性进入了互联网的"女性向"私密空间，便不再有与男人对话的必要了。比起起不到任何实质作用的声讨埋怨、口诛笔伐，女性更倾向在这里进行自我鼓励、自我嘉奖，兑现那些社会曾经许诺她们的奖赏。

最初，与宝冢的"女儿国"世界类似，在进入"女性向"空间之初，中国的女作者们也是以满足欲望为目的，在网络言情小说中创造了一个个类似"男役"这样最能取悦女人的男性形象。然而，女人扮演的"男役"，越是天衣无缝地伪装成男人，越是巩固了原有的性别偏见。女性用来实现欲望满足的完美男性形象，其标准仍是由"男人世界"划定的。中国的"女性向"书写渐渐不能满足于此。这时，纯爱的"男男爱"正因其"攻/受"的性别角色划分有着与"男/女"模式既相似又不同的张力，成为用来在"女儿国"世界里重新划定完美"男人"或者"人"的理想标准的最佳性别实验模型。正是在这个意义上，书写"攻"与"受"之间"男男爱"同性爱情故事的纯爱，成为一种非常重要的性别实验方式。

中国纯爱虽然沿袭了日本的"攻/受"之分，却不仅仅将它当作原有男女性别模式的复现。其实"攻"和"受"除了性行为中的位置区分之外，都只是恋爱关系中两个无差别的"人"。女作者透过设定两个男人在各种情景下进行的爱情实验，看到的实际上是两个"去性别本质主义"的"人"的另类可能性。与其说纯爱写的是两个男人，不如说是两个由女人扮演的"男人"或中性的"人"。因此，女性在文本中扮演的"攻"或"受"，不同于日本宝冢舞台上比"男人"还"男人"的"男役"，他们身上的"男性气质"与"女人味儿"所占的比例，发生着微妙的变化。自1998年最早的一批作者开始写作以来，由于爱好者群体的部落化、圈子化特征，中国大陆原创纯爱的"攻受"配对模式整体来说并没有一个十分清晰的由保守到激进的演化过程。但如果撇去类型元素成熟之前不成体系的零星尝试，在进入收费时代后，在主流的类型化、潮流化商业写作中，还是能大致看出一种趋势——从"强攻弱受"到"强攻强受"再到"美攻强受"。这里的"强"和"弱"，不仅指"攻""受"双方各方面的能力，更与两人在恋爱关系中的心理定位有关，因此这3种配对模式也不能简单地以恋爱双方的平等或不平等来考量，而是一个更加复杂的心理结构。

受到日本少女漫画的影响，早期的中国大陆言情作品出现了"傻白甜"①的女主角形象，与之对应，纯爱小说中也出现了很像言情"傻白甜"女主角的"娘受""平胸受"（平胸，即除了没有胸之外与女人没有什么区别）。一旦意识到"小受"无论如何也是个男人的事实，这种从言情女主角到纯爱"小受"简单粗暴的嫁接，很快就被读者和作者摒弃了。但在一段时间里，"小受"仍带着较强的男女性别传统中女方的特征，呈现出"强攻弱受"的配对特征。

以流水无情的《明月照红尘》②为例（露西弗，2006年4月），这部小说与同一时期瑞者的《过期男妓》（露西弗，2006年5月）、

---

① "傻白甜"是指网文、影视作品中某一类天真、迷糊、没有心机的女性形象，因为无知到近乎"傻气"与"白痴"而被略带鄙视地统称为"傻白甜"。"傻白甜"最常出现在"霸道总裁爱上我"的"总裁文"中，与"霸道总裁"组成配对，构成早期言情小说最经典的男女主人公配对之一。

② 2006年4月16日，流水无情开始在露西弗俱乐部连载《明月照红尘》，并于当月23日开始以"流水潺潺"的ID在晋江原创网同步更新。该小说于2007年8月14日完结，2009年1月纸质书《明月照红尘（上、下）》（作者：流水潺潺）由台湾威向出版社出版。

轩辕悬的《楚楚》（露西弗，2006 年 7 月）的主角"受"都是古代的小倌（男妓），这几部作品的传播带动了"小倌文"子类型的小小风潮，后来在读者圈被公认为是早期的经典作品。这类"小倌文"常常会把古代的男妓或现代的 MB（Money Boy）写成主角"受"，而不是主角"攻"。"小受"由于职业身份的限制，一般都长相清秀、外表柔弱，带有较强的"女性气质"，而"小攻"的"男性气质"则更为明显，通常是看似风流却正直善良的富贵公子或江湖侠客，经常扮演"小受"的拯救者角色。

《明月照红尘》的主角"受"是沦落风尘的小倌青珞。他出身不幸，在青楼摸爬滚打到了二十出头的年纪，在小倌当中算是已经"年老色衰"。为了不让在青楼做杂工的弟弟阿端遭遇同样的命运，青珞顶着老鸨的威胁，想尽办法赚钱。恰在此时，京城公子林子骢包下了他，青珞见林子骢花了大价钱却并不贪图他的身体，便以为是遇见了真心对他的良人。就在青珞正要对他托付真心时，林子骢竟带着阿端私奔了。原来林子骢包下青珞，只是为了以他为跳板接近阿端，他非但不爱青珞，还嫌弃他寡廉鲜耻、为了金钱牺牲色相。到了京城之后，阿端思念哥哥，林子骢就让表弟游侠荆如风去接青珞前来团聚。青珞本已心灰意冷，但又担心阿端在林家被林母欺负，就跟着荆如风到了京城。看似刻薄贪财、自私自利的青珞，实际嘴硬心软、善良重情义，不仅为阿端挡下了林母的非难，还在林家遭难之时挺身而出。将这一切看在眼里的荆如风爱上了青珞，最终，两人共同克服重重阻碍，有情人终成眷属。

之所以选择《明月照红尘》作为例子，是因为在这个文本当中"林子骢×阿端"与"荆如风×青珞"这两个配对，恰恰形成了最典型的和不典型的"强攻弱受"的一组对照。相对来说，青珞看似柔弱，却自有其坚韧，并不能算是"平胸受"。他虽然为生活所迫沦落风尘，却并不因此破罐子破摔看轻自己，心中始终坚守着弱者的道德底线，即使是蚍蜉撼树，也要拼尽全力保护身边在乎的人。荆如风在第一次见面时对青珞还抱有偏见，但很快就发现他并不像表哥说的那样不堪。经过一段时间的相处，荆如风看到了青珞淤泥包裹之下片尘不染的赤心，因此他对青珞的爱护、疼惜并不是出于同情，而是在心灵层面上把青珞放在了同样的高度，以一个平等的身份去发现他身上的闪光点，敬他、爱他。虽然无论从财力、武力，还是从感情关系中的主被动来看，都是荆如风强、青珞弱，但由于两人的精神地位是较为平等的，"荆如风×青珞"这一配对的强与弱，指的只是表面上"男性气质"的多与少。

同样是"强攻弱受"，在"林子骢×阿端"的配对关系中，林子骢是将阿端拯救出青楼、带给他全新生活的英雄，后者怀着一颗感恩的心接受了前者的赐予，这样的心理定位从一开始就造成了一种不对等，他们之间的强和弱是深入到精神层面的。这段感情的基础并不那么牢固，林子骢之所以会爱上阿端，是因为他误以为阿端是那个曾在他遭遇劫匪袭击、重伤逃亡时救了他的好心人，对阿端百般疼爱也是带有报恩的性质。当林子骢发现真正的救命恩人竟然是他一直看不起的青珞时，便产生了"爱错了人"的想法。他把自己的爱情和恩情等同视之，当阿端不再是他的报恩对象，他对阿端的疼爱就成了单方面的恩赐。要不是此时的青珞已经与荆如风互通心意，林子骢很可能就此变心，对阿端始乱终弃。在阿端心目中，林子骢就像天神一样：

> 那时候我觉得日子那么难熬，总盼着有个人出现，把我从苦难中解救出去……后来我就遇见了你，你在我心里就像天神一样，你不嫌弃我出身微贱，你不在意我生为男身，受欺负的时候你会为我出头，遭逢危难的时候你愿意保护我，从来没有人像你待我这般好。所以我心甘情愿地跟着你，你说一我不会说二，你叫我往哪里走我就会往哪里走，完完全全的相信你，甚至胜过我哥哥！因为你在我心里，是那么完美，是个英雄，是个神。①

在这段由一方压倒性地笼罩着另一方的感情关系中，林子骢是传统家长制度下的男主人，而阿端则十分卑微地把自己放在了理应安分守己的小妾的位置，对林子骢三从四德、百依百顺，双方从外在到内心都是"强攻弱受"。然而《明月照红尘》这部小说最难得的地方，

---

① 《明月照红尘》第 70 章。

就在于这个看似"傻白甜"的"弱受",在文本后半部分竟然发生了转变:当阿端发现林子骢为了保住自己的荣华富贵,不惜与奸人为伍,甚至牺牲表弟荆如风的性命时,他心中的"英雄"神像坍塌了,阿端第一次扳开了林子骢的手,宁愿一无所有,也要决不回头地离开他。小说的结尾,林子骢终于浪子回头,站出来自述罪行,证明了荆如风的清白。最终林子骢被判抄家、流放,阿端却在此时选择回到了他身边,坚持与他一起去岭南吃苦。到了这一步,林子骢对阿端不再是挟恩俯视,阿端对林子骢也不再是崇拜仰望,两人终于站在了平等的位置,决定权、主动权甚至移交到了阿端手上。至此,这对"攻受"的"强弱"也变得只与最表层的"男性气质"相关。

阿端的成长,在"强攻弱受"这种配对类型的演化过程中是非常有代表性的。在"平胸受"被边缘化之后,纯爱作品中很难再有真正从头至尾一弱到底的正面"小受"形象,这也预示着"强攻强受"成为一种更容易被接受的配对模式。

如果说早期的"娘受""平胸受"就像是女作者刚开始摸索着扮演男性时露出的蹩脚破绽,那么在积累了一定的模仿经验之后,女性很快就掌握了更像"男人"的演出方式。"小受"变得不那么"娘",他可以和"小攻"一样具有"男性气质",纯爱的主流开始转向"强攻强受"(简称"强强")模式。所谓的"强强",并不一定是双方的各方面能力全都旗鼓相当,也可以是"攻""受"各有所长,并能因此实现足以与对方持平的个人价值。比起拯救者和被拯救者,"强强"配对的两个人更像是一对彼此信任、并肩作战的伙伴。在这段感情中,占据主动地位的未必是"小攻",而无论是由哪一方主导,另一方都有对话、选择、成长,甚至"反攻"("攻受"在性行为中角色发生倒转)的权利。

以非天夜翔的《二零一三》为例(晋江,2011),这部科幻类型的小说讲述了2012年末丧尸病毒在世界范围内暴发,人类展开大规模保卫战,两对恋人在"末世"浴血求生的经历。由于小说不仅着眼于"末世"中相依为命的爱情,对丧尸围攻下不断沦陷的城市景象、末日浩劫中暴露的人性百态以及军队对抗丧尸的惨烈战斗场景也描写得入木三分,这样"铁血"的描写,在"女性向"作品中并不多见,因而立刻在读者中引起剧烈反响，成为"末世文"代名词式的经典之作，并且掀起了晋江 2011—2012 年的"末世文"风潮。

《二零一三》的两位主角蒙烽和刘砚从小一起长大，高三时表白、相爱。高考后，蒙烽依照父亲的意愿入伍当兵，刘砚则考入大学，他们约定退伍、毕业之后再在一起。然而经历了漫长的异地分离，当研二那年蒙烽退伍来找刘砚时，两人却发现时间已经把他们的爱情消磨得所剩无几。就在他们和平分手一个多月后，全球性的丧尸病毒突然暴发，两人惦记着彼此的安危，在混乱中重新走到了一起。在抵御丧尸的过程中，蒙烽退伍士兵的体能优势发挥了极大的作用，而刘砚是机械设计院的高才生，懂得制造炸药、改装机器、操作高科技武器。两人凭借超出常人的技能优势，不仅在"末世"中杀出一条自保的血路，还加入了最前线的特种部队，背负着人类最后的希望进行艰苦惨烈的战斗。最终，他们成功消灭了丧尸病毒的根源，拯救了全人类。

毫无疑问，"蒙烽×刘砚"这一配对的双方，无论在体能、智力还是道德方面，都是超出常人的"强"，然而这种"强"只有在"末世"的背景下才得以突显出来。如果没有丧尸屠城，他们只是平凡生活中一个找不到工作的退伍老兵和一个普普通通的设计院工程师；如果不是这次灾难使二人重聚，他们已经像所有逃不开七年之痒的情侣那样被时间分开，不再有相爱的可能性。正是"末世"的背景，使他们"强攻强受"的属性被最大化了，他们才有机会施展各自的才能：

> 我感觉就像是重新认识了蒙烽，以前从来不知道他是这样的人。或许这才是真正的他，内心无畏，热血，不再是那个找工作四处碰壁、一事无成的人。
> 或许生不逢时这句话是对的，他不适合卖保险。①

> 他一直很在意自己没有能力给我一个好的环境，让我过好的生活……他想证明自己的价值，退伍开一家公司，像张岷那样。

① 《二零一三》第 10 章。

或者做出一番大事业。不想当个庸庸碌碌的上班族，更不想当个买菜做饭的小男人。

其实这些我从未介意过，也没有嫌弃过他。

况且人不经过磨砺怎么能发光？强大的经济帝国第一块基石，往往就从卖保险与推销开始。当然我没有告诉他我的想法，蒙烽只会说：他根本不是卖保险和当售楼先生的料。

这些都已经不重要了，整个世界的沦陷成全了我们的爱情，然而状况已有改变，等到丧尸潮结束后呢？蒙烽或许还是得去卖保险。①

刘砚想通了不少，从前他们吵架生气，觉得蒙烽不上进，是因为他从来没有去尝试着做过什么，那种日子令刘砚觉得很消沉，仿佛不知道未来的出路在何处，只害怕蒙烽一直无所事事，虚度他的一生。

这不仅仅对刘砚，更对蒙烽自己来说，也是一件相当残酷的事。

而如今他用血肉之躯证明了自己那英雄的情怀，别的都不再重要了——就算拿到英雄勋章后，继续回去推销保险，刘砚也会记得，这是一个曾经当过英雄的客户经理，知道自己没有爱错人。想起哲学课老师说过的话：证明自己活着，一生中仅仅需要一次机会，一枚钻石就算再次蒙尘，起码我们都能永生铭记，那璀璨光芒爆发的瞬间。②

在"末世"中出生入死、并肩作战的经历，拯救了他们的爱情；换句话说，是"强强"属性的展现，为他们的爱情提供了原动力。这一方面是弱肉强食的都市丛林法则在小说文本中的内化，一方面也传达了"女性向"受众对完美男性形象的更高标准，只有强者才有资格谈高质量的恋爱。另外，和非天夜翔笔下所有的"强强"配对一样，

---

① 《二零一三》第 26 章。
② 《二零一三》第 55 章。

蒙烽和刘砚身上残留着一些男女模式的惯例。蒙烽有时候甚至会称刘砚为"老婆",当他们的朋友临死前将一对钻戒留给他们时,也是由蒙烽佩戴男式、刘砚佩戴女式。小说虽然是第三人称叙述,但主要的切入视角是刘砚,在他看来,蒙烽的形象是这样的:

> 他的眉毛很漂亮,浓眉,眼睫毛也浓密且黝黑,鼻梁高挺……健壮的古铜色肌肤在漫天星河的微光里强壮而温暖……铁铸般的男人健壮身躯上混着逐渐愈合的伤痕与不明显的泥污,显得十分性感。
>
> 他侧脸很英俊,然而比起许久之前,似乎多了一种不一样的气质——军人的气质。天生我材必有用,追逐梦想与实现自我的情怀。
>
> ……
>
> 这样的眉毛,这样的嘴角,一副"老子天下无敌"的表情,一副"你们都得听我的"姿态,一副"我现在很忙给你三分钟说完快滚蛋"的……

在刘砚眼中,蒙烽浑身散发着浓烈的男性荷尔蒙,与传统想象中更具"男性气质"的"攻"形象十分吻合。而刘砚在战斗中炸丧尸、杀叛徒、跳飞机,有勇有谋,理智果断,战斗力其实完全不逊于其他士兵。但透过蒙烽的视角,看到的仍是一个书生的形象:

> 他坐在高脚椅上,穿着笔直的西裤,干净的衬衣扎进裤腰内,领下锁骨若隐若现。上午的阳光从天窗投进来,照得他的眉毛、睫毛笼了一层细腻的白光。
>
> ……
>
> 从那一天逃亡开始,刘砚就不得不面对种种逃生难题,高强度的劳作与机械操作令他不再像念书的时候,那时他皮肤白皙,如今则是健康的小麦色,身上肌肉匀称,虽不像蒙烽强壮具备爆发力,却隐约也像个户外运动者。

作为"攻"的蒙烽武力值更高,长相和体型都更有原始粗犷的"男性魅力",感情的表达方式也更加简单粗暴;而作为"受"的刘砚主攻智谋，外貌特征偏向英俊、纤细型，在感情处理方面也更细致。这种倾向在同一时期的许多纯爱"强强"作品中均有体现，无论这些"受"如何强大，他们身上仍然会保留部分的"女性气质"，如长相清秀、傲娇①、心软、脸皮薄等。这在一定程度上沿袭了传统男女性别的一些刻板印象，"攻/受"的定位仍与传统的丈夫与妻子之间男主外、女主内的模式很相似。从这个角度上讲，纯爱的"强强"与塑造一个强大女主的言情"女强"，并没有本质的不同。

当然，这种刻板印象的残留，并不影响"蒙烽×刘砚"这一配对的"强强"性质。对外他们是配合默契的战斗伙伴，对内他们有各自的坚强和软弱。当遇到分歧时，矛盾、争吵也是家常便饭。在成功说服对方之前，谁都不会轻易改变原则、做出妥协。在恋爱关系中，虽然蒙烽看起来更主动一些，但真正掌握决定权的，更多时候是刘砚——在两次生死攸关的绝境中，蒙烽为了让刘砚有更大的求生希望，都选择独自走向死亡的危险，是刘砚想尽办法回到他身边，坚持要两个人一起走下去，才获得了化险为夷的生机。

当"强强"这种相对平等的模式发展到一定程度，"受"身上的"女性气质"越来越弱化，甚至出现了在"男性魅力"上超过"强攻"的"强受"。以晋江另一位与非天夜翔分量相当的"女性向"大神作者 Priest 为对照，她笔下的许多"受"角色，都是比"攻"更加强势，或至少是难分伯仲的。如《大哥》（晋江，2013）中的魏谦，"十三四岁没爹没娘，带着个拖油瓶小妹妹，艰难地生活，还捡到了死皮赖脸缠上了他的一个流浪儿，起了个名叫小远"②。魏谦不仅小小年纪肩负起一整个家的重担，把捡来的弟弟魏之远养大，更是魏之远的事业乃至人生的领航者。虽然作为"强攻"的魏之远长大后成为一个有能力、值得依靠的男人，但仍改变不了作为"强受"的魏谦曾在魏之远的成长过程中，扮演过介于父亲、兄长、老师之间的角色。"攻"和"受"只是依据他们在性行为中承担的角色做出的划分，无论是长相还是行为方式，都很难说这两个角色谁更有"男性气质"，或是谁更

---

① 傲娇，指的是平常说话带刺态度强硬高傲，但在一定的条件下害臊地黏腻在身边的人物的性格，常用来形容恋爱形态。

② 晋江文学城连载版《大哥》文案。

"强"一些。如果一定要仔细分辨，那么是魏谦拯救了魏之远，而魏之远在魏谦肩上的担子实在太重、压得他心身俱疲时为他提供了一个家、一个港湾。在他们之间其实是"受"扮演了传统男女模式中在外打拼的丈夫角色，"攻"则更像是出得了厅堂、下得了厨房的"贤内助"。

这种无法与"男/女性气质"对应，甚至颠覆了男女刻板印象的"攻受"模式出现，并逐渐成为另一种能够被普遍接受的"强强"。经过了"强攻弱受"和"强攻强受"两个阶段的训练，女性作者和读者开始意识到，所谓的"攻/受"，与"男/女"或"男/女性气质"并不应该——对应、混作一谈。一种"去性别本质主义"的诉求和尝试开始上扬，于是"美攻强受"的配对模式迎合了这一需求，开始成为纯爱性别实验的一种新趋势。当然，一些作者在最早期的创作中已经零星尝试过类似"美攻强受"的写作，到2014年以后，这类作品才逐渐多了起来。虽然"强强"在纯爱写作中仍相对更主流，但也出现了将"美攻强受"发展得极为成熟的作品。

以墨香铜臭的《魔道祖师》（晋江，2015—2016）为例，这部古代背景的架空奇幻小说，以魔道祖师魏无羡为核心人物，讲述了他重生之后解开重重谜团、洗脱前世杀人无数的"魔头"罪名，并与正派道长蓝忘机终成眷属的故事。小说中，蓝忘机容貌出众，"瞳色极浅、淡如琉璃"，"素衣若雪，气度出尘"，与哥哥并称姑苏蓝氏美男子的"双璧"，是个不折不扣的"美攻"；而魏无羡是威震江湖的魔道祖师，堪称"强受"中的"强受"。在此之前，从"强攻弱受"到"强攻强受"，不变的是"强攻"，小说往往会不自觉地以强势、主动、孔武有力等"男性气质"为标准来塑造"攻"。然而《魔道祖师》中的蓝忘机，却不是一个典型的"强攻"。他虽然会在魏无羡遭到名门正派误解、攻击、身受重伤之时挺身相护、不离不弃，照例承担起了"攻"的守护者角色，却也同时是个恪守礼节的名门高士，不擅长情绪表达，在感情方面更是十分被动。蓝忘机的人物形象带有明显的

"冰山""无口"等"二次元"设定标签,① 在与魏无羡的互动关系中,美貌的蓝道长常常处于被表白、被调戏、被撩拨的一方。虽然是他动心在先,但上一世魏无羡还活着的时候,蓝忘机直到魏无羡重伤垂危才向他诉说心意,却因魏无羡神志不清,而未能成功地将心意传达;第二世魏无羡重生之后,蓝忘机从未再次表白或确认对方的态度,如果不是通过他人的转述,或许魏无羡活了两辈子都无法得知,原来蓝忘机心中有他,原来他曾为自己付出过那么多。

"美攻"的形象,并没有否定其"男性气质",只是在这个评价系统之中,增加了一个看似更"女性化"的审美标准,从而把"美攻"变成了一个欲望客体。纯爱终于从传统文学艺术的"男性窥视",转向了真正的、彻底的"女性窥视","受"可以用欲望、审美的眼光去看待"攻"了。这一细微的改变,宣告了女性对"完美男性"或那个中性的"人"的审美功能的诉求,为女性耽于"美"正名——她们喜欢的是耽"美"而不是耽"丑"。既然男人们可以对女性的外表评头论足,那么女人为什么不可以高呼"颜值即正义"?为什么不可以"肤浅"地爱看脸、看身高、看"花美男"?

与此同时,和"美攻"配对的"强受"则需要承担起更多的"男性气质"。小说中魏无羡在感情方面是个彻底的主动派,直来直往、敢爱敢恨、百无禁忌,即使刀架在脖子上也不耽误他谈情说爱,因此被读者戏称为"撩妹技能 max"(即泡妞水平非常高超)。在扮演这样一个"受"的角色时,从小被当成儿子养大的独生女们,一方面可以像她们受教育时被要求的那样无限上升,甚至强大到以一人之力对抗世界,而不必担心被冠上污名化的"女强人""女博士""灭绝师太"等称号;另一方面,又能使出浑身解数去追求自己心仪的对象,不必忍受主流社会对"女追男"设下的种种价值判断偏见,最终获得个人价值与爱情的双重圆满——在扮演"强受"时,"读得好/干

---

① "冰山",指人物像冰山一样高傲冷漠、难以接近。"无口",指人物像是没嘴,沉默寡言、不爱说话。"冰山"和"无口"都是"二次元"常见的萌属性,后者更多地用于女性人物;二者也是"女性向"网络小说尤其是纯爱小说的常用人设属性。"冰山""无口""面瘫"等属性常常会组合出现,打上这些标签的人物往往感情内敛不擅表达,但内心火热,偶尔也会有"冰山"爆发的瞬间。

得好"终于和"嫁得好"一样重要了。"美攻强受"的设定，使"攻"更加"女性化"，"受"更加"男性化"了。"攻"和"受"作为恋爱关系中的两个平等的"人"，他们身上其实本来就不存在任何固有的设定，只是女作者们刚开始下意识地把男女模式套用在了"攻受"身上。随着性别实验的推进，这些僵化的属性一点点被抹除了，女性扮演的那两个"男人"或"去性别化"的"人"越来越"雌雄同体"，对于性别的刻板印象被打破了。

三、"女性向"文学实验与"网络女性主义"

通过"攻受"配对模式的种种性别实验，关于"男人"和"女人"的刻板印象被打破了，社会"主流"固有的性别秩序也在一定程度上被颠覆了。这种"去性别本质主义"的实践是网络一代女性的性别意识在网络文学的投射，它是在"女性向"的书写空间中通过欲望满足的方式实现的。这些实践不直接宣告与外部秩序的对抗，而只是女人们关起门来进行的 YY。但当它积累到一定程度，甚至成为"女人世界"的约定俗成时，虚构的文学设定就可能孕育出冲破壁垒、与"男人世界"的性别秩序对抗的力量。正是从这个角度看，纯爱所蕴含的女性主义革命性，与互联网新兴的"网络女性主义"殊途同归了。

纯爱乃至整个"女性向"网络文学所酝酿的女性主义革命是静悄悄发生的。几乎没有一个网络女性作者是举着"女性主义"或"女权主义"的大旗进行创作、公然与男权社会的书写传统叫板的。恰恰相反，由于纯爱、同人等类型的敏感性，作者和作品都以接近"地下文学"的隐蔽程度保持低调，自觉且安分地遵守着灰色地带的游戏规则。纯爱作者和读者也并不试图以亚文化社群的共识，去与"主流"文化进行直接的对抗，她们在两套价值体系的缝隙之间，寻找着可能的突围和融合。但这种性别实验的力量不可小觑，一旦女性接受了新的性别模式，就很难再退回去。这种亚文化群体形成的共识，会时不时地以热门作品的滞后性流行等方式入侵大众视野，甚至在越来越多网络一代年轻人的文化生活中成为事实的主流。

在"女性向"网络文学的革命路径之外,网络一代的中国女性,还在互联网的公共空间中进行着"网络女性主义"的实践——这种女性主义并不那么重视理论建构,而是实时针对在网络上传播的一桩桩具体的性别歧视事件或女性的生存困境(如婚姻问题、财产问题等)迅速发表看法,并形成一定规模的深度讨论,以造成指向现实的舆论影响力。

"女性向"的性别实验与"网络女性主义"的实践,可以看作是分别从网络私密空间与网络公共空间的土壤中生长出来的两条相互缠绕的藤蔓。虽然"网络女性主义"所讨论的性别话题未必会立即反映在"女性向"网络小说的创作和性别实验当中,但这两种实践共同孕育了一种民间的、自发的女性主义文化。这种女性主义文化,不是国家政策的强制规定,也不是西方女性主义理论的启蒙灌输,而是自下而上、由内而外、潜移默化的。这种文化培养了网络时代的新型女读者和女作者,使她们的性别观点发生了质的扭转。因此,这种女性主义文化不仅在纯爱的"攻受"模式中有所体现,更使言情作品的人物塑造发生了某种转向。

长久以来,言情小说很难合法地建立类似的"男弱女强"模式,对于女性读者来说,"男弱女强"毫无现实指向性,看起来更像是一场游戏性质的报复,即使有过"女尊男卑"的潮流,也如昙花一现般迅速消弭了。然而2015年末,根据同名小说①改编的网络剧《太子妃升职记》,却捧红了一个受到无数女性观众热爱的"男性化"女主角"芃哥"。《太子妃升职记》讲述了现代男青年张鹏穿越到架空的古代社会,成为太子妃张芃芃,并从太子妃一步步做到皇后、太后的"升职"历程。借助"男穿女"的设定,女主角张芃芃身上的"男性化"特质获得了合法性。在她还未能接受自己的"女人"身体时,张芃芃逛青楼、泡婢女,在网络剧刻意呈现的画面里,展现出与男同性恋对应的女同性恋关系中"攻"的角色魅力。当她认同了自己的"女性"身份后,则在与丈夫的互动中表现得非常主动,同样"攻气"十足。女性观众们爱的正是这样"撩妹技能 max"且"攻气"十足的女性张芃芃,双重性别的混合体,使她变得充满魅力——如果换一个性别,穿越前的张

① 鲜橙的小说《太子妃升职记》于2010年8月开始在晋江文学城连载。2012年4月,纸质版《太子妃升职记》由万卷出版公司出版。同年8月,网络版正文及番外完结。

鹏就不再具有这种魅力。在这类言情书写中，女主角不仅要升级、升职，还要会"撩汉"，还要撩"貌美如花"的汉子。如果说纯爱是女性披着"男人"的外壳进行的一场 cosplay 表演，内部包裹的仍是"女人"的灵魂；那么通过不同性别的角色扮演练习，女性已经能够熟练地在言情作品里，以"女人"的躯体，安放一颗"男人"的心。她们能够以"雌雄同体"的形态，在做"女人"和做"男人"之间找到一个中间状态，以灵活的角度，去想象异于主流的男女模式。

"网络女性主义"通过揭示性别歧视的荒谬性，证明了女性的性别价值。而"女性向"的种种性别实验，则打开了女人对性别的想象空间，她们猛然发现：性别不是本质，"男人"和"女人"与"男性气质"和"女人味儿"不一定要画上等号，"人"的理想标准不一定得是"男人"，也可以是"雌雄同体"。当女性读者从纯爱及言情性别实验中获得了足够的阅读经验，当她们习惯了跳出传统的性别藩篱，去以"女性向"的边缘经验反观文本外部的主流世界，她们现实生活中的欲望模式和婚姻爱情观也必然会随之发生转变。"女性向"所表现出的女性主义意涵，于是与外部世界的"网络女性主义"实践相辅相成了：

公共空间的"网络女性主义"直面着中国女性的生存困境，集合了一批兵不血刃的"女斗士"，而"女性向"YY 所提供的抚慰和奖赏，则在无形中重塑了中国女性的精神世界，强大了"女斗士"们的内心。这场女性主义革命悄然在网络空间中发生着，网络一代的中国女性已经比前辈们走得更深、更远，一些原本以为不可动摇的界限开始动摇了。无论是"美攻强受"还是"雌雄同体"，这些"去性别本质主义"的实验，去掉了对男女性别的刻板印象，这不仅仅对"女人世界"产生意义，更在解放女性的同时也解放了男性。或许在这条道路的终点，我们可以用"人"和"人"而非"男人"和"女人"的身份，彼此尊重、彼此谅解，实现跨越性别的解放。

结　语

在"女性向"和纯爱进入中国大陆的十余年中，以互联网私密空间为载体，中国女性已经成功地开辟出一方崭新的天地。她们真正拥有了"自己的房间"，而作为"女继承人"一代的"独生女"们更不止有"五百磅的年金"，女性书写终于获得了前所未有的自由。在这个以女性为中心的"女性向"世界中，女性关于爱情、关于性别的想象，都得到了充分的展开。她们内心深处所有被压抑的欲望和焦虑，都能在"女性向"的网络文学世界中得到满足和疏解。随着网络生活方式的普及，网络一代的生存体验方式也随之发生了前所未有的巨大变化。小说、漫画、动画、网络游戏、互联网社交媒介、影视剧等多媒体的笼罩，建构出一个随时随地环绕在他们周围的"二次元"虚拟世界。网络文学读者的阅读接受方式，也从传统的指向现实世界，转向了心灵层面的精神世界。这种阅读体验已经远远不只是"白日梦"式的代偿，对于网络一代的"二次元"人来说，他们通过网络经历的所有喜怒哀乐、悲欢离合，虽然没有对"三次元"的"真实"世界产生直接的影响，却都真实地在他们的心灵深处打下了烙印。

因此，建构一个现实主义意义上的"真实"世界，不再是网络文学的应有之义。事实上，在"女性向"网络文学中，越是以现实背景为书写框架的小说，寄托的往往越是"霸道总裁爱上我"等天真烂漫的理想童话。走过了"傻白甜"阶段的女性读者，已经越来越不相信现实背景下的爱情，都市言情已经走到了难以跳出套路、写无可写的叙事困境。与之形成鲜明对照的是，各大女频网站的古代言情，却通过"穿越""重生""玄幻""修仙"等各种高度虚拟的世界观架构，保持着旺盛的发展态势。在这些文学的"乌托邦""反乌托邦""异托邦"当中，影照着"真实"的残像。通过阅读体验，女性能够进行具有现实指向意义的性别身份探寻与价值重构。于是，女性将她们无法处理的男女两性关系和男女爱情的想象，替换成两个男人。在纯爱的爱情故事中，女性能够获得关于两个"去性别本质主义"的人的关系和爱情的想象，打破性别偏见的桎梏。通过各种明知是非"真实"的设定，女性将她们在现实世界中遇到的所有焦虑、缺失、困境，放置到了一个能够最充分地缓解焦虑、填补缺失、探讨走出困境之路的想象世界当中，借此获得"真实"的力量。

随着 VR(Virtual Reality，虚拟现实) 技术的发展，今天的计算机已经可以生成具有一定可交互性的三维 VE（Virtual Environment，虚拟环境），"真实"与"虚拟"不再是不可跨越的两个世界。[①] 在这个意义上，我们甚至可以想象一种可能性——现实的恋爱关系也许不再是女性获得爱情经验和欲望满足的唯一途径。她们可以通过网络，与"虚拟"的朋友、男友建立情感维系，也可以在网络小说描述的爱情中，获得有效的感情体验。借由在"男男爱"的性别实验，她们可以重新确认女性的性别主体身份，重新界定女性的社会、性别角色与个人价值，重新建立一种去掉刻板印象的婚恋爱情价值观；通过从生理到心理的快感机制，她们能够实现真正意义上的"性解放"，自己给自己补发社会曾描绘"男女平等"的美好蓝图却未曾兑现的奖赏。

中国大陆的"女性向"网络文学和纯爱写作，已经走过了十多年的历程，中国的女性读者，也已经能够在这个网络的"女儿国"世界里，实现文学的自产自销、欲望的自给自足。当这个由千千万万的女性作者和读者用一部部作品、一条条评论和无数的同人二次创作一砖一瓦搭建出来的"女儿国"，足够覆盖女性受众的所有感知，并在"女性向"不断推进的过程中保持一贯性和稳定性，这个意识层面的感知框架，也能够为读者提供意识层面的本体论"真实"。这种足以提供"真实"的阅读体验，不仅可以像日本的"女校文化"一般，使中国女性过上两种分裂的文化生活，更因为"独生女"一代的特殊性，而保留了打通这两种分裂生活的潜在力量。在私密的"女性向"网络空间中，她们可以畅想爱情、满足欲望，在以"男性视界"为"主流"的公开的社会生活中，她们也不必再强迫自己扮演那个男人们眼中的"好女人"了——只要掌握了"五百磅的年金"和一间"自己的房间"，"女儿国"完全可能从网络空间降落到现实的地面，建构一个真正不再需要男人的女人世界。

---

① 翟振明：《有无之间——虚拟实在的哲学探险》，北京大学出版社 2007年版，第 2 页。

剽悍的"小粉红"：论精英粉丝
对晋江"女性向"网络文学的影响

　　晋江文学城自创立以来一直旗帜鲜明地以"女性文学基地"为网站定位，逐渐形成了独树一帜的"女性向"文学社群。"女性向"文学与"女性文学"或"女性书写"之间的界限并不明确，"女性向"与其说是一种独立的文学形态，不如说是女性在逃离了男性目光的封闭空间里以女性自身话语进行书写的一种发展趋势。在这样的界定下，"女性向"文学与传统言情类型小说之间存在大面积的过渡阶段、灰色地带。以基本不存在争议的部分举例，女尊①和纯爱可以说是"女性向"网络文学的典型文类，与传统男性天空下的言情类型遥相对峙，走到了这一端的极点。从这个意义上来说，红袖添香网、潇湘书院、起点女生网等一众女性文学网站都不能严格地归属于"女性向"文学，唯有晋江文学城最为完整地保持了这种发展趋势。

　　晋江何以能够在"女性向"的道路上越走越远，最终成为"女性向"网络文学的典型场域？最能代表"女性向"趋势，也是晋江"风景这边独好"的"纯爱衍生"分站，为何能在与其他女性文学网站的激烈竞争中保持着无可取代的地位？这一切的内在推动力在很大

---

　　① 女尊，作为网络文学的类型，一般女尊文中女主角的社会地位高于男主角，或女主角的能力强于男性，由此形成女尊男卑的背景，甚至发生女性奴役男性、男女颠倒、男性生子等情节。有传统的一对一配对，也有一女N男的模式，后者有时带有玛丽苏情结。

程度上源自晋江的精英粉丝自发形成的监察机制：在晋江"小粉红"论坛①这个封闭的女性空间内，极高的准入门槛确保了内部成员核心读者身份的纯粹性，发言者通过对圈内"黑话"资源的习得而成为精英粉丝；为了保障"女性向"趋势不被任意打断或偏离，每一位精英粉丝都自觉扮演起"粉丝监察员"的角色，对网站的小说类型更迭、文本的经典化筛选、网站技术管理等方方面面发挥着监督、引导的作用，集体构成了一个纪律严谨的"粉丝监察院"机制，在推动晋江"女性向"网络文学的发展上释放出巨大的能量。

　　要分析并理解这一"粉丝监察院"机制在推动"女性向"文学发展过程中的运作原理和决定作用，必须要从"小粉红"论坛、网站内部的"晋江文化"和网站面向无线市场的转型困境三方面入手。

一、"小粉红"论坛："粉丝监察院"的主体

　　晋江为作者与读者提供的官方交流互动平台主要有两个，文章评论区和"小粉红"论坛。

　　评论区采取在文章的每个章节正文下方发表评论的形式，集中了读者对作品意见看法的直接反馈。读者在这里发表的疑问、感想、交流讨论，主要针对的是小说情节、人物形象或其他细节描写，基本充当了作者的"智囊团"或是有节制的"批评家"角色。评论区是读者与作者最公开直接的交流空间，参与者大多是认真的读者或忠实粉丝，虽然偶尔有打负分②或对作者作品的负面评价出现，但总体以正面的鼓励、建议为主。这与评论区"加精送分"的机制有关——作者每月可限量地选出"精品"读者评论，评论者可获得用于免费阅读该作者作品 VIP 章节的积分，除了超过 25 字的硬性标准外，"精品"与

---

　　①　"小粉红"论坛，即晋江论坛，由于其页面背景色是粉红色，被戏称为"小粉红"；与此对应，背景色为绿色的晋江文学城页面被称为"绿晋江"。

　　②　晋江评论区的打分系统分正分（1 分、2 分）、0 分灌水、负分（-1 分、-2 分）3 种，一个 IP 只能打一次非零分，多次评论则选择 0 分灌水，否则判为刷分。

否完全取决于作者的判断。这同时也是资深读者们经过多年经验积累而约定俗成的自律法则，评论区作为开放空间，难免要受到外部审查和内部自查力量的约束，任何负面评论可能引发的争议、攻击所隐含的外部干预威胁，是网站自身和理智的读者都竭力避免的。评论区的职能于是逐渐明确，呈现出"一团和气"的表象。

作为评论区的补充，汹涌的暗潮都转移到了相对隐秘的"小粉红"论坛当中。"小粉红"极具症候性的圈内生态，便是晋江"粉丝监察院"机制的实际形态与核心所在。

1. "小粉红"论坛概览

"小粉红"论坛分"交流区""惊悚悬疑区""原创区""纯爱区""游戏区""同志区""管理区"7个子站，其中"游戏区"和"管理区"属于功能性常规论坛，[①] 其他5个子站都包含不同主题的交流区和"作家专栏"部分。随着一些老牌作者的逐渐淡出，以及网站外部其他交流方式的出现，功能与文章评论区及作者个人微博重叠的"作家专栏"已经较为冷清，"小粉红"的人气基本集中在"交流区""原创区""纯爱区"的主题论坛中。如"交流区—战色逆乐园"讨论的多是女性私人情感与婚恋问题，"原创区—留声花园"和"纯爱区—优声由色"是中文广播剧在国内最为集中的发布、讨论平台，而"交流区—网友留言区""原创区—碧水江汀""纯爱区—闲情"则更类似于综合性论坛，基本形成了分工明确的专门化小圈子。

除"管理区"和论坛的相关意见投诉由晋江客服部负责外，论坛与网站实体是由不同人员分开管理的，每个分区下属版块的"版主""版工"都是单独挑选出来的晋江及"小粉红"论坛的资深网友，她们在"小粉红"论坛拥有一套独立的象征资本，是论坛网友与作为"文学网站"的晋江之间自成一体的中介力量。为了维持在论坛网友中的公信力，论坛管理员在与晋江本部产生意见分歧时，经常以资深

---

① "游戏区"是晋江与数家游戏发行商、运营商联合运营的几款网络游戏的相关论坛，有"凤凰决""宫廷计""名将传说""彩虹岛""食神小当家"5款游戏的子论坛和1个综合讨论区。"管理区"分"意见建议簿""安卓阅读器讨论区""版主交流区"3个子论坛，主要处理网页及手机用户的意见、建议、投诉。

读者身份拒绝"门外汉"的遥控，保障论坛内部事务处理上的自主权和绝对权威。就这样，"小粉红"论坛成为网站管理者、论坛管理员、编辑、作者、读者等多方力量交汇、角斗的平台，各方意见的表达在这里都以穿"马甲"①发帖的形式呈现，在"粉丝"的共同身份笼罩下消弭了差异，共同参与到"粉丝监察院"的组建。"小粉红"论坛最具特色的"马甲"制度，因其规避审查的非实名制，成为自由发言和圈子化的强大助力。

在这里，每个子论坛都是更加细化的小圈子，入门前提是了解和遵守内在的游戏规则；所有圈内"黑话"都是飞速更新的"常识"，圈外人难以窥得门径，如"纯爱区—优声由色"的版规中有一句对新人的劝诫是"善用搜索，自行考古"，"新人考古三个月"已经成为入圈的默认法则，哪怕是曾经的圈内人在离开一段时间后都需要重新掌握"黑话"资源才能够顺利入场。由此杜绝外部审查的可能，也在一定程度上帮助论坛管理员应对网站管理者内部自查。

正是在这个层层把关的私密空间里，女性读者过剩的主体意识、参与诉求和怀疑主义发展到了极致，她们顺利地具备了"粉丝监察员"的基本素质和扮演欲望，最终自发建立起"粉丝监察院"便是水到渠成了。作者的一举一动，小说的一字一句，都随时面临着粉丝们的审阅；网友在这里发表言论，也要做好准备迎接相反的意见，以及对每一位发帖人身份立场的质疑。每个参与者都带着太过"世故"的眼光，理性而辩证地进行着"严肃"论证，与天涯等其他论坛追寻"八卦""真相"的技术帖之严谨程度不相上下。从核心粉丝中挑选出来的论坛管理员保障了这个封闭女性空间中森严律法的形成，晋江的"粉丝监察院"机制于是得到了有效的运转，尤其集中于"交流区—网

① 一个人在同一论坛注册多个账号并同时使用时，常用的或知名度较高的账号一般称为主账号，其他账号称为"马甲"或小号（有些小号的知名度提高后也会在粉丝中通行），取其穿上伪装的意思。晋江的文章评论区和"小粉红"论坛的"马甲"制度则更特殊，论坛网友可以不在晋江注册账号而直接以任何名称的"马甲"发帖，无法按账号追踪源头，只能查找 IP 地址。"小粉红"论坛最常见的"马甲"是两个等号"＝＝"，也被戏称为"双眼皮马甲"；如果以主账号发帖，则称为"真身（马甲）"；管理员、版主、版工登录后发帖时"马甲"字体显示为粉红色，又被戏称为"红大衣"。

友留言区"（2区/兔区）①、"原创区—碧水江汀"（"碧水"/BS）、"纯爱区—闲情"（"闲情"/XQ）3个综合论坛中。

"兔区"是不限主题的论坛，话题最为繁杂；"闲情"限定纯爱向，不讨论BG向/言情向话题；"碧水"作为专门"灌水"的论坛，尤其受到作者的钟爱，是她们与读者较为集中地进行非正式交流的平台，但编辑们在提示新人作者注意事项时，往往会略带调侃地告诫她们："珍爱生命，远离碧水"②——作者或作品一旦在"碧水"被提及，就容易被列入"粉丝监察院"监督观察的名单之中。由于"小粉红"论坛与文章评论区较为明确的职能区分，论坛讨论的往往不再是文本相关的话题，而更多地涉及小说的点击收藏数据、上榜情况、作者的成名技巧与赚钱手段、对具体作者私人品性问题的追究等话题。被提名的作者及其辩护者很难在字字珠玑的语言游戏中全身而退，倘若在"粉丝监察院"的评价体系里留下污点，就再难改变固有印象，后续的所有创作都可能受到连带影响。当然，作者有意识地"远离碧水"也不能排斥"粉丝监察员"的主动出击，主体意识过分强烈的精英粉丝们自觉承担起发掘真相、定义公正的任务，积极地参与到"监察院"和"审判庭"中去。

"小粉红"论坛作为晋江核心读者汇集的平台，关注的不仅仅是晋江作者、读者的动向，也包括对其他相关话题的讨论，如热门动漫、影视作品、真人明星等，都能在"兔区""碧水"或"闲情"建起相关的主题帖甚至系列楼，甚至以同一作品或相似、相连、相关的人和事为话题形成自成气候的"圈子"。"圈子"的内部人员往往按照对讨论对象的好恶，简单粗暴地自觉划分或被鉴定为"粉""黑""路人"3种成分，还存在因维护而过度捧杀（"一个脑残粉等于十个黑"）或因厌恶而过度踩贬等复杂现象。正如"闲情"版规所说，

---

① "交流区—网友留言区"由于是"小粉红"论坛各分区域名排序中的第二个，又简称为"2区/兔区"。

② "碧水江汀"是晋江作者混迹较多的子论坛，许多"小透明"的作者会发帖自荐以博取读者注意，但下场大多不好。除去作者独立的专栏论坛外，"碧水"也是作者、读者交流最多的子论坛，读者经常在这里向作者发出质疑，作者也会酌情做出回应，但往往容易引发更大规模的论战。

"粉黑之争是一个稳定圈子走向对立、纷争、掐架乃至最终的结束的根本原因"，粉黑之争往往带着吹毛求疵的火药味，任何话题都可以提升到潜在利益的高度，指向发言者背后的立场倾向，无论是理性分析或是感性抒情，都可能"言者无心听者有意"地造成波及范围的无限扩大。粉丝们就是在这样一个草木皆兵、动辄得咎的封闭空间里，力求做到理性而有节制地发表评论。然而一旦提及，就很难避免连坐式的误伤（"躺枪"）。因此，在"小粉红"论坛还时常可以看见这类说法："爱他，就不要提起他""这是有多大仇才把他挂墙头"①。我们仅从"碧水"和"闲情"两个版块对晋江作者积分排行第一的天籁纸鸢的讨论，就可以看出"粉丝监察院"机制具体运作的情况。

2. 案例："纸神"的失陷

天籁纸鸢是晋江最具代表性的"大神"级作者之一，自2006年在晋江陆续发表6部纯爱代表作②而迅速成名之后，连续7年③蝉联晋江作者积分榜第一名。作为兼顾言情和纯爱两站的作者，她的言情作品《月上重火》（2008—2010）和纯爱作品《天王》（2010—2011）一度占据着晋江言情和纯爱总分排行榜的第二位。她的作品，无论是言情还是纯爱，几乎每一部都受到了大陆及台湾出版市场的青睐，成功完成了网络到纸媒的转型。如此傲人的成绩，使她获得"纸神"的称号。然而"纸神"却在"碧水"和"闲情"遭到了截然不同的待遇。

天籁纸鸢的早期作品之所以受到欢迎，除了文本创作的内在因素，免费阅读和及时更新的发表策略对读者而言都具有强烈的吸引力，而作者个人及其每部作品都伴随着巨大的话题性和争议性，也是其人气经久不衰的诀窍之一。早在天籁纸鸢刚刚开始创作的2005年，

---

① 挂墙头，指的是在主题帖标题中提到某人，这样容易惹来圈内"黑"粉，也容易因此歪楼，所以是不被提倡的发帖方式。

② 这6部作品分别是《琼觞》、《花容天下》、《神玉》、《风流》（后合集为《犹记斐然》）、《天籁纸鸢》、《天神右翼》（连载过程中由于引发过多争议，被作者全文删除；2011年重新发表修改版，因涉及敏感词而改名《天神》）。

③ 2006—2013年间，2008年因为作品入V积分减半而有半年时间下滑至第三名，但年度言情大作《月上重火》完结后又重回第一。

她于晋江发表的第一部言情小说《妖精恋》① 就被网站管理员发现"刷分"② 现象，多次通知警告被作者否认后，论坛管理员将相关证据的截图在"碧水"发帖披露，从而引发了"碧水"网友的一片哗然，作者的解释均未被读者接受，晋江最终做出了将作品积分清零的处理。从此，"小粉红"论坛的"粉丝监察院"就开始了对天籁纸鸢的持续监察，相关讨论几乎从未停歇；同时，作为晋江早期"刷分"现象的代表，这一事件使"粉丝监察院"积累形成了发现、惩处"刷分"等伪造数据行为的成熟经验，也因此督促了作者和编辑自我审查，使得晋江的作者圈保持了相对公正的竞争氛围，较为有效地防止了粉丝自发的"刷分"——而这往往是其他文学网站从经济角度出发一定程度上纵容粉丝的互动行为。

2006 年，天籁纸鸢以纯爱作家的身份重新出现，因《花容天下》等 6 部质量较高的纯爱作品同时连载、密集更新而迅速走红。读者对这些小说的评价褒贬不一，然而进一步造成"粉丝监察员"们纷纷对"纸神""粉/路人转黑"的原因，是她继"刷分"之后又犯了纯爱作者的另一大忌——"女扮男"。"女扮男"成为一个特殊现象，是因为在纯爱的"女性向"文学空间中，男性作者是极为罕见的，一旦出现就会因其稀有性而引起广泛关注，特别容易被刚刚入圈、低龄化的"Loli 粉"③ 盲目追捧，一些女性作者为获取话题性会谎称自己的性别。天籁纸鸢并没有宣称自己是男作者，她的做法是对自己的性别含糊其词，以"不喜欢大家询问性别问题"等说辞引起读者对其性别的猜测。此外，为达到"女扮男"的效果，作者本人还重复了在"刷

---

① 《妖精恋》于 2006 年再度在晋江全文发表时改名为《魔女游戏规则》。

② "刷分"，这里指通过不正当手段获得作品积分的现象。晋江的作品积分主要来自文章的点击、收藏、评论、购买 VIP 章节数量，是作品在排行榜上的重要排序依据，因此可以通过注册多个账号、重复多次点击、收藏、评论等作弊手段增加积分。

③ "Loli 粉"，即萝莉粉。萝莉（ロリ），是洛丽塔（ロリータ，Lolita）的缩写。洛丽塔原指美国一部小说中的女主角，后泛指天真可爱、半发育阶段的小女孩，在日本引申发展成一种次文化。Loli 粉则泛指审美趣味较为低龄化、往往带有玛丽苏情结的粉丝，盲目和痴迷程度接近"脑残粉"。

分"事件时便已经使用过的"精分"① 手法，即同一个人以相同或不同的 IP 地址注册多个账号，以不同的身份发帖。这种手法在炒作方面与"水军"② 有一定类似。"粉丝监察院"以处理"刷分"事件的相似方法，爆出"纸神"在"小粉红"论坛及百度贴吧等粉丝较为集中的平台频繁"精分"发帖，为她的作品及"18 岁美少年"的性别谜题宣传造势③，再次引起了"小粉红"论坛众网友持续的一致批判。而后天籁纸鸢终于公布了自己的女性身份，"纸神"的粉丝群"纸团"也试图以"作者性别不重要"等言论为其"洗白"④，但却起到了反作用，愈加遭到"粉丝监察员"们的调侃、指责。而后为了防止过度讨论助推宣传效果，甚至相关主题帖的发表都会招致为作者炒作的嫌疑，⑤ 至此，天籁纸鸢在"小粉红"论坛开始受到"雪藏"待遇，发表相关主题帖时一般以笔名拼音首字母"tlzy"代称以避免造成向圈外网友宣传的效果，任何"新人"重提旧事都会被"老人"指为涉嫌炒作，或要求其"善用搜索，自行考古"——"纸神"已经在"粉丝监察院"的审判庭留下了难以磨灭的"黑历史"。"刷分""女扮男""精分"等被判定为"不合法"的竞争方式，在面对晋江

———————

① "精分"，精神分裂的简称，在网络文学的评论话语中，专指一个人以多个账号、用不同的甚至是相反的几种言论编造对话，借此导向预期的论证结果的手法。

② "水军"，即在论坛或微博等平台大量"灌水"的账号，一般受雇于网络公关公司，以发帖回帖为主要手段为雇主进行网络造势。

③ 由于时间久远，原帖已被删除，相关资料的总结可参考"闲情"2006 年 11 月 14 日的主题帖《啊啊啊啊～～～萌了天籁纸鸢，求八》，http://bbs.jjwxc.net/showmsg.php?board＝3&keyword＝tlzy&id＝235503。

④ "洗白"，即一开始叙述反面人物的负面行为，后来解释其所作所为背后的苦衷，使其得到谅解，由黑变白。相关帖子可参考"闲情"2006 年 11 月 17 日主题帖《闹腾，tlzy 是 nan 是 nv 很重要吗？》，http://bbs.jjwxc.net/showmsg.php?board＝3&keyword＝tlzy&id＝236290。

⑤ 参见"闲情"2007 年 2 月 13 日主题帖《TLZY 大人，拜托您别再装了好不好！！！》，http://bbs.jjwxc.net/showmsg.php?board＝3&keyword＝tlzy&id＝256824；2007 年 3 月 14 日主题帖《TLZY 是女的没错吧？为什么我到处看到都说她是他！！》，http://bbs.jjwxc.net/showmsg.php?board＝3&keyword＝tlzy&id＝263064；2009 年 2 月 12 日主题帖《tlzy 已经彻底进化成女人了么？》，http://bbs.jjwxc.net/showmsg.php?board＝3&keyword＝tlzy&id＝446152。

"粉丝监察院"的严格监督时无所遁形，为杜绝类似现象起到了很大的威慑作用。

2008年，继《琼觞》《花容天下》《十里红莲艳酒》3部纯爱向作品后，天籁纸鸢此前收获最多人气的"莲翼"系列推出言情向的第四卷《月上重火》，延续前三部的人气取得了很好的连载成绩，实体书也迅速出版热销。"纸神"成为晋江为数不多的能够在言情和纯爱的榜单上都名列前茅的作者之一，大多数作品也开始入V收费（晋江自2008年开始推行VIP付费制度）。这也遭到了"粉丝监察员"的诸多诟病，点燃了"纯爱转言情"相关讨论的导火索。之前的种种尚且只是网络作者在技术层面上"不合法"的竞争手段，"纸神"被重点监察免不了也有"人红是非多"的成分在；而"纯爱转言情"对多数纯爱读者来说就是不忠和背叛，就算"纸团"力图以"为了出版""为了生活"等理由为作者辩护，也无法得到"粉丝监察员"的谅解。粉丝总结出"人气靠纯爱，赚钱靠言情"的潜在法则，指责其纯爱写作只是在为言情的商业出版提升名气、扩大读者基础。"纯爱转言情"究其本质，甚至可以看作是对"女性向"趋势的一种倒退，这种倒退是"粉丝监察院"所不能容忍的。此后天籁纸鸢的纯爱作品《天神右翼》发生"盗版"销售问题，[1]终于成为压倒骆驼的最后一根稻草，使"纸神"在"小粉红"论坛彻底失去了翻身的可能，也警醒了晋江作者谨慎处理各种纸质书的印制销售事宜。

3. "粉丝监察院"的"女性向"动因

"小粉红"论坛极具症候性的圈内生态，十分鲜明地体现出网络时代读者们过剩的批判意识，也折射出女性读者极端强烈的政治参与欲望和主体意识。这种意识与社会整体的"女强人"化倾向有关，更决定于晋江核心读者即"粉丝监察员"们的特质。

---

① 2008年末，《天神右翼》通过台湾出版社出版，但读者购入实体书时发现印刷质量存在很大问题，继而发现出版社条形码是伪造的，而印制发行的出版社疑似已经倒闭。天籁纸鸢对此在百度空间发表文章进行解释，并在一定范围内征求读者意见后给出了退款等解决方案，但最终的退款情况仍存在争议。参见"闲情"2008年11月6日主题帖《TLZY和书的故事有后续吗？》，http://bbs.jjwxc.net/showmsg.php?board=3&keyword=tlzy&id=424074。

　　在晋江 2013 年 5 月公布的官方数据①中，网站用户的男女比为
7∶93，其中占用户 84% 的主流消费群体的年龄在 18—35 岁，出生年
份大概在 1975—1995。作为较为年轻的一代，她们能够迅速适应网络
环境并掌握网络时代的基本技术能力。身为从小就以与男孩相同的标
准和教育方式培养长大的新时期女性，在情感塑造方面，她们一面因
儿时接触过的琼瑶式言情，受到爱情神话根深蒂固的影响，而在网络
文学的世界中寻求情感宣泄或转移；一面被现实一次次伤害而惊觉
"求人不如求己"，最终被男性中心社会规训成主动要求"女儿当自
强"的模糊了性别的人。

　　因此，无论是言情或纯爱的女性读者，都倾向于成为爱情神话的
质疑者和缅怀者：晋江的主流言情文基本呈现"反琼瑶"模式，读者
偏好世俗的、现实的、轻快的爱情故事，期待小日子中的简单甜蜜，
轰轰烈烈、虐恋情深的沉重感情已经越来越受冷落；纯爱读者则是在
爱情神话覆灭后，将深入血脉无法磨灭的憧憬和需求转嫁到同性间
"无关生育"的纯粹情感之中。在工作生活方面，她们进入社会后在
试图进入经济、政治等原本打着"男性"标签的"严肃"领域时却
屡屡碰壁，与男性相当的现代思想和工作能力因滞后的社会观念和偏
见而无法施展，最后往往仍旧被困于"家庭"之中，回到传统的主妇
身份。女性先天或后天培养出来的好奇心、求知欲和旺盛的参与欲望
难以得到疏解，因而变得更加敏感而尖锐，最终在属于她们自己的封
闭圈子内找到了大展拳脚的自由空间。

　　在"小粉红"论坛这个摆脱了男性目光的纯女性空间内，女性终
于可以试着打破父系、男权社会设置的性别功能、男女法则，只从女
性自身的感情和身体需求出发，生发出完全不同的幻想，即"女性
向"的幻想。年轻的女大学生和各阶层的工薪女性们开始获得经济独
立的机会，而受传统观念主导形成了"老公赚钱老婆花"的社会潜规
则，也作为对新时期以来被困于"家庭"的现代女性的补偿，主妇们
逐渐在家庭关系中掌握了经济支配权，从而为女性粉丝的"女性向"
幻想奠定了现实的经济基础。在这样的情况下，"女性向"诉求借由

---

　　①　根据晋江文学城"关于我们—市场占有率"，查询时间 2013 年 5 月。

商业逻辑终于打败男性强权文化取得了自主权,逐渐影响到文学、影视等社会文化生活的方方面面。

正是这样一群掌握了理性思维和经济自主权的资深女性精英读者们组成了晋江的"粉丝监察院",为了她们心目中的"女性向"文学能够顺利发展,即使面对晋江最具代表性的老牌"大神"天籁纸鸢和人多势众的"纸团",也能够坚持做出以上判决,并在圈内得到几乎不可动摇的认可。

这个判决在作者和外围读者中间究竟有多大的效能?相对精英的"粉丝监察院"究竟是借助何种形式对晋江"女性向"整体的发展倾向发生作用的?这些问题,需要在分析晋江这一平台独特的"晋江文化"之后,才能得到解答。

二、"晋江文化":"粉丝监察院"的作用方式

"粉丝监察院"只有在其决议得到网站管理层的重视和认可的情况下,才能真正对晋江的"女性向"发展趋势起到内在推动作用,这就要求网站的管理文化立足于"以核心粉丝为中心"。而这一点之所以在晋江能够实现,除了核心精英粉丝自觉的主体意识和"小粉红"论坛安全有效的封闭性带来的凝聚力之外,"晋江文化",即网站管理者的"同人团体"性质及编辑群体出身"脑残粉"的特性,更是"粉丝监察院"机制顺畅运行至关重要的元素。如果没有"读者代表"的历史传统及"小粉红"论坛的封闭空间,"粉丝监察院"难以在晋江形成;倘若失去了管理者的重视和编辑群体的认可,"粉丝监察院"的决议也无法在圈外生效,二者相辅相成,缺一不可。

1. 作为"同人团体"的网站管理者

晋江管理者对核心粉丝的重视并不是后天形成的,而是在网站创始之初便内化于网站的自我定位之中,事实上,晋江的管理层原本就是由核心精英粉丝组成的。

晋江最初是福建省晋江市电信局建设的信息港"晋江万维信息网"下设的文学站点,也由此得名"晋江文学城"(1999 年 7 月),

起初由电信局员工 sunrain 等人管理。因 sunrain 个人对言情小说的偏好，网站扫校、上传了大量言情电子书，逐渐聚集了一批女性言情爱好者。2000 年 8 月，网友交流区（即后来的晋江论坛）的增设，更为女性用户的线上交流创造了一个封闭、安全、自由的网络空间，后来发展成中国大陆最早也最重要的女性论坛之一，孕育了网络初期的"女性向"文化。2001 年 7 月后，随着 sunrain 的离职，晋江一度停止更新长达半年之久，直到热心用户洁普莉儿在晋江论坛发出《拯救晋江计划》，使得以 iceheart（即后来的晋江站长黄艳明）为代表的一批有着网站编辑、管理能力的女性爱好者响应号召、挺身而出，从 sunrain 手中接过晋江的管理权限，并于 2002 年 12 月申请独立域名，晋江这才摆脱了从属于地方电信局的二级网站地位。2003 年 1 月，iceheart 在论坛发布《晋江救援书》，向用户募集捐款用于购买独立服务器，同年 8 月正式建立"晋江原创网"，以与扫校电子书的"文学城"相区分。

晋江非专业的管理团队有着非常鲜明的"同人团体"色彩，其出发点全凭爱好，不以功利为目的，并且几乎全员女性，这决定了晋江天然的"女性向"基因。从建立之初，晋江就主打"女性文学"，兼具言情、纯爱、同人类型，并于 2004 年 3 月推出"小魔女书店"，向读者销售以原创书籍为主的纸质印刷品——虽然网络书店的发展程度受市场大环境限制，但却是当时纯爱小说实体书销售几乎唯一的官方途径。[①] 晋江可以说从头到尾都和读者"站在一边"，无论是网站最初的"女性向电子书库""女性向论坛"的性质，还是管理者"同人团体"的身份，甚至是纯爱实体书类似于"同人志"的印制销售方式，都昭示着网站的趣缘社区性质。管理者与其说是商业平台的营销方，不如说是核心精英粉丝自发组成的志愿团体，代替读者行使网站管理的权利——连网站的服务器设备都是面向读者集资完成购买、优化的，这使伴随网站一路走来的核心读者们对网站产生了深厚感情和

---

① "小魔女书店"或者可以看作是晋江"定制印刷"的雏形。当时大陆纯爱小说实体书销售的其他方式还有：作者授权"个人志"形式的私人印售，"鲜网"等台湾网络文学网站的实体书销售，大陆纯爱小说在台湾出版社出版繁体版并面向大陆网络销售。

强烈的主人翁意识，也是网站管理者一直不能忘本的原因。

2007 年晋江接受盛大注资后，VIP 收费制度的加入为其带来了不可抗拒的商业化变革，① 市场因素的介入无可避免地影响了作者写作和读者阅读的习惯，这对核心粉丝来说是预料之中但却迟迟不愿面对的宿命，也是一面权衡妥协，一面暗中抵抗的无奈之举。网站的管理团队虽然几经变动，在纯粹爱好者"同人团体"的基础上加入了一些商业化和技术方面的力量，但却坚持将这个"读者代表"的身份和传统延续了下来，尽量维持网站的"文学性"和自发的"女性向"发展趋势。当然，这或许也是网站经营者细分市场的策略，是将"文学性""女性向"的象征资本转换成经济资本的手段，在这一点上，网站的经济利益与读者的需求实现了双赢。

如今，晋江仍旧是最具亲和力的女性文学网站之一，网站呈现出鲜明的女性化特点：页面根据读者的不同偏好区分了言情、纯爱两大分站，无论是谙熟规则的资深读者还是初入门径的新读者，都能按照明确的分类标签迅速找到自己感兴趣的类型；在作者专栏设置将作品连载情况拟化为"树与坑"的直观图，在具体文本上方显示有全勤"小红花"② 的状态栏等，这些技术细节都很符合女性读者、作者的逻辑习惯。晋江对"小粉红"论坛的"粉丝监察院"也一直予以极大的重视，默许着"粉丝监察院"的独立性和影响力，精心挑选精英粉丝作为论坛管理人员，最大程度地让出了论坛管理的自主权，与其他网站相比，无疑为作者和读者提供了最多的表达自由和互动空间，

----

① 2007 年末，晋江原创网接受盛大公司的注资——与起点、红袖不同，晋江原创网是盛大"参股"而非"控股"。2008 年 1 月，VIP 阅读收费系统在晋江原创网上线。2010 年 2 月，晋江原创网回归"晋江文学城"的名称，但相比于"红晋江"免费阅读的形式，已经发生了质变。

② 全勤"小红花"，即更新则在文章上方的打卡栏中显示红花的全勤奖制度。以自然月为标准，不分大小月，每月 1 日起算，一篇 V 文的 V 章每天都要更新，更新字数分为 3 个标准档：3000、6000、9000，如果每天的更新都达到或超过该标准，则相应奖励该文当月 VIP 收入的 5%、10%、15%；一篇文章一个月允许有一天缺勤，但要在本月的其他日子补足字数，并有罚额——3000、6000、9000 字的相应含罚额月度总字数为 10 万、20 万、30 万。在次月初结算完上月收益，审核无误后以全勤奖名义打入作者账户，无须作者特别申请。

并通过维持论坛的私密性，为女性封闭空间提供了合谋和保护，保障了"粉丝监察院"机制的有效运转，为纯爱等类型的发展提供了自由的生长空间。

2. 出身"脑残粉"的编辑群体

除得到管理层的重视之外，编辑群体的认可也是"粉丝监察院"能够影响作者创作的必要前提。晋江"原创言情站"和"纯爱同人站"的读者群既相对独立又部分交叉，存在两套自成体系的阅读诉求和评价标准。因此，晋江的编辑也对应分为"现代言情""古代言情""纯爱""同人"四大组，不同编辑组手中管辖着各自的象征资源，通过不同等级页面的人工榜单①排序得以体现。这一体系通过标签系统得到实现：一部作品在创作之初就需要标明作品的标签，既是为了分类搜索的便利，也是作品分配到各组编辑手中的分类依据，作为重要线索将编辑与作者捆绑起来。如果同一位作者创作跨越分组的数篇作品，则会在每个分组各有一位责编，分开签订版权合同；一部作品只对应一个分组、一位责编和一个榜单分类。

以晋江"大神"级作者妖舟为例，她 2006 年的出道作品《穿越与反穿越》属于"古代言情"，随后的《入狱》等小说是"纯爱"，2009 年的作品《不死》是"同人"，2010 年的《Blood × Blood》是"现代言情"，因此她在四个分组各有一位责编。

编辑不仅是手下签约作者与网站的直接交流方式，对他们的每一网页操作行为负责，② 甚至在很大程度上参与了作品创作的过程——从作品的灵感创意生发的那刻起，责编就承担起启发引导思路、协同修订情节大纲、督促写作进度、监控读者反馈等任务，时刻为作者排忧解难，可谓无微不至。在此过程中，编辑们对外面临着国家相关政策要求的严格审读内容的压力，对内还面临着"粉丝监察院"的检

---

① 人工榜由低到高，首先是频道页→分站首页，然后是广告位→八仙红字→八仙图→封面推荐→VIP 强力推荐。

② 包括开新文，更新作品的时间、数量，修改文案或文章内容，设计、上传封面，V 文时间，审读锁文，存稿箱、番外或防盗章节的设置，收藏、点击、读者评论的情况，小粉红的讨论，榜单的申请，网站活动的参与，定制书的设计、制作与定价，与出版方、改编方的交涉等。

阅，必须尽量带领作者避开"小粉红"论坛的冷门题材、敏感话题和争议性元素，使作者不致过分偏离"粉丝监察院"为晋江描绘的"女性向"道路，督促作者创作出保质保量、有助于其持续发展的作品。

要进行这种"读书破万卷"的海量阅读工作、准确揣摩读者的阅读趣味，编辑们势必要对网络文学怀有"脑残粉"式的热爱，这也决定了晋江编辑群体女性化、年轻化的特点。① 作为精英粉丝，也作为与作者联系最为紧密的群体，长时间的切身体验，使编辑们成为对网站提供的内容和服务最有发言权的人，也是最需要即时接受"粉丝监察院"意见反馈的人。处于内外夹缝之中的编辑群体，由于其"脑残粉"的身份，往往也是"粉丝监察员"的一分子，多数时候能够充分地认可"粉丝监察院"的判断，与核心精英粉丝保持一致的趣味。但有时她们在文学阅读方面的个人喜好与职业判断是相互矛盾的——喜欢的不一定好卖，好卖的不一定喜欢——因此编辑们必须不断调整自己在"核心读者"和"职业编辑"甚至是"签约作者"之间的恰当位置，② 尊重"粉丝监察院"的判决，或协同作者规避其影响，保持场内各阶层作者作品之间的平衡：无论个人趣味和"粉丝监察院"的判断如何，"大神"和"小透明"都是必不可少的，适当的争议和炒作也是利大于弊的。

这关涉到编辑的切身利益——它与编辑个人掌握的有限资源的配置③为作者和网站带来的经济利益是直接挂钩的，包括物质利益和象征资本，所以编辑必须经过深思熟虑才能决定如何调控资源的配置。资源配置通过榜单排序的形式直观地公开展现。这里的"榜单"指的

---

① 据笔者 2013 年 3 月至 5 月实地考察，晋江员工中女性约占 70%，平均年龄在 25 岁左右，客服部、技术部以男性为主，而出版部、编辑部全员为女性。

② 晋江的编辑也可以成为其他编辑的签约作者，而起点中文网则规定编辑不能兼做作者。有事实证明，晋江的编辑作者出现了十分成功的案例，甚至进入了作者积分"超级"榜，可以称作"大神"（此为 2013 年的情况，后因云过是非事件，晋江修改了相关规定，编辑不能兼做作者）。

③ 4 个分组，每组 5 位编辑，每个编辑手中管辖 500—1000 位签约期间较为活跃的作者。每位签约作者都有资格为自己正在更新的小说申请榜单等宣传优惠，而编辑只能为作者提供人工榜单、广告位、参与网站主题活动的资格等有限的资源。

不是直接体现收益数据的自然榜单，而是作者与编辑内部交流平台[1]背后的隐形竞争形成的人工榜单——除了考虑客观数据，上榜规则和编辑权衡大局做出的取舍也在一定程度上决定着作者的命运。[2]

为了确保个人物质利益和象征资本的稳步提升，编辑群体内部的竞争也是激烈的，毕竟签约是作者和编辑的双向选择，被动等待不如主动出击；[3]就算是竞争意识最薄弱的编辑，也面临着硬性签约指标的限制，不得不负担起发掘新作者的任务。正如晋江力图在"文学性"与"商业化"之间寻找那个微妙的平衡点，晋江的编辑们也始终在"热爱的""迎合核心粉丝的"与"更赚钱的""吸引外围读者的"之间艰难地探索着。

在网站管理者和编辑群体的重视和认可下，"粉丝监察院"在推动晋江的"女性向"发展趋势上释放出巨大的能量，剽悍的"小粉红"网友保持着言论理性、敏感、尖锐的基调，哪怕是管理者或编辑做出了与之相左的决策，也会立即招致非议。因此网站管理者和编辑都力图谨言慎行；而这也反过来成为晋江管理者驻足不前的借口，显示出"粉丝监察院"机制的保守性。

三、"女性向"面对无线市场的转型困境

"粉丝监察院"机制面对经济、市场的保守性，在"女性向"的

---

① 晋江"后宫"，作者在晋江的笔名实名制论坛必须通过责编的认证才可通过注册，进行浏览和发言。编辑会在分组论坛中提供启发、帮助作者写作的资料（如同人组会发布《×月新番汇总》帖、《经典韩剧汇总》帖），作者申请榜单位置、最终榜单和黑名单的公布也在此进行。黑名单是指在榜更新字数未能达到要求（在榜一周更新3万）的作者（包括请假作者），一般给出3周以上不能上榜的处罚。

② 上榜流程有固定的顺序，一般不会让同一位作者的不同作品同时出现，也不会让同一部作品连续上榜；榜单顺序从低走到高，不会颠倒，全部走完之后则只能留给自然榜，技术上只能通过广告位或网站相关专题活动进行宣传。

③ 签约可以是编辑发现感兴趣的新作者后主动与作者联系询问意向，也可以是作者自助申请。自助申请的作者将由各组的主编随机平均分配给各位编辑，再由编辑决定其是否具有签约资格。

晋江由网页主站向手机无线市场的转型困境中体现得最为淋漓尽致。在智能手机日渐普及的今天，起点中文网、红袖添香、潇湘书院等其他网络文学重镇的手机阅读无线收益都已陆续大幅度超过网页主站，而晋江却一直在无线市场上居于下风，直到 2014 年 8 月才上线 Android 版 App，2015 年 7 月才上线 iOS 版 App，在老牌商业化文学网站中成为最晚 App 化的平台。这当然与晋江自身的技术瓶颈脱不了关系，更多的却是"粉丝监察院"所推动的"女性向"文学趋势的固有特性所致。

强势的"粉丝监察院"要求网站在"女性向"内容供给上不得向无线市场做出过多妥协让步，也拒绝接纳新的、潜在的无线用户进入核心读者群；而受到国家政策的限制，无线阅读市场又不得不将"女性向"最具代表性的纯爱、同人等类型拒之门外。在网络时代使用商业逻辑刚刚赢得了初步胜利的女性读者，面对手机阅读的新媒介，再次迎来了一轮新的挑战。

1. "女性向"的自律

作为文学的载体，媒介的转型对文学以何种文本形态呈现几乎起着决定作用，从纸媒时代过渡到网络时代，网络文学发展出了与传统出版模式下截然不同的文学样貌；而网络文学从网页到手机平台的转移，又使写作和阅读的即时性和非严肃性进入了一个新的层次——手机阅读的读者群体比网页阅读的更广泛，也更多地追求效率和即时的阅读快感，对网络小说的文学性、严肃性要求往往更低，降低了读者和作者双方的准入门槛。面对手机无线阅读全新的广阔市场和巨大的潜在用户群体，各大网站要夺取份额，就必须转变策略以迎合手机读者不同于网页读者的阅读需求和审美趣味。这个转型过程对多数老牌网络文学网站来说都是一次机遇，但正是在这个关键点上，晋江的"粉丝监察院"机制却造成了网站巨大的转型困境。

正如纸质书读者往往对网络文学嗤之以鼻，网页读者相较于手机读者有着微妙的优越感，"小粉红"论坛的封闭性和排外性也使得"粉丝监察院"的精英粉丝们拒绝新的无线读者的进入，以及随之而来的权力瓜分——事实上，晋江的 wap 手机版甚至没有设置"小粉红"论坛入口。剽悍的"小粉红"和"粉丝监察院"机制，是晋江网页主站能够保持"女性向"发展趋势并拥有固定核心读者的市场竞争力所在，但同时也对晋江的网络小说有着独特的自律要求，不能容忍在总体的"女性向"发展大潮中发生倒退现象；一旦进入以各大无线平台运营商为中介的无线阅读市场，就必须重新接受又一重的外部审查和部分"女性向"圈子外部男性目光的注视，必然需要做出妥协和让步。因此，身为精英粉丝代表的网站管理者，不被允许人为地将重点转向其他类型的拓展，或像其他女性文学网站那样以更夺人眼球的标题、降低文学性的题材或冗长重复的内容博取无线市场。

网站的总体风格是核心粉丝在经过多年积累淘汰后形成的集体趣味，作者和编辑也在一定程度上参与了法则的制定。普通作者大多选择顺应网站的流行大趋势或小圈子内的预设需求进行创作，只有拥有最多象征资本的"大神"级资深作者才有机会挑战读者的一贯趣味，推陈出新。但即便他们取得了成功，兴起的新潮流也将会继续遵循原本的规则，即"大神"创造方向，普通作者顺势平移。以晋江另一位"大神"级作者非天夜翔为例，他的《二零一三》引领了2011年末乃至整个2012年晋江"末世文""丧尸文"的风潮，创造了一个新的流行元素——其背后也因"末世文"篇幅偏长的文本形态所伴生的商业价值而受到了网站和编辑的引导鼓励。虽然如此，跟风作品汇入热潮后，往往只能呈现这一阶段晋江小白、欢脱、宠溺的主流风格，热血实战的"硬汉"风格只能是"大神"的特权。

换言之，流行元素的创造和更迭日新月异、层出不穷，甚至可以被刻意塑造，网站的总体文风，却是随着核心读者集体社会心态的变化缓慢迁移的，"粉丝监察院"正是这个迁移过程的监督者。在网站主页尚且如此，想要在无线市场做出变革则更是艰难。"小粉红"的排斥与"以核心读者为中心"的立场，使晋江在手机市场的目标读者与在网页主站的相差无几，止步于主站既有的风格类型，可拓展的潜在读者十分有限，反过来也更加剧了技术更新上的惰性，严重限制了手机无线市场的扩张。

2."女性向"的类型限制

除了"粉丝监察院"对手机阅读的主动消极，无线市场也因国家政策的限制不得不将"女性向"网络文学最具代表性的一些文学类型拒之门外——晋江风景独好，甚至可以说是核心竞争力的纯爱小说，现阶段就无法通过无线运营商的小说发布平台进行推广。纯爱小说的实体书出版情况也与此类似，但实体书可以通过网站定制或作者个人志等形式印售流传（因市场的强烈需求，直到 2010 年左右，一些纯爱小说经过修改后才开始陆续出现在出版市场）；其能否通过 App 等手机阅读平台发布的问题，仍处于"尚在交涉"的漫长过程，这关涉到国家政策、无线运营商审核标准等，几乎完全取决于外部条件的变化，短时间内很难有新形势。

因此，晋江管理者选择在无线市场中主动采取以退为进的策略，将优势保留在网页主站，也由此避免了网站资源在向手机无线媒体转移过程中不得不做出改变和让步，巩固了"女性向"发展的总体趋势，最大程度地减小了手机运营商等方面的力量对网站的介入——这种介入可能对网站造成十分大的影响，很可能彻底左右网站的主推类型、文本形态，也将对网站的自主权造成威胁。

结　语

晋江剽悍的"小粉红"精英读者能够在网络文学市场的残酷竞争中促使晋江管理者保持其"读者代表"的身份，使"粉丝监察院"的作用受到重视和认可，显示出极其强大的力量——这种力量最终使女性读者在一定程度上以商业逻辑打败了男性强权文化，让"女性向"趋势折射到社会文化生活的方方面面。作为晋江在"女性向"文学道路上前进的强大内在推动力，"小粉红"和"粉丝监察院"现阶段虽然在网站向手机无线市场转型的过程中造成了阻碍，但就当下中国社会商业逻辑强势的现状，参考"女性向"文学在实体书出版、影视作品改编市场的相关政策的日渐放宽，手机无线市场最终有相当大的可能性会接纳"女性向"网络文学的进入。这必然是一个漫长的过程，晋江网站管理层必须克服技术、管理等层面的惰性，提前为此做好相关准备。相信随着商业逻辑的渗透和社会思潮的变迁，在精英粉丝和网站的共同努力下，"女性向"网络文学趋势终将与市场和政策实现理想的和解。

数据库时代的网络写作：
如何重新定义"抄袭"？

2016 年末至 2017 年初，电视剧《锦绣未央》和《三生三世十里桃花》（以下简称《三生》）相继播出，在收视率节节走高的同时，原本仅在网文圈内被小范围讨论的一个话题，也逐渐受到越来越多的关注：其原著网络小说有抄袭的嫌疑。

究竟抄了没有？网文圈内对此展开过旷日持久的讨论：对《锦绣未央》的抄袭判定，圈内意见较为一致，维权作家也已经开始诉诸法律途径；[①] 但对《三生》的判定却一直悬而未决，正反双方争执不下，甚至连《三生》的粉丝也请求对方告上一告，让法律还作品一个"清白"或干脆给个"痛快"。可是，法律真的能给他们这个"清白"或"痛快"吗？现行的著作权法主要是为了保护印刷文明、纸质图书的知识产权而设立的，是纸媒时代的产物。而今天的网络文学，无论是作品的生产、消费过程，还是文本的形态特征，都已经与纸媒时代发生了本质的变化，旧有的法律或许已经不再适合用来解决新的

---

① 2017 年 1 月 4 日，11 位维权作家就《锦绣未央》侵权事宜提起诉讼并得到立案受理。3 月 2 日，第 12 位作家——著名武侠小说作家温瑞安加入了维权队伍。

问题。①

那么，我们应当如何在已然进入数据库时代的今天，重新定义网络写作的"抄袭"？一方面，20年来网络文学虽身处"法外之地"，却已经在实战中自然生长出了一套很成体系的"圈内规矩"，这套规矩虽然深刻地受到著作权法的影响，但也因地制宜地做出了调整，是我们重要的参照系；另一方面，只有从数据库写作的角度重新定义网络文学的"作者""作品"乃至具体的"文字""情节""设定"等概念，我们才能真正理解网络文学的"版权"特性，才能知道究竟什么是"原创"，什么是"抄袭"。

一、网文圈"圈规"：抄文字、抄情节、抄设定

各大网络文学网站对抄袭的态度和处理方式各有不同，其中，晋江文学城在晋江论坛中公开发布的《抄袭处理制度》② 是相对严谨且严格的版本，也是目前女频读者普遍接受的版本。这一文件对抄袭给出了这样几条判定标准：

1. 文字或全文情节走向（细纲）方面完全雷同，或者基本雷同，认定为抄袭。

2. 具体描述语言上雷同，并且不是判定前提中所列的例外情况的，雷同总字数低于1000字的，判定为借鉴过度。超过1000字的，判定为抄袭。

3. 非同人作品模仿或使用他人作品创意链（细纲）超过原

---

① 这或许也解释了《三生》的涉案作家并不打算提起诉讼的选择，一方面是维权成本的问题，另一方面是圈内规矩与法律法规毕竟存在差异，如果不告，至少能在圈内作为"被抄袭者"得到一定的公正，但如果告了且败诉，那么他们连圈内舆论也会失去。

② 自2003年网站建立以来，晋江论坛的《抄袭处理制度》经过了数个版本的修订，本文依据的是2016年3月修订的版本。该文件2016年3月29日发布于晋江论坛网友交流区"碧水江汀"版块，http://bbs.jjwxc.net/showmsg.php?board=17&id=415872。

著十分之一的，或者超过自身十分之一的，判定为借鉴过度，超过原著五分之一的，或者超过自身五分之一的，判定为抄袭。

4. 同人作品使用原著原文超过 3000 字……

这些判定标准可以归纳为 3 种情况：文字或具体描述语言的雷同，情节走向或创意链（细纲）的雷同，同人作品与原著的雷同。它们已经大致勾勒出了网文圈判定为"抄袭"的 3 种主要手法：抄文字、抄情节、抄设定。

1. 抄文字："好词好句摘抄"和"中译中"

抄文字，可以是照搬、拼贴的"好词好句摘抄"，也可以是换一句话写同一个意思的"中译中"。在网络时代来临前后，它都是最常见、最初级的抄袭手法，因为难度低、成本小——若是借助互联网搜索引擎或写作软件，则尤甚。

在圈内的判定中，小说《锦绣未央》正是这种抄袭手法的典型。《锦绣未央》初名《庶女有毒》，2013 年初在潇湘书院连载，没多久就出现了质疑作者秦简抄袭的声音，但秦简拒不承认；同年 7 月，纸书《锦绣未央》由江苏文艺出版社出版，引起第一波"反抄袭"的反弹；8 月，微博账号"言情小说抄袭举报处"（以下简称"举报处"）贴出了《庶女有毒》与近 20 部其他网文作品的调色盘①对比，潇湘书院对此做出反应，判定其构成借鉴，要求作者删除借鉴部分并进行整改。

从调色盘的对比可以看出，小说《锦绣未央》中的一些字句是原封不动地"摘抄"自其他作品的，而另一些字句则是稍加改动的"中译中"。例如：

---

① 调色盘是网文圈内常见的一种"反抄袭"形式，通常是以表格形式将疑似抄袭的作品与被抄袭的原文分列左右，用鲜艳的颜色标示出相同或相似的语句或段落，有时还会加上制作者的一些说明。调色盘在圈内自发的"反抄袭"行动中往往被看作最关键的证据，优点是一目了然，但不同的制作者对抄袭的判定标准不尽相同，可能会做出完全不同的调色盘表格，因此看似客观的调色盘仍包含着制作者的主观倾向。

《长歌天下》（玉宇，2009）第五章	《锦绣未央》（秦简，2013）90章
皇家盛宴本来表演着一团和气，可这宴开到一半，却出了点岔子。一个负责送菜的小太监居然是混进来的刺客，幸好他还没有机会出手就被大内侍卫统领卫仲瞧出破绽。 　　卫仲一命人上前盘问，那人就拔出暗藏的匕首捅了对方一刀，转身逃走。卫仲和几名大内高手要贴身保护皇帝、太后和重要嫔妃，不敢亲自追敌，其他的侍卫轻功不济，最后竟然被那刺客逃脱，只拣得遗落的宫中腰牌一块。	这本来是一场十分和睦的宴会，可是宴会上却出了乱子，一个宫女居然是混进来的刺客，妄图想要刺杀皇帝，然而早有大内高手贴身保护皇帝和几位重要嫔妃，那宫女刚刚从托盘下抽出匕首，未出手就被人发现，将她当场拿下。 　　皇帝命人盘查，那宫女即刻抹了脖子自尽而死。 　　皇帝勃然大怒，当众命人搜查。结果在那宫女的身上发现腰牌一块。

　　这种简单机械的照搬和转译，在信息处理技术如此发达的今天，甚至不需要人工进行调整，光凭写作软件就能轻松实现，事实似乎也正是如此：2015年，《锦绣未央》即将改编成电视剧的消息传出，引发了第二波"反抄袭"热议，随着播出档期的临近，至2016年7月，"言情小说抄袭举报处"贴出的涉嫌抄袭书目增加到了219部——一本小说竟能涉嫌抄袭如此众多的作品，在传统写作中是难以想象的，但到了网络数据库时代，借助智能写作软件，"日更三万字'抄'三百本不是梦"[1]。只要在软件中输入一个关键词，就有海量前人书写过的文本碎片供挑选。软件内置的"标签模块"和"素材库"都是定时更新的，使用者只需稍加拼贴组合，或是用软件自带的"同义转换"功能，就能成功规避"查重"，改头换面，不着痕迹。

　　正是因为抄文字简单粗暴，对这种抄袭手法的判定也相对容易，且最有可能在现行法律体系下进行维权。而剩下的两种抄袭手法，却没那么简单。

---

　　① 《独家揭秘网文写作神器丨日更三万字"抄"三百本不是梦》，腾讯娱乐新闻，2017年3月23日。

2. 抄情节："融梗"

抄情节，这种手法的定义相对模糊。以 2014—2015 年轰轰烈烈的"琼瑶诉于正案"[1] 为例，法院的判决书给出了这样的规定：

> 文学作品中，情节的前后衔接、逻辑顺序将全部情节紧密贯穿为完整的个性化表达，这种足够具体的人物设置、情节结构、内在逻辑关系的有机结合体可以成为著作权法保护的表达。[2]

圈内一般也是把"将很多个创意链接起来的顺序、逻辑和因果关系"[3] 看作受保护的"情节"，当涉及具体案例的判定时，用得更多的则是"梗"这个概念。"梗"原本来自"二次元"文化，指某些可以被反复引用、演绎的经典桥段、典故，[4] 在网文圈"反抄袭"的语境中，"梗"则指具有可辨识性的叙事链[5]——这种可辨识性，是由叙事要素形成链条的排布顺序和内在逻辑决定的。圈内把两部作品的叙事链创意有雷同但不存在抄袭嫌疑的情况称为"撞梗"，如果"梗"撞得太多或作品之间重叠的叙事要素、推演逻辑比例太大，则会被判定为"融梗"，属于"抄袭"行为的一种。

以小说《三生》（唐七公子，2008）为例，它主要被指涉嫌抄袭

---

[1] 2014 年 5 月，琼瑶起诉于正及电视剧《宫锁连城》的摄制公司，认为该剧侵害了琼瑶的剧本、小说《梅花烙》的著作权和改编权。同年 12 月，北京市第三中级人民法院一审宣判被告构成侵权。2015 年 2 月，于正等被告上诉北京市高级人民法院，同年 12 月二审宣判驳回上诉，维持原判。

[2] 参见 2015 年 12 月 16 日北京市高级人民法院的民事判决书《琼瑶诉于正案终审判决书》，编号（2015）高民（知）终字第 1039 号。

[3] 引自晋江论坛《抄袭处理制度》。

[4] 参见高寒凝撰写的"梗/捏他"词条，邵燕君主编：《破壁书：网络文化关键词》，生活书店出版有限公司 2018 年版，第 48—50 页。

[5] 目前网文圈对"梗"的实际使用较为混乱、泛化，除了叙事链等"情节"范畴的单位，有时也会指某些人物关系的设定，如"兄妹梗"。本文为论述的清晰，将"梗"和"设定"做了定义上的区分。关于"梗"的定义，参考了与徐佳、张萌、郑君仪、李文玉、彭笑笑同学的讨论结果，特此鸣谢。

此前的三部作品——《非我倾城》（顾漫，2006）①、《思凡》（公子欢喜，2007）②、《桃花债》（大风刮过，2007），③ 其中既存在人物设定和人物关系的过度相似，也包括叙事上"融梗"的指控。仅以《思凡》和《三生》的主角为例，下列要素在两部作品中均存在：

（1）文舒（素素）以凡人的身份被带回天界；（2）文舒（素素）自以为单恋勖扬（夜华）并因此心灰意冷，想要离开天界回到凡间；（3）文舒（素素）在轮回台（诛仙台）与勖扬（夜华）诀别并跳下台，因此解除了魂魄上的印记（额间的封印）；（4）文舒（素素/白浅）失去记忆，勖扬（夜华）追随他（她）经历了三生三世的轮回；（5）最终文舒（白浅）通过非梦宝镜（结魄灯）找回了之前的记忆。

这些叙事要素及其排列顺序、推演逻辑，组成了许多可辨识的叙事链，当二者"撞梗"的数量达到了一定比例，圈内读者就会判定《三生》对《思凡》构成了"融梗"。

既然从圈内规矩看，《三生》有如此明显的"融梗"嫌疑，那么它的抄袭判定为什么在法律上存疑呢？或许 2015—2016 年的"周浩晖诉于正剧《美人制造》案"④ 能提供一些参考：判决书认为，《美人制造》的确借鉴了周浩晖小说的构思，但出于保护文化发展和促进作品创作的目的，著作权法遵循"思想/表达二分法"原则，只保护个性化的"表达"，不保护语言风格和"思想"上的创意；另外，一

---

① 参见微博账号"唐七新版调色盘制作组"于 2017 年 3 月 17 日发布的"《三生三世十里桃花》涉嫌抄袭《非我倾城》新版调色盘"，其中的判定原则参考了编剧余飞在判定网络剧《热血长安》中部分剧集抄袭大风刮过《张公案》时给出的判断抄袭原理，得到网文圈普遍接受。

② 参见微博账号"唐七新版调色盘制作组"于 2017 年 4 月 4 日发布的"唐七《三生三世十里桃花》涉嫌抄袭公子欢喜《思凡》调色盘第三版"，判定原则同①，并参考了部分法院判决文件。

③ 参见百度贴吧"桃花债吧"帖子《不多说　直接上图》。

④ 2015 年 3 月，作家周浩晖就电视剧《美人制造》（2014）涉嫌对其小说《邪恶催眠师》（2013）构成侵权事宜，对电视剧制片方、出品方、编审（于正）、编剧（秦简）提起诉讼，扬州市中级人民法院立案受理。2016 年 11 月 7 日，一审宣判驳回诉讼。

些常见的情节元素（如催眠之后咬人、摔水杯、跳楼等）属于文学的公共素材，也不应当被作者垄断。

这就涉及网文圈内同样存在的"大众梗"与"原创梗"之分的问题。也就是说，当一些"梗"被反复引用、演绎成为经典桥段时，它就进入了文学的公共领域，属于文学写作的公共素材，即"大众梗"。然而，这些"大众梗"被反复引用、演绎的公共化过程，在某种意义上也是对"原创梗"的一次次"撞梗"和"融梗"。不过，能够被公共化的"梗"（如"替身梗"），相对来说是兼容性较高的叙事模块，很容易与网文写作的各个类型或标签相融合。反过来说，"原创梗"之所以具有原创性，也是因为作者的个人化表达和叙事的复杂性，当个人化色彩被剥去、复杂的叙事被拆分简化后，"梗"终究还是一串叙事链。在当下网络写作的海量文本中，没有任何一串叙事链堪称独一无二，"撞梗"几乎是注定的。因此，网文圈一般只有在"撞梗"的数量和比例达到一定程度时，才会做出"融梗"的抄袭判定。

网文圈内尚且不能对一个"梗"究竟属于"大众梗"还是"原创梗"做出鲜明的判定，法律上也没有代表性的先例，因此，如果具体的"表达"没有达到一定的相似性，法律的判决就是很难预知的，最终很可能会成为资本和律师个人才能的博弈。

3. 抄设定：人物设定和世界设定

设定，常用于游戏语境，无论在游戏、文学或其他虚构叙事艺术中，都是指一系列特定的虚构知识。设定又可以分为人物设定和世界（观）设定。人物设定包括种族、性别、年龄、性向、职业、外貌等一般性的人物特征，也包括性格等能被归纳为"属性"的特质。一般来说，单纯的人物设定是不被算进抄袭范畴的，如《思凡》的男主角勖扬和《三生》的男二号东华帝君，都是"紫衣银发"的上仙，这点会被当作后者"撞"了前者的"梗"或设定的证据之一，却不能单独构成抄袭。因为，一般性的人物特征及其组合的数量是有限的，不能被某一个作者垄断，不受著作权法保护；而"属性"则是网络文学乃至当下大众流行文艺共同的人物"标签化"倾向的产物；即使从法律上看，著作权法保护的也只是个性化的人物关系设置，而非单独的人物特征。

网文圈对设定抄袭的争议，更多集中在世界设定上。世界设定是一套更系统化的虚构知识，包括历史时间线、地理空间、物理规则、社会政治形态等。在网络文学中，世界设定与一些类型元素是重合的，一些类型本身就是一种世界设定，如现代都市、古风、架空、武侠、修仙、星际科幻等；而另一些世界设定则是网文的常见叙事套路，如穿越、重生、系统、金手指等；还有一些设定则指向某种模糊的作品风格，如"二次元"设定。

一般来说，世界设定分为"公共设定/公设"和"私人设定/私设"，个人也可以在已有设定的基础上进行"二次设定/二设"。正因为世界设定是一种系统的虚构知识，其共享性和流通性很强，在圈内的约定俗成中，"公设"属于公共素材，"私设"则是作者个人的知识成果，应当受到保护。然而"公设"和"私设"之间没有一条清晰的界限，全凭圈内作者和读者的默契和共识，当这种默契和共识被打破，或是规矩不同的圈子之间产生交集时，就出现了抄设定的指控。

一个非常典型的例子是长佩文学论坛对李柘榴的纯爱小说《模仿者》（2016 年发布于长佩文学论坛）的抄袭判定。[①] 论坛制作的调色盘指出《模仿者》对科幻作家江波的短篇小说集《湿婆之舞》（2012）、美国科幻电影《异次元骇客》（1999）、日本动漫《新世纪福音战士》（1995）等作品构成了世界设定和情节的抄袭。我们撇去情节，只讨论世界设定的部分，以《湿婆之舞》为例，调色盘指出《模仿者》与之雷同的世界设定有：

（1）未来世界资源缺乏，人类活到一定岁数后就要进入虚拟世界以节省资源；（2）虚拟世界的载体是一种生物脑，死后化作另一种物质与大地结合；（3）创造虚拟世界的人被称为"创造者"，创造者的能力也有等级秩序；（4）不同的虚拟世界有不同的世界观；（5）真实生命会随着虚拟世界消失而死去；（6）有专门的组织负责管理虚拟世界，击杀崩溃的虚拟世界载体。

---

① 参见论坛管理组的官方微博账号"公子长佩"于 2017 年 1 月 6 日发布的"关于《模仿者》（by：李柘榴）一文的判定结论及处理意见"。

很明显，这些设定不能完全算是《湿婆之舞》作者江波的"私设"，大多是科幻圈"公设"。纯爱及其他女频类型借用科幻设定也是很常见的，《模仿者》之所以会被判定为抄袭，一方面是因为其借用设定的对象比较集中，另一方面是因为作者李柘榴拒绝承认自己的作品与科幻类型的渊源。如果作者愿意标明自己对科幻圈"公设"的合理借用，不仅是"公设"，甚至一些"私设"也可以在取得原作者授权后进行合理的借用。例如水千丞《寒武再临》（2013，晋江文学城）的世界设定借自咬狗《全球进化》（2012，起点中文网），但水千丞在创作之初就得到了咬狗的授权，并在作品文案中标明了。这种"私设"的借用是被网文圈认可的，不会惹来抄袭嫌疑。而抄设定在法律上能否构成侵权，这方面也没有代表性的先例，如果从"思想/表达二分法"原则出发，只有关于人物关系和世界设定的具体"表达"是受保护的。

二、重新定义网络写作和"抄袭"

在分析了以上 3 种网文圈判定的"抄袭"手法之后，我们看到，今天的文学创作和"抄袭"都已与传统的文学写作大不相同。我们已经从纸媒时代进入互联网时代，如果把来自纸媒时代的版权观念直接套用到网络写作，会面临许多无法清晰界定的灰色地带；而网文圈内约定俗成的"圈规"，在一定程度上也带着纸媒时代版权观念的浓重痕迹——尤其是近年来圈内"反抄袭"标准的严格程度，已经到了近乎矫枉过正的地步。面对数据库时代的网络写作，无论对"文字""情节"还是"设定"，无论对"版权""作者"还是"作品"，都应该有新的理解方式。

1. 写作软件："大工业时代"的文学生产机器

早在 20 世纪初，随着资本主义深入文学领域，本雅明就已经开始把"机械复制时代"的文学写作看成是一种生产，把整个文化活动领域比作一个市场。资产阶级的市场文化决定了作家的身份——一个靠出卖劳动力换取报酬的人。成功的作家与不成功的作家之间的差别，类似于熟练工人和非熟练工人之间的差别。至此，作为一个雇佣劳动者的艺术家，和作为一种商品的艺术品，其本质已经暴露无遗。[①]

而一个世纪过去之后，今天文学写作的商业化、市场化，已经推进到了更新的阶段，业内有人称之为"产业化"阶段，而笔者采用的是"大工业时代"的说法。一方面，文学开始与其他文化领域紧密相连，构成从文学到影视、动漫、游戏等领域的完整产业链，文学处于这条生产流水线的上游源头，同时接受下游文化的反哺，成为资本渗透下的文化市场和文化生产的重要组成部分；另一方面，写作软件等人工智能机器的出现，使文学获得了从"手工业时代"走向"大工业时代"的前提条件，机器开始加入成功或不成功作家的行列，与人类一起生产作为商品的文学作品。

不仅是文学生产，"大工业时代"的文学消费也已经进入新的阶段，文学作品已成为一种大众消费商品。无论是"手工业"工匠一针一线、一刀一斧锤炼出来的艺术品，还是"大工业"生产流水线上产出的机械复制品，在消费者面前都是平等地作为商品进行售卖的——一些消费者快餐式地、无差别地消费着这两种商品，在满足他们的阅读需求上，二者的功能并没有本质的区别。我们当然应该继续尊重、珍视手工艺人的创造性劳动，并赋予其较高的价值，但却不能因此彻底否定工业产品的价值。

今天的写作软件技术尚不成熟。以"大作家超级自动写作软件"[②] 为例，软件目前提供了 4 种模板：梗概模板、章节模板、语段模板、原子模板。梗概模板大概对应小说的类型，包括武侠、科幻、爱情等；章节模板是小说的情节结构，包括故事、对话、打斗等；语段模板是更加细化的描写元素，如服饰、个性、场景、桥段；原子模板则是由字词、句子、字母等最小元素构成的，是生成其他模板的基础。根据用户选择的类型、人物、情节等要素，软件可以自动生成一

① 张旭东：《本雅明的意义》，［德］本雅明：《发达资本主义时代的抒情诗人》，张旭东、魏东生译，生活·读书·新知三联书店 2007 年版，第 7 页。

② "大作家超级自动写作软件"（中华人民共和国国家版权局计算机软件著作权登记证书登记号 2009SR036557），本文采用的是其最新试用版 v4.3.20（Windows 版）。

个故事，但拼贴痕迹还很明显，故事也只是对已有素材的自定义组合，不能实现文学的创新。

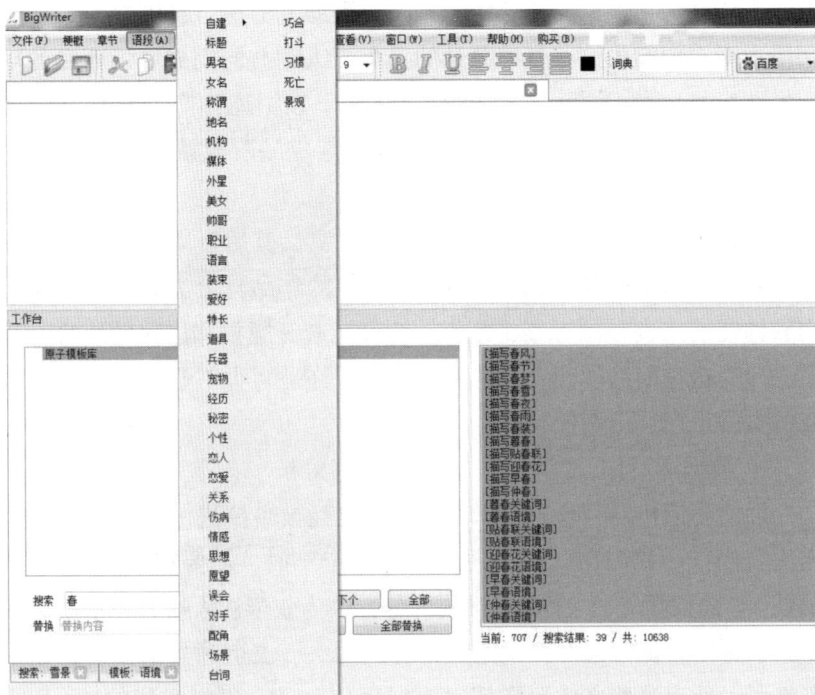

图 1-1 "大作家超级自动写作软件"原子模板库里搜索关键词"春"的分类结果

但该软件的"好词好句摘抄"和"中译中"的功能已经十分完善，完全可以充当一部网络版、智能化的"文学描写辞典"①。也就是说，至少在风景、场面、制度等描写方面，机器已经能很好地充当一个熟练工人。早在 1964 年，麦克卢汉就已经把媒介看作人的"延

---

① 20 世纪 80 年代出版了一批文学工具书，如《文学描写辞典》（中国青年出版社 1982 年版）、《中外文学名著描写辞典》（福建人民出版社 1982 年版）等。仅以《文学描写辞典》的印刷数据为例，该辞典 1984 年 4 月第 4 次印刷的印数是 1062001—1460000 册，同年 12 月第 5 次印刷的印数是 1458001—1618000 册，总印刷量已达到 160 多万册，可以推测，当时有相当数量的作者会把这些辞典当作文学创作的工具书。

伸",把互联网等电子媒介看作人类"中枢神经系统的延伸",① 那么,我们今天能否把写作软件看作作者的"延伸"?机器能否作为辅助,去帮助一个人类的非熟练工人,或帮助一个在"日更数千"的更文压力下希望卸去这些基础劳动的熟练工人,共同完成文学商品的生产?还有另一种可能,如果机器能够基于数据库,产出某种文学的"半成品",人类的作者可否使用这些"半成品"模块"来料加工",以其带有原创性的方式将它们组装起来?

如果机器能够成为一种合法的写作工具,其后台"素材库"中仅收录解决了知识产权问题的素材,给产出的作品打上类似"本文由写作软件辅助完成"的标签,是否就有可能避开版权和法律的纠纷,让愿意接受这种商品的读者去消费它?这或许是"大工业时代"一种可能的文学生产、消费图景。

2. 数据库写作:"同人"与类型"超文本"

即使不谈机器写作,今天的文学也已经被裹挟进一个巨大的"数据库"当中。我们在讨论"梗"和"设定"时,需要在"大众梗/原创梗""公设/私设"中做艰难的区分,因为叙事、人物、背景设定等要素,都不再能以某一个确定的作者为源头,去追溯其来龙去脉和原创性了。所有这些文学要素都"数据库化"了,纸媒时代的"作者"和"作品"观念已经不那么适用于网络写作。

我们可以把这个数据库理解为鲍德里亚所说的"代码的仙境",即是说后现代、后工业、消费、信息社会是一种"仿真"的系统,人类看到的和经历的都不是真实的世界,而是"超现实"的世界,即符号、代码的世界,而文学则是对这种"超现实"世界的模仿,② 因此,作品与商品、原创与复制的区隔将日渐模糊,可复制的符号和代码将成为文学的主宰;也可以把它理解为东浩纪所说的"萌要素数据库",也就是说,随着机械复制商品的不断增殖,差异化的商品、符号被大量囤积、流通,市场自然地孕育出了一套能够有效刺激消费者

---

① [加] 马歇尔·麦克卢汉:《理解媒介——论人的延伸》,何道宽译,商务印书馆2000年版,第76页。

② [法] 让·波德里亚:《象征交换与死亡》,车槿山译,译林出版社2009年版,第3—12页。

的符号，即"萌要素"，"原创"的神话陨落了，我们不再能叫出"原作者"的名字，不同的作品是通过"萌要素"的独特组合方式获得其个性和价值的。①

在这样的情况下，"作品"的构成方式发生了本质的变化。从"萌要素数据库"中抽取一些"萌点"或"属性"聚合成的人物或角色，有时会成为核心——这样的作品也被东浩纪等日本评论家称为"角色小说"。在文学市场上，最受消费者青睐的"萌点""属性"是可以不断重复的，对应中国的网络文学，即是热门的人物属性或人物设定，人设是不能被某一个作者或作品垄断的。当一些"属性"的固定搭配形成了深入人心的角色，以至于这个角色"活"了过来，能够按照其行为模式自由地进入其他世界、演绎其他"梗"、讲述其他故事，就成了以人物为中心的"同人"作品。同理，当一些对"超现实"世界的模仿与描述方式被广泛地接受，就成了公共化的世界设定，在被不断重复的创作实践中，形成一个类型（如科幻）或套路（如重生），或以世界为中心的"同人"作品（如以《哈利·波特》魔法世界为核心的同人小说）。目前，"同人"尚处于版权管理的灰色地带，主要依据原作者的版权声明和圈内的约定俗成。如果在数据库框架中重新看待人物设定和世界设定，或许就能为我们理解"公设/私设"和"同人"小说提供新的角度，并协商出新的版权管理办法。

"文字""情节"或"梗"，同样能够以数据库的方式进行解读。在网络书写如此发达和丰富的今天，想要找到任何一个未被书写、未被重复的叙事段落，几乎是不可能的。"撞梗"是注定的，在一次次的重复中一些叙事链及其组合逐渐固定下来，形成了"大众梗"、类型元素和类型本身。类型，在某种意义上成为一个"超文本"②，一

① ［日］东浩纪：《动物化的后现代：御宅族如何影响日本社会》，褚炫初译，台北大鸿艺术股份有限公司2012年版，第66—80页。

② "超文本"（Hyper Text），即"超级文本"的缩写，最早是20世纪60年代由美国计算机专家德特·纳尔逊提出，指用超链接的方式将不同空间的文字信息组织在一起的网状文本。纳尔逊以此为基础，搭建起了HTTP超文本传输协议的标准架构。因此，有学者认为网络文学网站本身是一个"超文本"。这里把网络文学的类型看作一种"超文本"，强调的是其将不同空间的文字信息组织在一起的"超文本"特性。

个类型中所有单个文本都可以看作是这个"超文本"的一部分，在不同文本中重复了千百次的"梗"也可以看作是这个"超文本"中的同一个"梗"。每一部重复了同一个"梗"的作品之间形成了"互文"关系，作品 A 中未被详细描写的细节，可以由作品 B 来进行补充。而在不同文本中重复出现的风景、场面、制度等资料性描写，也可以看作是"超文本"中的同一种描写，不愿意进行重复劳动的人类或许有权利选择让机器替代、分担这种劳动。

网络写作的网络性、开放性、互动性，意味着无论是"梗"、设定还是类型，整个数据库都是由受众群体或圈子共同塑造的，从作者、读者到评论者，圈子的每一个成员都以不同的方式参与了这个数据库的建构。作品的创作者与圈子的每一个成员应当分别享有单个文本与"超文本"的著作权利。我们既要尊重和保护单个作者、作品的原创性（如在作品中注明引用、致敬或鸣谢），又要对"超文本"的共享性抱有更开放的心态。这样，未来的网络写作才会有更广阔的视野和资源，而不是在对重复的恐惧中裹足不前。

不止言情：女频仙侠网络小说的多元叙事

自 2015 年电视剧《花千骨》播出后，网络仙侠小说开始借 IP 影视改编之势进入大众视野，再加上《三生三世十里桃花》（2017）、《香蜜沉沉烬如霜》（2018）等多部"爆款"影视剧的巩固，令电视观众对网文改编"仙侠剧"形成了一种固定印象——以女主角为核心、以仙侠世界为背景的"虐恋"爱情故事。这种印象在一定程度上反向塑造了大众对女频仙侠小说的想象。然而，这 3 部近年才改编为影视的小说全部创作于 2008 年，是当时女频网络小说最为流行的"虐恋情深"言情模式在仙侠类型中的典型代表。进入 IP 时代，它们在一众类型经典之作中被重新遴选而出，恰是因为仙侠题材与"虐恋"模式颇得影视改编的青睐。如果基于"仙侠剧"的惯式去预设当下女频仙侠网络小说的创作，不仅是滞后的，更是以偏概全的。

而目前主流的网络小说类型研究，几乎都以男频小说为中心，以男频小说的类型划分标准为纲。在男频小说目前的分类逻辑里，"仙侠"这个词是一个尴尬的存在。"仙侠"类型原本脱胎于武侠，从"低武/低魔"的武林，发展到"高武/高魔"的仙界，是武侠力量体系和幻想程度的加强版。① 受到"西方奇幻"的影响，中国网络小说

---

① "低武/高武"或"低魔/高魔"指的是幻想世界的武力值高低，与"高度/低度幻想"概念同时使用。幻想小说中对高度幻想、低度幻想的区分，主要依据虚构世界与现实世界之间的差异程度，修仙、玄幻、奇幻属于高度幻想，武侠属于低度幻想。参见陈新榜、吉云飞撰写的"高度幻想/低度幻想"词条，邵燕君主编《破壁书：网络文化关键词》，生活书店出版有限公司 2018 年版，第 244 页。

从诞生之初就试图创造一种相应的"东方玄幻"本土幻想,仿照奇幻的架空世界和勇士冒险,引入电子游戏的升级体系,再加上中国本土神话、宗教文化的丰富资源,最终融会成了新的大幻想类型。它可以被泛泛地称为广义的"玄幻",早期借"仙侠"之名吸引武侠爱好者,但后来真正成为主流模式的是"修仙"或"修真"。① 这一类型讲述的是人如何修炼成仙的故事,与行侠仗义的武侠小说之间已经不具有直接的继承关系,甚至底层逻辑恰是相互矛盾的——修仙为己,行侠为人。只是起点中文网等男频的主流网站仍因循旧例,以"仙侠"称之。这就造成了一种奇特的悖谬:起点的"仙侠"分类事实上指的是"修仙/修真",与侠无关;以晋江文学城为中心的女频,其"仙侠"脉络与武侠之间有着更为明确的继承关系,却又因刻板印象长期被简单粗暴地解读为言情子类,遮蔽了其他的面向。只有抛开男频中心的分类逻辑,以女频为本,才能准确把握女频仙侠类型的发展变化,并厘清其与男频相关类型的联系和异同。

经过十余年的类型演进,如今的女频仙侠小说,早已不是"虐恋"主宰的时代。近年来,以晋江为核心的女频世界正在经历一场重要的转型,言情不再居于绝对的中心位置,亲密关系的想象与世界设定的相关叙事成为并行的两条主线,甚至有后者超越前者、呈现"无CP"或"反言情"倾向的趋势。这一转型在各个类型中均有体现,具体到仙侠则尤为丰富。在"三生三世"、超越仙魔的"虐恋"之后,女频仙侠小说不仅尝试了新的情感模式,更在修仙之道、仙侠之义、世界设定等方面进行了多元探索,交出了与男频范式不同的答卷。

一、仙侠言情与反言情:从"虐恋""甜宠"到"女主修仙文"

对亲密关系的想象,确实是女性网络书写的出发点,因此按照女频的分类逻辑,最根本的类型只有言情和非言情两种。男频以"玄

---

① 参见吉云飞撰写的"修仙/仙侠/修真"词条,邵燕君主编:《破壁书:网络文化关键词》,生活书店出版有限公司 2018 年版,第 253—255 页。

幻""奇幻"的不同幻想设定为类型分野，而女频则按照爱情故事发生的时空背景，区分出了现代都市、古代、未来3个大类。时空的变化不仅仅意味着不同的世界设定，其言情模式也随之产生了不同倾向：未来世界因其必然的幻想属性，往往更多地与科幻、星际、系统等类型元素结合，兴起时间较晚，实验性较强；现代都市更贴近"现实"，但也因网文避免直面现实的特性而更适合"造梦"，主导模式是经久不衰的"总裁文"；古代的历史、架空或高度幻想世界，总是天然地潜藏一种危机意识，无论是否穿越而来，女主角总是携带着现代的灵魂和价值，要在一个既熟悉又陌生的世界里生存下去，避逅种种现代意识与前现代价值的交锋，历史的宏大叙事、丛林法则、爱情神话都在这里相逢，逐渐生长出言情与反言情两条线索。而仙侠正处在双线交汇之处——其"虐恋"或"甜宠"叙事是典型的言情，随着丛林法则的高涨，近年来反言情的倾向则日渐突显。

在大众熟知的仙侠言情小说中，"花千骨们"的"虐恋"逻辑，一方面是基于启蒙的爱情神话，"无论是生死轮回还是天下苍生，都不及一段惊天动地的爱情来得感人和重要，整个世界坍缩为两个人、一场爱"[①]，爱情是绝对的核心叙事，"虐恋"带来的牺牲感和崇高感赋予了爱情合法性；另一方面却也保留了爱情双方的不对等关系，拜入仙门的孤女花千骨与上仙白子画、下凡历劫化身凡女素素的白浅与仙界太子夜华，在亲密关系的起始点，男性处于权力秩序的上风，与都市"总裁文"常见的人物模式相似，"有钱有权的强势男主忽然君临一个平庸懦弱的女主人公的整个生活，以霸道之爱俘获女主芳心"[②]。至高无上的神圣爱情，与不对等的人物地位，是"虐恋"的前提和矛盾冲突、"虐"的重要动因，但也暗含了对自身叙事的消解——不平等的起点如何通向完美的无功利性之爱？这是"霸道总裁文"与仙侠"虐恋"共同的内在矛盾，也驱使这两个类型都走向了从

---

① 王玉玊：《论"女性向"修仙网络小说中的爱情》，《中国现代文学研究丛刊》2016年第8期。

② 王玉玊：《论"女性向"修仙网络小说中的爱情》，《中国现代文学研究丛刊》2016年第8期。

"虐恋"到"甜宠"的转变，以互相宠爱取代"总裁"单方面的霸道宠溺，以双方爱情能量的平等输出作为悬置不对等的一种解决办法。然而，这一解法对言情叙事又提出了新的挑战——"虐恋"本身可以被看作一种叙事装置，矛盾制造"虐点"，对不同"虐点"的需求生成了丰富的矛盾叙事，而缺乏矛盾的"甜宠"却难以构成叙事本身，未能形成独立的类型化模式、套路，必须用其他类型来填补叙事模式和动力的空缺。因此，"甜宠总裁文"需要吸收"行业文"的类型叙事，换上"刑侦文""娱乐圈文"等新的类型壳子；而转向"甜宠"后的仙侠，则往往选择回归修仙求道，或升级、打怪、冒险，言情叙事不再是唯一的中心。

无论如何，"甜宠"并不能真正解决爱情双方的不对等关系，古言类型的反言情叙事就是在认清不对等权力关系的前提下，抛弃爱情神话，承认强权逻辑，一头扎进"丛林"的叙事。弱肉强食的丛林法则，让生存危机取代爱情幻想成为女性的第一要义，其中最具代表性的就是"宫斗""宅斗"类型。早在 2006 年流潋紫的《后宫·甄嬛传》（晋江原创网/新浪博客）中，后宫的女人们就已经明白了帝王无情的道理，与其奢求高处垂下的"爱情"恩赐，不如靠自己去争去斗。而在仙侠故事里，如果遵循丛林法则的强权逻辑，光是依附一个强大的男性并不可靠，自己成为强者才最安全。于是，出现了一种新的仙侠言情模式，即"女主修仙文"。它引入了男频"修仙/修真"的类型模式，把主角替换成女性，既满足了"甜宠"模式寻求类型叙事的需要，又天然地带有反言情的倾向：不可太"言情"，因修仙本就只关乎自己一人，修炼升级之路是注定孤独的，有时"出世"之"道"甚至是排斥情爱的；即使要"言情"，也要注意分寸，不能扰乱修仙的主线，更不能成为修仙的阻碍，只可锦上添花，让男主成为残酷丛林中与女主达成默契、实现利益交换的联盟伙伴，或是在漫漫仙途中增加"甜味"的调剂、点缀。青衫烟雨的《天下男修皆炉鼎》（起点女生网，2013）以直白的书名道出了此类"女主修仙文"中男性角色的"工具人"地位，他们只是女主修仙路上的垫脚石。即使有恋爱戏码，也是为了完成"言情"叙事的任务、令女主的完美人生获得"大团圆结局"的固定动作，其职能与男频小说中的"后宫"相似，或许也有几分真情，但绝不会是超越一切的爱。

近年来，"女主修仙文"已经成为女频仙侠小说的主流，这一倾向在晋江文学城表现得更为突出，一些作品会在文案中标明"有/无男主""如有男主，恋爱情节占比是轻是重"等信息，是否有"感情线"成了读者挑选作品的判断指标之一，许多"有男主"的作品也都倾向于"无CP"的开放式写法。如南柯十三殿的《全世界都在等我叛变》（晋江文学城，2018），作品文案中虽有"师徒文"的言情标签，但与《花千骨》式的"虐恋师徒文"模式已然完全不同。小说的主线是女主秦湛找出师父温晦叛出正道、自愿入魔背后真相的解谜冒险叙事。秦湛是仙门的剑阁阁主、天下第一的剑道至尊，而男主越鸣砚是秦湛身患眼疾的"残废"徒弟，这对师徒与以往男女主角的权力关系恰好颠倒了过来。二人之间的情愫，是越鸣砚对秦湛单箭头的孺慕之思，和秦湛对徒弟的宠爱，这种似是而非的"言情"始终让位于主线叙事，对"情"的探讨也让位于对"道"的追寻。故事的矛盾在越鸣砚的真实身份显现后爆发出来，越原是创世仙人，创造此世是为了给天界去除疫病，对于天界仙人来说，此世之"道"只是他们利用凡人来治病的工具，而秦湛的师父温晦正是在飞升之际窥见了"道"的真容，才放弃正道，选择入魔。得知这一真相后，秦湛当即决定斩断连接此世与天界的"天梯"，让此世挣脱仙人的掌控，重塑一条自己的"道"。小说中的师徒之情不仅没有被展开叙述，更丝毫未曾改变主角对"道"的认同和追求，与为了爱可以毁天灭地的"虐恋师徒文"言情模式相比，这部小说完全可以被当成"无CP"或反言情来解读。只是，作者仍在结局处留下了一个开放式的言情可能性——"天梯"斩断后，秦湛凭自己的"道"飞升，与越鸣砚在天界重逢。此后二人如何发展，自可由愿意"嗑"这对"CP"的读者自行"脑补"①。女性读者越来越熟练掌握"嗑CP"能力，某种程度上促进了女频网络小说的"无CP"写作倾向，只要角色的"人设"（人物设定）足够吸引人，即使原作没有"官配"（官方配对）也不

———————————

① 脑补，脑内补完，在脑海里对小说没有写出来的情节进行补充想象。

妨碍读者们自行把角色配成对。在言情叙事方面，小说变成了一种敞开的文本，作者也许不必再纠结于"有/无男主"或"有/无言情叙事"，"无 CP"的原作或许能借读者"嗑 CP"的补全，实现言情与反言情的双向可能。

二、所"修"为何：升级与"丛林"的驱动机制

当"无 CP"和反言情成为女频仙侠小说越来越突显的创作趋势，摆在作者们面前的问题是：如何在言情之外另辟蹊径，找到新的叙事动力。对此，女频仙侠小说有两种解法，一是升级，二是问"道"，二者正是"修仙/修真"小说要"修"的对象。在男频的"修仙/修真"类型中，也存在两种侧重不同的倾向，有研究者对不同的称谓进行了辨析，认为"修真"是"试图将道教修行进行现代化阐释，对符、丹、洞天福地、神祇体系等都会做更详细设定"，而"修仙"则是"将仙设定为修炼的终极目标，而后从修仙方式中摘取一些作为修行各阶段的标志，如炼气、金丹、元婴、原神、法相等，而后赋予它们数据化的分级，以当代电子游戏常见的升级模式为内核"①。换言之，"修真"更看重道教修行的世界设定，而"修仙"引入了电子游戏的升级，以数值化的等级体系为底层逻辑。

升级在电子游戏中是不需要理由的，对于游戏玩家来说，有任务就要去做，有更高的等级就要去升，这是游戏的基本法则。但在小说的叙事中，还是需要给升级一个鲜明的驱动力。男频"修仙"的升级过程往往伴随 3 种常见的叙事模式，按照男主自身的特质可被命名为"龙傲天""废柴流"和"凡人流"，分别对应着天赋异禀、不劳而获，屌丝逆袭、扮猪吃虎，不懈努力、终获成功 3 种快感机制。这 3 种叙事共同传达着丛林法则的弱肉强食、强者崇拜，"仙"只是这座"丛林"金字塔的巅峰和终极目标，它是去道德化的，只与力量有关，

---

① 蔡翔宇：《试论"网文出海"中的文化内涵损失——以泛修仙类作品概念的译介和理解为例》，《外国文学动态研究》2021 年第 1 期。

在层级分明的等级体系中，力量是支配宇宙的绝对法则，所以必须变强、必须升级。而"女主修仙文"的升级，直接借鉴了男频"修仙"的数值化等级体系，并在男频的 3 种叙事之外，发展出一种女性特有的驱动力——复仇，并且是向男性复仇。

如时镜的《我不成仙》（晋江文学城，2016—2018），女主见愁升级的动力，就是向她的丈夫谢不臣复仇。谢不臣是个天才修士，在对力量的追求面前，发妻亦可弃之如敝屣，为了进入仙门，他不惜杀妻证道，随后十日筑基、轰动天下。而侥幸被救活的见愁，要用更卓绝的天赋、更快的升级速度、更强的力量去复仇，用"有情道"去打这个选了"无情道"的男人的脸。这是典型的"逆男频"写法，男频有"后宫"，女频就有"逆后宫"，男频有"双修"和将魔教妖女当作"炉鼎"的桥段，女频就有"天下男修皆炉鼎"，以此向把女性当成欲望客体、当成工具的男频写作惯例和男性中心文化发起反击。不过，当复仇与升级叙事结合，男频的逆袭、扮猪吃虎、虐渣等快感机制也被女频继承了过来。复仇是吊在毛驴面前的胡萝卜，在升级的道路上仍是"丛林"的力量崇拜在发挥作用——见愁顶着"崖山大师姐"的名号横行天下，把一个个传闻中的天之骄子斩落斧下，构成了小说更基础的快感机制。

如果说男频的"丛林"叙事主要体现在升级，那么女频的"丛林"原本更集中在"宫斗""宅斗"类型，后宫是赤裸裸的斗兽场，权力秩序也尊卑分明。不过，后宫是女人之间的战争，是将在爱情关系中不对等的男性（皇帝）悬置起来，在同样处于弱势位置的女性之间展开"内卷"和"雌竞"。近年来随着网络女性主义的兴起，女性逐渐意识到"雌竞"的局限，"宫斗文"也早已不再流行。取而代之的女频"丛林"叙事，是包括"女主修仙文"在内的"女主升级文"，它是升级体系与各种类型结合的产物。这类"女主升级文"与此前的"女强""女尊"类型相比最大的区别，是引入了升级的数值化等级体系，并淡化了女主的性别身份——升级不再是女性之间的"雌竞"，也未必要向男性复仇，女主是以"去性别化"的姿态投入不论性别的"丛林"。

在这类"女主修仙文"中，修真"丛林"的残酷一览无余，如御井烹香的《借剑》（晋江文学城，2020—2021），甚至把丛林法则上溯到了天地本源之"道"的层面。女主阮慈原是一介凡人，只因"借"得一柄东华剑，才踏上修仙之路。小说的升级体系为炼气、筑基、金丹、元婴、洞天、道祖，每个等级之间的壁垒就像跨越一个物种，一旦升级，过去的"底层"经历就像是上辈子的回忆般遥远，不可能有所谓的众生平等和互相了解。小说建构的修仙世界有且只有七十二道祖，每位道祖都有所修之"道"，且可以给他们主宰的"周天"设立一条新的规则。如离火道祖定下了"修士不可转世"的规则，于是阮慈所在的"琅嬛周天"的修士们没有下一世的机会，竞争加倍残酷。即使到了道祖的层次也是一个萝卜一个坑，大道三千，只要能"合道"，都有机会晋升道祖，把原本的道祖拉下马，"道争"是常态，输了的道祖面临"身死道消"的惨淡结局。因此，有道祖试图让"大玉周天"取代"琅嬛周天"，只因大玉修士心中没有大不敬、不服之念，不会质疑道祖。女主阮慈因东华剑的"机缘"，有了超脱生死、平视道祖的心境。她所求之"道"，一是做自己的主宰，不再像棋子一样被上层摆布；二是问天地法则，认清世界的全貌。要实现这两重诉求，她必须不断地与各种"道"和规则发生碰撞，强行破开天地，并保持自我、率性而为——阮慈的本质就是大不敬、不服。但这种不服之心，与今何在《悟空传》（金庸客栈，2000）横空出世的那句"我要这天再遮不住我眼"不同，阮慈的大不敬，不是要推翻旧世界成为革命者，而只是不服输、想要赢、想要去做下棋的人。作者以写"宅斗"的笔法去描绘阮慈与其他修士间的复杂博弈，透露出这部"女主修仙/升级文"与"宫斗""宅斗"相同的"丛林"底色，小说旨在写女性以与男性同等的姿态逐鹿天下，并取得最终的胜利。

升级的森严秩序与"丛林"的达尔文法则，二者的结合或许是网络小说倒映现实生存危机的必然趋势。但在升级和"丛林"之外，女频仙侠还孕育着两种叙事类型：一种与去道德化的"修仙"相反，继承武侠的侠义精神，尝试重建仙侠的道德标准；另一种与更看重世界设定的"修真"对应，但并不局限于借鉴道教的修炼体系，而是广泛汲取中国古典的幻想元素，建构一个与升级无关的东方幻想世界。

三、在"侠"的延长线上：仙侠的"入世"与"反丛林"

如果要追溯网络仙侠小说最直接的继承对象，那么 20 世纪三四十年代还珠楼主创作的《蜀山剑侠传》等"蜀山"系列小说，与 1995 年以来台湾大宇公司推出的《仙剑奇侠传》等"仙剑"系列游戏，是仙侠更为明确的源头。当然，"蜀山"和"仙剑"与武侠的关系都十分密切。有研究者将还珠楼主的创作分为"出世仙侠"与"入世武侠"两类，并总结出二者的 5 种区别，其中最重要的是行侠目的不同。"出世仙侠"的目的是"飞升紫府"，成为"天仙"或"地仙"；而"入世武侠"是为了推翻帝王专政，实现"六合一家，世界大同"。① 而在"仙剑"游戏中，虽然世界设定从"低武"提升到了"高武"，但叙事的核心仍旧围绕江湖武林展开，并非仙界，游戏的玩法虽然也有升级，但更重要的是人物之间发生的故事，更核心的玩法是战斗、冒险和解谜。"入世"和冒险、解谜，即是仙侠类型中本就孕育的，跳出升级和"丛林"的其他叙事可能性。

武侠，可以说是前网络时代最重要的通俗小说类型，它发挥着吸引初代读者从线下奔赴网络、孕育初代网络作家、开启网络仙侠和玄幻等类型的承前启后作用。但在男频那里，以"仙"代"武"的过程是不可逆的，一旦有了"高武"的高度幻想世界，"低武"的低度幻想就不够看了，武侠势必日渐衰微。而女频的武侠却在现代/古代/未来的三分法里找到了归宿。早期的古代言情小说以亲密关系为核心，世界设定只提供人物活动的环境，武侠塑造的"江湖"就与"朝堂""后宫"一起，成了古代言情小说最常见的叙事空间。从王度庐、宫白羽的古典武侠，到金、古、黄、梁、温的经典武侠，再到 20—21 世纪之交的"大陆新武侠"，江湖儿女的爱恨情仇叙事在女频的古代

---

① 另外 4 种区别是行侠手段、行侠时间、行侠地点和主要人物。参见周清霖：《论还珠楼主的"入世武侠"小说》，原载于《台湾新生报》1992 年 8 月 16—18 日，收录《还珠楼主小说全集·杜甫　岳飞传》（第 46 卷），裴效维、李观鼎编校，山西人民出版社、北岳文艺出版社 1998 年版，第 562 页。

言情小说中得以延续。这与仙侠的"虐恋"叙事是一脉相承的，也是女频小说在相当长的时间里可以不引入升级模式的重要原因。这种继承自武侠的女频仙侠，与男频的"修仙"有着两种本质上的不同：一是"情"，修仙者不谈"情"或不重"情"，而侠义故事却一直有言情传统；二是"义"，修仙是为自己长生，"死道友不死贫道"，利己原则是第一位的，行侠却是为他人仗义，只要所持之"义"能得彰显，豁出性命也在所不辞。如果沿用"出世"和"入世"的区分法，那么"修仙"是"出世"的，仙侠却有着"入世"的可能。当女频仙侠试图在升级和"丛林"的逻辑之外，去寻找新的叙事动力，武侠的"入世"精神就成了打开冒险、解谜叙事的钥匙。

从武侠到仙侠，在"侠"的延长线上，"入世"的目的和侠义精神的具体内涵在不同的时代有着不同的诠释。如果说"蜀山"的"入世"是推翻封建统治、建立大同世界的民间义气，而金庸的"入世"是彰显"侠之大者，为国为民"的家国大义，那么这些重于泰山的价值到了"大陆新武侠"那里，已经变得"轻"了许多——在沧月、步非烟、沈璎璎的笔下，武侠之"义"总是与某一种"情"（包括亲情、友情、爱情）绑定在一起，被诠释为"爱"的信念，有"大爱"也有"小爱"，"冒险+恋爱"模式构成叙事核心，保护所爱，就是值得每个人去坚守的"义"。而到了网络的武侠、仙侠，女频作者们继承了"冒险+恋爱"模式，当"虐恋"退潮，在"女主修仙文"的升级、"丛林"、反言情倾向兴起的同时，"侠"的脉络也在驱使作者重构"入世"的意义，为女主提供升级和丛林法则之外的动力。如《全世界都在等我叛变》，女主出场就是天下第一，无须升级，她的"入世"是典型的解谜冒险，只为找出师父入魔的真相，而她身上的侠义精神，是以凡人力量的极致去对抗天界，斩"天梯"，让此世之"道"摆脱仙人设计的宿命，获得自由。而好大一卷卫生纸的《见江山》（晋江文学城，2017—2018）和 Priest 的《太岁》（晋江文学城，2021），虽然都有"修仙"的升级体系，但升级的主要作用是提供一个明确的人物成长路线，在更核心的冒险叙事里，这两部作品的"入世"都有着心怀天下、济世救民的情怀。

《见江山》的 3 位主角总是顺风顺水地赢下一场场看似不可能的

战斗，一级一级地上升，但他们的底层逻辑却是"反丛林"的。先贤们谆谆教诲着，叫他们识时务、谋大局，"等你站在我这个位置，再来审判我"，他们却要为蝼蚁掀翻大局，并对权力嗤之以鼻，"我对您的位置不感兴趣"。最后，当主角程千仞真正执掌天下时，作者利用他的现代穿越者身份，给出了一个不讲道理的取巧解法——以民主思想对封建帝国进行降维打击，以此说服魔王、收束帝制，建立元老院会议，开启民主进程。而《太岁》的主角奚平，虽是皇亲国戚，且在修仙之道上天赋异禀，但升级和权力恰是他要质疑的"道心"。千百年来世界万物的规则筑成三千大道，凡人修道后想要登顶便要找出其中一条规则作为"道心"，然而这"道心"却反过来奴役了人心，让仙界的宗师和人间的帝王都沦为大道的奴仆。所以奚平没有"道心"——非要说的话，他的"道心"是不驯，是不看来路、不问因果，把大道抛诸脑后，只要当下问心无愧。当他阴差阳错又命中注定地获得那一副"太岁"的骨殖时，他就扛起了为劳苦大众掀翻旧秩序的"邪神"旗帜，与向"太岁"祈愿的少女阿响共同构成了上层和下层、秩序内和秩序外打破沉疴的两把剑。作者在修仙之外，还引入了"蒸汽朋克"的技术设定，最终让技术革命成为改天换地、反抗天道的关键，让小说的社会寓言色彩愈发突显。

在这些女频仙侠的侠义精神与"入世"书写中，女性尝试重建的理想世界和道德标准，看似是回到了启蒙价值的自由、平等、公正，但本质的共通性仍然落在"反丛林"上。美国人类学家理安·艾斯勒在《圣杯与剑》中提出过两种人类社会的基本模式：一种是统治关系模式，即"剑"代表的生杀、统治、毁灭的权力，是父系社会的主导模式；另一种是伙伴关系模式，即"圣杯"代表的养育、给予、创造的权力，是母系社会的主导模式。①虽然这样的二元对立不免有性别本质主义的嫌疑，但这一模型仍能为女频小说的"反丛林"提供一些启示——如果"丛林"是深藏在男性统治背后的底层逻辑，那么"反丛林"、反统治关系，用女性特有的爱和温柔去召唤新的社会结

---

① ［美］理安·艾斯勒：《圣杯与剑：我们的历史，我们的未来》，程志民译，社会科学文献出版社2009年版。

构，或许是女频小说的应有之义。在《见江山》和《太岁》中，取代统治关系的，正是伙伴式的情谊：程千仞不仅能与挚友肝胆相照，连他们的对手中也不乏光风霁月、磊落不凡的侠士，只要一诺，便可生死相托；而奚平反抗天道的坎坷之路也有兄长、师父和遥遥相望的阿响与他一道。在反言情的仙侠故事里，伙伴之情成了新的情感中心。

四、"仙"的东方幻想：女性的"世界设定小说"

仙侠脱胎于武侠，但仙侠的世界设定不仅仅是从"低武"到"高武"力量体系的变化，更意味着从低度幻想到高度幻想、幻想元素的大爆发。

中国网络小说的高度幻想，可以说是直接受到西方奇幻（fantasy）类型的刺激。2001 年 11 月，起点中文网的前身"中国玄幻文学协会"（Chinese Magic Fantasy Union）成立，协会的英文名不仅用和奇幻同名的"fantasy"来翻译玄幻，还出现了"魔法/magic"一词，而同年 12 月诞生的"九州"世界设定，更是直接仿照西方奇幻进行的本土化尝试，所以后来才招致"九州香蕉论"的争议，被反对者批为"只是一个披着东方皮的西方设定""虽然外皮是黄的，但是里面却是白的""表面用的是东方词汇，内里的世界架构、思维模式却来自西方奇幻"。[①] 正是在这样的"东方焦虑"驱使下，后来成为男频"东方玄幻"主流的"修仙/修真"类型大量吸收了中国本土的古代历史、宗教神话、民间传说等资源，形成了 4 种常见的世界设定，即"古典仙侠"的中国古代社会背景，"幻想修仙"的宇宙星空、架空世界等幻想空间，"现代修仙"的现代都市背景，以及"洪荒封神"的创世神话和《封神演义》《西游记》等神魔小说衍生的世

---

① 谭天：《网络文学发展早期的"精英"与"小白"之争——"龙的天空"论坛三次论战综述》，《中国当代文学研究》2020 年第 6 期。

界背景。① 然而，无论在哪一种世界设定里，从人到仙的修炼都是文本最明确的结构，底层逻辑是电子游戏的升级体系——这样的思维模式难道会比"九州"更"东方"吗？事实上，网络小说的幻想（fantasy）发展至今，无论奇幻还是玄幻，其底层的叙事模式都受到了电子游戏逻辑的渗透，游戏的不同的玩法——升级、冒险、解谜、策略、乙女，每一种都能在网络小说中找到对应的类型叙事，游戏的思维模式成了这个时代的叙事主潮。于是，东方、西方之分最终还是只能落到幻想元素的来源上，落到儒释道、神仙妖魔的词汇上。

正是在这种意义上，女频出现了一些不升级、不修炼的幻想叙事，其世界设定借用的是东方元素，也可以说是一种广义的"东方幻想"类型。按照女频用户在晋江的分类使用习惯，由于晋江的"类型"选项下没有"玄幻"，比起"仙侠"，作者更倾向于采用"奇幻"或"传奇"来给这种类型归类，回到"fantasy"这个词的"幻想"本意。

台湾翻译家朱学恒在第一次把西方的"Fantasy Literature"翻译成"奇幻"时，对这种类型的描述是："这类的作品多半发生在另一个架空世界中，许多超自然的事情，依据该世界的规范是可能发生的，甚至是被视作理所当然的。"② "西方fantasy"（幻想/奇幻）类型的核心，就在于建立一个特殊的架空异世界，如《魔戒》的中土世界、《龙与地下城》的西幻世界、《哈利·波特》的魔法世界。而女频的"东方奇幻/fantasy"叙事中，异世界的设定也是作品的核心，其叙事大多采取冒险模式，借主角在不同地图中的活动，缓缓展开世界设定本身的蓝图。因此，这类小说格外看重世界设定的独创性和"泛仙侠"的东方色彩，继承了"九州"的野心，试图以类似民族志的详尽写法，去建构中国式的《魔戒》或《哈利·波特》。

---

① 参见吉云飞撰写的"修仙/仙侠/修真"词条，邵燕君主编：《破壁书：网络文化关键词》，生活书店出版有限公司2018年版，第253—255页。

② 参见王恺文、吉云飞撰写的"奇幻"词条，邵燕君主编：《破壁书：网络文化关键词》，生活书店出版有限公司2018年版，第246页。

这种"东方奇幻"在非天夜翔的"驱魔师"系列作品①中最为典型，作者在同一世界观下的系列文尝试，更鲜明地表现出他对世界设定的重视。在横跨古今的"驱魔师"世界设定里，没有升级的修仙者，也没有仗剑的侠士，主角们的驱魔之力都来自古老的"东方"传说：苍狼白鹿、西域吐火罗祆教、燃灯古佛、不动明王、孔雀明王、金翅大鹏、凤凰、鲲、龙……这些神赐的力量就在他们的血脉里，可以被激发，但无须升级，天生天成，也带给了他们与生俱来的责任和使命。小说的主线是主角团的冒险和解谜，而一切的答案就藏在世界设定里，于是叙事的推进就自然而然地与世界设定的展开合二为一了——认知世界，构成了叙事的核心。

男频"修真"也有对世界设定的探索，最终目的是"合道"。而从亲密关系出发的女性，在经历认知性别身份的过程后，开始建立一种新的主体性，以一种新的主体身份去尝试"入世"并认知这个世界，这是女频从言情主导到亲密关系与世界设定双线并重的转型背后的重要动力。女性的"道"在何处？是丛林法则，还是"反丛林"的价值重构？是"出世"还是"入世"？是"玄幻"还是"奇幻"？女频仙侠走过的每一步，都是在边界上徘徊的探索。

不过，除了在男性中心文化给出的范式里正着、逆着的反复求索，女性还有自己独特的武器。"女性向"的同人文化，不仅让女性学会了"嗑CP"、解放了原作的亲密关系叙事，也给了世界设定更多的可能性。"嗑CP"之所以成为可能，是因为在我们身处的数据库写作时代，小说的人物不再是对现实的模仿，而是按照数据库的逻辑创造出来的"人设"（人物设定）。当读者对数据库足够熟悉，就能立即解读出人物的"人设"及其独特的行为逻辑和叙事动力，这个人物就获得了可以在文本内外自由行走的"后设叙事性"，日本学者东浩纪将以这种人物为中心的小说称为"角色小说"。② 而在数据库写作

① 包括《国家一级注册驱魔师上岗培训通知》（2014—2015）、《天宝伏妖录》（2017）、《定海浮生录》（2019），均发表于晋江文学城。

② "后设叙事性"与"角色小说"的相关论述，参见［日］东浩纪：《游戏性写实主义的诞生：动物化的后现代2》，黄锦容译，台北唐山出版社2015年版。

的时代，世界也不再是对现实的模仿，而是由幻想数据库拼贴建造的世界设定，当这些设定足够成熟，它们也能独立地产生意义、邀请其他人物进入其中，成为同人写作的一种 AU（Alternative Universe，即平行宇宙）世界。致力于创造这种世界设定的小说，或许可以被称为"世界设定小说"。目前，能被同人借用的世界设定仍以西方奇幻为主，如《哈利·波特》的魔法世界就是中文同人中最常见的 AU 世界，而在中国的文化资源里，唯有《红楼梦》有"创世"之力，其他小说都只能为某一种类型的公共设定添砖加瓦（如《封神演义》《西游记》与其他古代神话传说共同建构了"洪荒"世界设定）。不过，这也从另一侧面印证了"世界设定小说"的可贵，一旦写就，便成经典。女频的东方幻想或许可以把"世界设定小说"当成一种可能的目标，在"仙"与"侠"的东方冒险故事里，建构新的理想世界与公共幻想空间。

中文广播剧进化史：
从"为爱发电"到"声音经济"

  近年来，在线音频市场迅速崛起，除音乐之外，人们在网络上收听的音频种类日渐丰富。传统的调频广播（Frequency Modulation）转移到互联网，前网络时代的听众们最为青睐的相声评书、有声小说、情感类电台节目等内容，如今在喜马拉雅、蜻蜓 FM、荔枝 FM 等网络平台仍是热门频道，广播剧、脱口秀、知识付费课堂等新兴品种的流行，则不断拓宽着音频内容的多元化可能性。

  其中，广播剧是一个非常特殊的类型，它常常会与有声小说混同起来，二者虽然听起来相似，都是网络小说的有声化，却有着不同的文化渊源和表现形式。"广播剧"这个词原本指的是配音演员用声音表演的戏剧，早在前网络时代就已出现，因通常在广播电台播出而得名。如今网络流行文化中所说的"广播剧"，则是受到日本 drama CD 文化影响、在网络时代诞生的特殊分支。

一、从"日抓"到"中抓"

  日本的 drama CD，通常是 ACG（漫画、动画、游戏）的衍生作品，发行这种 drama CD 是 ACG 作品跨媒介开发的一部分，一些轻小说也常常被改编为 drama CD 发售。无论是动画、游戏还是 drama CD，都需要为角色进行大量的后期配音，因此日本的配音演员——"声优"职业体系异常发达，培养出了许多著名的"声优"明星，如钉宫理惠、神谷浩史等，在中国的动漫爱好者中也有相当高的人气。

21 世纪之初，随着日本 ACG 文化在中国的传播，drama CD 的演绎形式影响了许多中国的配音爱好者。他们在网络上聚集起来后，开始模仿日本"声优"的配音方式，以网络小说为主要的剧本改编对象，录制中文的 drama 音频，逐渐发展出了中国的 drama 音频文化，被戏称为与"日抓"（日本 drama）对应的"中抓"（中文 drama）。另外，由于网络早期中文广播剧缺乏公开发售的商业途径，主要是爱好者带有同人性质的业余创作，他们在网络上集结，以团队合作的形式完成最终的广播剧作品，再在网络上免费发布，因此区别于"商配"（商业配音），被称作"网配"（网络配音）。

广播剧与有声小说最大的不同点在于：广播剧的每一个角色，即使是配角、龙套，都有对应的配音演员，重在表现角色之间的对话和互动，角色的动作、场景的转换通常会通过音效表现，对小说原著也可能有较大幅度的改编；而有声小说则往往只有一个主要配音演员，担任串联整个剧本的旁白，角色的关键行动一般是通过旁白直接叙述出来的，只有主要角色的对话中偶尔会出现其他演员，重在呈现小说文本，把文字忠实地转化为声音。因此，有声小说的功能往往是解放双眼、用耳朵替代眼睛去"读完"一部小说，专业配音演员的朗读比生硬机械的机器朗读效果更好。而广播剧的受众不只想要"读完"一本小说，还希望在这个过程中欣赏到配音演员们用声音完成的戏剧表演。

二、广播剧制作的"士大夫"与"卡司"

从"日抓"到"中抓"，drama 音频强调的戏剧感使得广播剧的制作如同影视剧一般，需要组建一个"五脏俱全"的剧组，包括策划、编剧、导演、配音演员、后期、美工、宣传等分工明确的岗位，通过"集体协作"来完成。

"网配"时代，在一部广播剧的制作过程中占据中心地位的，往往是策划。就像电影工业中处于中心位置的导演或制片，策划掌握着整个剧组的大局，包括联系各方人员、把控剧目制作进度、协调剧组人员时间等。不仅如此，策划还要负责找到合适的编剧、导演、后期和配音演员的 Casting（选角）工作，并且在广播剧制作完毕后找到合适的美工、宣传来设计作品海报、制作发布剧贴（剧作发布到各大网络平台时使用的宣传贴）。可以说，一部剧的"出生"，最关键的"亲妈"就是策划。当然，编剧、导演、后期也是决定剧作质量的重要环节，美工、宣传则是网络传播时的点睛之笔。这些负责"幕后"工作的剧组成员被统一称作 STAFF（或谐音"士大夫"），他们是每一部广播剧必不可少的基石。

而真正能够走到"台前"直接触及听众的，还是配音演员，即 CV（Character Voice 的简称，在日本动画里配音演员表常常写成"角色名 CV 声优名"，CV 一词于是被误用为声优的同义词，保留至今）。一部广播剧的 CV 团队一般被称作 CAST（或谐音"卡司"），明星 CV 的加入，往往会使剧作的 CAST 表更具吸引力。主角 CV 的音色是否符合小说人物的特质，声音的戏剧表演是否恰到好处，是广播剧听众们最为看重的评判标准。

在"网配"时代，无论是 STAFF 还是 CAST，都是纯粹的业余爱好者，他们大多没有接受过关于配音、音频制作、编导等技能的专业培训，也并不能从这一活动中获得任何经济利益，完全是"用爱发电"。即便如此，广播剧的爱好者们还是一边模仿"日抓"的成熟工业体系，一边进行着中国本土化的改造，自掏腰包购买设备、投入大量时间和精力，建立了一套独具特色的声音戏剧表现形式和制作程式，借助网络媒介，在近二十年的时间里，发展出了数量繁多的广播剧社团、社交群组和丰富的爱好者社群互动体系。

三、社团与社群互动

广播剧复杂的制作流程对"用爱发电"的业余爱好者提出了较高的要求，STAFF 和 CAST 必须在网络上保持较为紧密的联系，空出相应的档期以配合制作时间，因此"网配"时代的一部连载广播剧，通常需要较长的制作周期，有时长达数年，任何一个环节的迟滞都可能导致"拖更"或"断更"。一部剧如果能够保持几个月乃至半年更新一期的频率，已经能够被听众称为"神仙剧组""业界良心"，甚至"年更剧"也属常态。许多作品在连载过程中面临剧组成员的频繁更换，有的更是中途"夭折"宣布"坑"了，让翘首以盼的听众粉丝扼腕叹息。因此，一个稳定而有效率的剧组，除了需要一位有执行力和掌控力的策划，如果有可靠的社团力量做依托，就又多了一重保障。

早在 2000 年前后，中国爱好者就开始尝试制作广播剧了。起初，他们建立了"声优 X 领域"等专题网站，聚集了一些同好。到 2004 年底，星之声中文配音组建立，此后，其他最具影响力的"网配"社团，如决意同人组、优声由色、翼之声、剪刀广播剧团等相继成立。一个具备相当规模的社团，会聚集 STAFF 的所有"工种"和各种音色的 CV，能够组建完整的剧组并独立完成广播剧的制作，因此社团壮大后就能较为稳定地产出"社团剧"，往往比策划的"个人剧"更高效。

在社交媒介尚不发达的时期，剧组成员只能通过在论坛发帖互动、电子邮件来相互联系。CV 们也没有对戏的条件，只能根据剧本和导演的提示，各自录好"干音"（即未处理过的原始录音），再根据导演、策划的建议进行调整"返音"，最后发给后期进行合成。出剧的效率很低，质量也比较粗糙。随着腾讯 QQ 等即时通信工具的普及，[1] 以及 QQ 群聊、语音通话、群语音等功能的陆续开发，许多剧组和社团纷纷聚集在群组内，使其线上的即时语音互动成为可能，发展出了所谓的"pia 戏"活动。"pia 戏"指的是剧组进行即时配音活动时，导演及策划指导、纠正演员表演的过程。所谓的"pia"，是导演拍击或抽打东西的拟声，与电影摄制中喊"cut"相似。为了提高广播剧的录制效率，一些剧组会直接让 CV 们线上对戏，方便导演、策划现场给予反馈，同时促进 CV 在互动中切磋出默契，即时调整配

---

① 截至 2007 年 6 月，QQ 用户数已经覆盖了全国网民近 90%，总活跃账户数超过 2.7 亿。

合，省去反复"返音"的烦琐。有的 CV 会边"pia"边录，将策划和导演当下确认的版本直接作为"干音"提交给剧组进行后期制作。不过，还是有相当一部分 CV 更倾向于独自录制，"pia 戏"只是一种练习和预演。

起初为了保护作品，"pia 戏"活动仅限于剧组内部，后来，随着广播剧粉丝群体的壮大，CV 的现场"pia 戏"逐渐变成一种公开的即兴节目，在一些剧组的 FM（fan meeting）或社团的庆祝活动中频频上演。这既满足了听众们欣赏到"野生"的戏剧现场或喜爱的 CV 们当场表演的愿望，增进了粉丝与 CV 之间的互动感，也能让 CV 们片段式地秀一秀演技、过一把戏瘾，是广播剧爱好者社群互动最常见的方式。2008 年 YY 语音上线后，许多剧组或社团的"pia 戏"活动也转移到了加密或公开的 YY 房间内，参与其中的粉丝规模越来越大，一些大型活动的同时在线人数甚至达到了数万人。

四、从"网配"到"商配"

2008 年后，网络平台与技术的稳定，使"网配"广播剧进入了迅速发展和成熟的阶段，出现了《纨绔》《华胥引》等经典作品，以及轻薄的假相、鬼月等知名 CV，广播剧的听众也形成了相对固定的网络社群并不断扩张。一些"网配"CV 开始尝试通过给动画、游戏、影视剧配音向"商配"转型，但彼时国内的配音文化整体尚未成熟，即使是职业的"商配"CV，也远没有达到日本"声优"职业体系的发达程度，而且长期以来"网配"的听众对商业化一直很排斥，认为这有损于"为爱发电"[①] 的纯粹性。因此，直到 2017 年前后，中文广播剧才从"网配"全面进入"商配"阶段。

推动这一转型的因素有许多。首先，移动智能手机的普及、音频使用场景的多样化、耳机等设备的便携性、微支付消费习惯的养成，

---

① 为爱发电，女性网络文化中用来形容非商业、非营利的粉丝创作的常用词，在粉丝向的文化生产中，爱好者可以不凭借任何其他因素驱动，只凭借"爱"来维持生产创造。

都为商业广播剧奠定了技术基础。其次，2014 年后 IP 资本大举进军网络小说的版权开发，有声书、广播剧的改编版权也逐渐引起重视，原本免费授权给"网配"剧组的作品纷纷回收授权；2017 年后主打广播剧市场的音频平台猫耳 FM 开始批量签约网络小说的广播剧版权，邀请专业剧组、社团来完成制作，并正式推行按期付费的广播剧收听模式，如今一些付费作品的收听次数已经破亿，在实践中证明了广播剧市场的巨大潜力。最后，随着国内配音文化和粉丝社群的壮大，配音演员逐渐从幕后走向台前，出现了《声临其境》（湖南卫视，2018）等展现配音过程的热门综艺节目，让普通观众记住了边江、季冠霖等配音演员的声音，进一步促进了配音文化的发展。

其实早在"网配"时代，这些给商业译制片、国产影视剧、动漫等作品配音的专业演员就已与"网配"圈子关系密切，经常玩票式地参与"网配"作品。如"光合积木"配音组、729 声工厂，虽然都属于商业配音团体，但其成员大多都参与过"网配"，甚至是从"网配"开始接触配音行业。某种程度上可以说，"网配"为没有上过艺术院校播音专业的普通人打开了进入配音职业的一种可能路径。

五、"商配"时代的"声音经济"

进入"商配"时代后，广播剧的制作也进入了专业化阶段，每一个环节如同工业化的流水线，都由专业人员完成。STAFF 与 CAST 不再是因相同爱好"网络一线牵"的网友，成了共同完成一个商业项目的工作伙伴，CV 们也不再需要隔着网线"pia 戏"，而是进入专业的录音棚，面对面地现场"棚录"——对于"为爱发电"的早期爱好者们来说，这是难以企及的奢华制作方式。

剧集的制作速度、更新频率、音频时长，以及作品的数量、质量，都发生了质的飞跃。

"网配"时代，大部分广播剧为 30 分钟左右一集，一部剧一般分成 5—8 集；而如今猫耳 FM 上的大部分商业广播剧都以"季"为单位，《魔道祖师》《杀破狼》《默读》等热门作品都至少有 3 季，每一季包含 12—15 集。不仅如此，剧组还会拍摄一些棚录的花絮，作为听众的粉丝福利。广播剧已然从极少人问津的小众爱好，变成了"声音经济"的重要组成部分。

从"网配"到"商配"，中文广播剧的听众一直以女性为主，改编的网络小说也大多是晋江文学城的女频小说。广播剧"声音经济"的背后，是当下以女性为主导的粉丝文化消费市场。因此，猫耳 FM 等平台试图仿照日本声优的职业体系，打造职业化、明星化、IP 化的 CV。配音演员不再是作品背后默默发声的演职人员，而是可以站在台前，成为具有号召力和影响力的 icon 标签。一部"商配"广播剧的付费人员构成，除去原著的书粉，很大一部分是冲着主角的配音演员——出现在 CAST 表中的人气 CV，他们是播放量的保证之一。

如今，CV 的粉丝们也会自发组织爱好者社群，将趣缘社群中的同好互动逐渐转化为日常生活的社交习惯。她们既会分享、讨论广播剧作品，交流收听感受，或结伴前往 CV 们组织的线下活动，也会与同好分享自己的生活琐事，甚至安利其他的爱好。广播剧就像网络时代其他花样繁多的趣缘文化一样，将爱好者的日常文化消费、社交互动与情感交流都编织进赛博空间当中，建构起数码原住民的一种生活方式。

从"用爱发电"的"网配"，到网文 IP 改编新增量的"商配"，中文广播剧在当下"声音经济"的商业大盘中已经占据一席之地，不仅让更多的幕后"发声者"走到了幕前，也为在线音频市场带来了一股蓬勃发展的新生力量。相信未来不论是广播剧还是其他的小众文化圈层，都能在互联网浪潮的助推下，逐渐走进更为广阔的大众市场，以多元的内容呈现，为当下的互联网文化市场注入新的动力。

（本文与邹梦云合写）

第二辑　年度综述

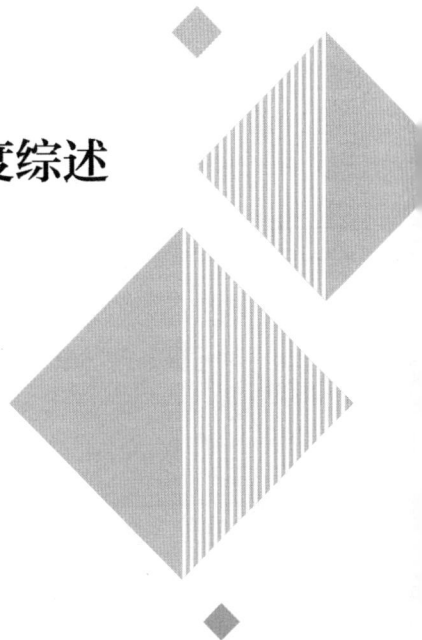

劫后余生的异世界幻象图景

——晋江 2012 年度纯爱作品观察报告

2012 年在晋江文学城上连载发布的作品数量依然庞大且保持上升势头，但总体来说呈现出类型较为单一的状态，形成领潮气候的类型几乎只限于末世、机甲、异形、重生这几种。从时间线性上看，我们很难界定这几个类型的诞生孰先孰后，但可以肯定的是，这些类型的作品在这一年间井喷式的爆发与 2012 这个带有浓厚末世气息的特殊年份不无干系。要梳理盘点晋江 2012 年的类型发展趋势，势必要先从末世文入手。

一、平等纯粹的爱情温床：末世

末世，也称世界末日，即宇宙系统的崩溃或人类社会的灭亡，以后者为主，通行的版本之一是源于玛雅人的 2012 世界末日预言。文艺作品对末日景象的想象有磁场变化、行星撞击、太阳活动等多种分支，在网络小说中则以丧尸①暴发最为常见。2011 年乃至更早，晋江上已经出现了一些末世题材的作品，如饭卡的《他，来自火星》（2009）、妖舟的《Blood × Blood》（2010）等。这些作品的叙述套路多是末世之后幸存的女主角遇见新物种、外星人或人形野兽并与之产

---

① 丧尸（Zombie）这个词来自巫毒教信仰，与中国传统文化中的"僵尸"有所不同，丧尸病毒（Solanum）暴发后大量感染人类，是网络末世小说常见的造成末世的起因设定。

生爱情的故事，末世只被当作一种过去完成时的背景，可以算作是披着末世皮的科幻言情。直到 2011 年末《二零一三》的出现，"末世"作为一种独特的类型或情节元素才正式发展成熟，尤其受到晋江纯爱写作的青睐。

《二零一三》的作者非天夜翔①于 2008 年末开始在晋江进行网络小说创作，以《飘洋过海中国船》（2010）、《灵魂深处闹革命》（2011）等作品初步积累人气后，紧接着发布了《二零一三》。这部篇幅达 45 万字的小说在 2011 年 8 月 1 日到 9 月 16 日短短一个半月内连载完结，立刻在读者中引起剧烈反响，随即掀起了晋江的末世文风潮，并成为末世文代名词式的经典之作，彼时在晋江很难找出可与之匹敌的同题材作品。

《二零一三》讲述了 2012 年末丧尸暴发，人类展开大规模保卫战，两对恋人浴血求生的历程。小说不仅着眼于末世中相依为命的禁忌爱情，对丧尸围攻下不断沦陷的城市景象、末日浩劫中暴露的人性百态和军队对抗丧尸的惨烈战斗场景也描写得入木三分。这在"女性向"的作品中并不多见，除了作者本身的读者号召力外，这种"铁血"气息也是小说受到欢迎的原因之一。这场血肉横飞的大戏上演后，2011 年末乃至整个 2012 年，作为晋江半壁江山的纯爱频道一时间群魔乱舞、丧尸横行，②末世场面、人类救赎、废墟重建成为作品的重点描述对象，让"女性向"网络小说的"格局"从太平盛世中的谈情说爱，拓展到全球灾变下的末世求生，文本表现内容的深度和广度都得到了极大提升。由于末世的背景设定，这些小说大多聚集了用以与丧尸对抗的未来科技、军队、战斗等元素，又汇集了武力和智力方面的强者角色来进行人设上的"强强"配对，这些都为纯爱读者

---

① 非天夜翔，晋江网签约作者。代表作有《西楚霸王大战外星人（朝圣）》（2010）、《飘洋过海中国船》（2010）、《灵魂深处闹革命》（2011）、《二零一三》（2011）、《王子病的春天》（2012）、《星辰骑士》（2012）、《北城天街》（2012）等。

② 《二零一三》出现后，有许多如《末世丧尸皇》《丧尸日记》等带有鲜明"丧尸"字眼的作品跟风出现，在此后持续的末世文风潮中，丧尸一直是作者和读者最青睐的末日方式。

提供了绝佳的想象空间。

末世、丧尸题材近年的流行，与风靡全球的《生化危机1—5》（2002—2012）、《2012》（2009）、《行尸走肉（Season1—3）》（2010—2012）等好莱坞大片（或美剧）不无关联。2009年，《植物大战僵尸》①和《求生之路》②两款经典的僵尸题材网络游戏，很大程度上也在全球玩家群体中普及了丧尸形象。同年，《穿越火线》《反恐精英》等网游也陆续推出丧尸/木乃伊模式，③多样的游戏画面也为部分末世文提供了文本背景、战斗场面的直观参考。玛雅人的一个"2012世界末日"预言，通过西方文化的侵袭传播给中国大众，相信与否暂且不论，宣扬末世预言的人们倾向于一种及时行乐的人生态度。末世论、末世文的流行，很大程度上可以归结到人们的这种心态，以及对人类未来命运的茫然、焦虑和反思。在追求完美平等之爱的女性读者心中，末世朝不保夕的特殊情境则激发了爱情中最纯粹、最勇敢的一面。物质的一切都在顷刻间崩塌，人们活在当下，不再考虑所谓的现实、未来；爱情只争朝夕，不论贫富贵贱不分性别；两个人相濡以沫，为了生存并肩战斗，可以不帅气多金、不善良悲悯，甚至麻木不仁、不择手段，但却在死亡面前实现了真正的平等。两人最初可能是为了更高的存活率而组合在一起，若能最终相爱，也是剥离了世俗成见的最纯粹的爱情。

---

① 《植物大战僵尸》（Plants vs Zombies，简称PVZ）是由PopCap Games为Windows、Mac OS X、iOS和Android系统开发，于2009年5月5日发售的一款益智策略类塔防御战游戏。玩家通过武装多种植物切换不同的功能，快速有效地把僵尸阻挡在入侵的道路上。

② 《求生之路》（Left 4 Dead，简称L4D，又译"生死四人组""生存之旅"，中国港台地区译为"恶灵势力"）是一款以僵尸为主题的恐怖生存类第一人称射击游戏，由维尔福软件公司旗下的Turtle Rock工作室制作，分别在2008年11月18日和11月21日在欧美上市。

③ 《穿越火线》是韩国Smile Gate公司在2007年出品的网络游戏，采用第一人称射击形式表现，在中国由腾讯游戏代理发行，2009年4月11日推出丧尸模式。《反恐精英》（Counter-Strike，简称CS）是由Valve开发的射击游戏系列，共有《半条命：反恐精英》《反恐精英1.6》《反恐精英：零点行动》《反恐精英：起源》《反恐精英：全球攻势》5部，其中《反恐精英：起源》2009年开始有木乃伊模式。

末世文的热潮从一开始就衍生出了一些分支，形成的子类型包括机甲文、异形文和异能文。事实上机甲、异形、异能等科幻、奇幻元素是原本就作为一股蛰伏力量存在的，它们带着浓浓的"起点"（即起点中文网）气息，此前在晋江等女频网站并未形成气候，却搭着丧尸末世文的顺风车发展成熟，与之共同构成了一幅劫后余生的异世界幻象图景。

二、兽面人心的外来族类：异形

异形文，可以说是人兽文①的变种，这里的异形包括所有非人类的物种。此前，随着《暮光之城》（2008—2012）、《吸血鬼日记》（2009—2012）等影视剧成为全球热点，晋江在 2010 年初也曾掀起过吸血鬼热，并在作品分类中添加了"血族"标签，此后逐渐从吸血鬼扩散到其他非人族类，汇成了人兽文的热潮。末世、丧尸题材衍生出的异形热，在 2012 年再度点亮了人兽文的灵感，只不过是将兽族背景搬到了灭世后的新纪元或外星球。其中，天堂放逐者的《海怪联盟》是比较有代表性的作品（至 2012 年下半年位列晋江纯爱半年榜第八位）。

《海怪联盟》讲述了末世来临时主角夏意从船上落入海中，被人鱼塞壬所救，并发现自己具有控制水的异能，从此进入一个海怪横行的海洋世界的冒险旅程。与吸血鬼题材相似，人鱼相比于鲛人，并非中国传统文化中的元素，大概可以追溯到西方的美人鱼童话；而人们印象里美好善良的人鱼，在作者的重新诠释下成为给人类带来灾厄与恐惧的海妖，"它们爱的方式，是用尽手段将人拖进无尽的波涛之下，即使是死亡，也要得到，即使拥抱的是尸体，也绝不松手，会在窒息绝望的人耳边轻喃，你是我的，只是我的"。

————————

① 人兽文，即有兽人角色的网络小说，一般有人与兽人相恋的情节。兽人多指可变身成为人的野兽，兽形用于战斗和捕猎，人形用于日常生活，二者的自由转换可能需要经过一段艰难的过程。它们的人形、习性与现代人略有不同，身材高大威猛，独居，领地意识强烈，生活习惯以兽性为主，不会说现代人类的语言，但是有类似动物的交流方式。

　　这不仅是对末世异族的幻想，也是对言情传统中美人鱼童话的反转：用"统御一群品味奇怪长相狰狞体积庞大的生物"的海怪联盟总BOSS，颠覆了那个为王子化作泡沫的柔弱女子；被救起的"王子"则是一个在人类社会被视为弱势群体的孤独症患者，二人之间的强弱与主动、被动关系都发生了颠倒；而童话里小美人鱼对王子的默默守护，也变成了"忠犬"与"面瘫"穿越食物链的"日常风"平淡爱情。这种重新诠释因阅读和写作的对象限制，与其说是有企图的严肃书写，不如说是一个网络游戏世界观建构的宣传噱头。

　　虽然这个海怪世界不同于童话逻辑，而是遵循大鱼吃小鱼的残酷丛林法则，但小说总体上走的是轻松搞笑路线，两位主人公的爱情可以说是顺风顺水，海怪们比起可怖的海洋杀手，更像是一群很会卖萌的天然呆，他们袭击人类也是出于对人性贪婪的无奈反抗。这样一来，与原本小美人鱼化作泡沫的悲剧收尾相比，这个纯爱版人鱼爱情的结局反而更像一个正义压倒邪恶、有情人终成眷属的完美童话了。

　　与之相比，莲洛的《末世之妖孽丛生》则更加接地气地选取了旱魃、狐妖、烛龙、貔貅、画皮、鲛人等中国传统妖物类型，小说的文案已经有中西各大神话传说中的物种纷纷亮相：

　　　　有一天，末日降临了。人们被病毒感染变丧尸了，植物不长了，空气浑浊了，食物被抢光了……

　　　　狐妖：老子的美男呢？美味的精气呢？丧尸你们把老子活色生香的夜晚还来！

　　　　鲛人：丧尸来了，影响我渔业资源和卖珍珠的爱好。

　　　　画皮：你们这些丧尸混蛋，竟然糟蹋新鲜的猪肝！老娘拿什么保持容貌！

　　　　主角：为什么眨眼就变成了一只千年吸血鬼？好吧，我都已经接受现实准备低调做鬼了，可为什么丧尸又出现了？你们放过我吧！

　　　　咬丧尸拉肚子，被迫吃素好苦逼。当妖妖怪怪们只能回顾舌尖上的中国度日时，他们终于忍无可忍了！丧尸，劳资跟你们拼了！

这种妖魔鬼怪集体对抗敌人侵略的戏码，不免让人联想起 2012 年 5 月全球热映的《复仇者联盟》，电影的票房成功提示了小说受到欢迎的一个因素——二者之所以能够在不同场域受到欢迎，正是由于这种人们熟知属性的角色大乱炖造成的奇特效果，特别富有"娱乐至死"精神，也充斥着"同人"气息。当然，这部小说在以同人为主役的作者的一系列创作中只能算表现平平，有一定程度的作者加成。

从这两部作品就可窥见，2012 年晋江流行的异形文带有几分"改编童话"的色彩，末世或异世界大多只作为背景而存在，为主角们的爱情提供一个新鲜有趣的舞台。异形元素的普及和丰富，仍主要归功于网络游戏的流行，游戏中的 NPC、角色、怪物、坐骑等多是异形，自 2004 年北美公测以来风靡全球的经典网游《魔兽世界》更有人类、暗夜精灵、兽人、牛头人、矮人、狼人、熊猫人等十多个种族，大大丰富了可供异形文选材的类型。与传统童话中人化的动物角色类似，异形可以说是拥有了某些特殊属性的另类之人，人鱼、吸血鬼等类人形的族类选取偏好更昭示了异形们"兽面人心"的本质，而猛兽们的特殊属性（如温暖的体温，柔软的毛发、触手或尾巴，强盛的性欲等）也都完全符合女性对男性的萌点幻想或男色消费的需求。

仅从这一阶段的晋江作品来看，以爱情为永恒主旨的女作家们，大多只是表面上的"科幻/玄幻迷"，将这些男频类型的流行元素挪用至女频后，仍旧意不在此，也并不擅长写真正西方式以科学理念或世界观设定为支柱的科幻/玄幻文。

三、明目张胆的金手指：异能

异能，即特异功能，是除异形外对未来人类的另一种想象。主角可能拥有的特殊能力五花八门，包括体能、智力、精神力等方面，如《二零一三》中主角注射疫苗后能力大增可以算是一种异能，《海怪联盟》中的人类夏意之所以能够在海中生存也要归因于其控制水的异能，重生、修仙、机甲技能等都可以视为特殊的异能。跟异形文类似，在异能文中末世多半也只作为一带而过的背景存在，重点是末世之后在新世界里利用异能风生水起的历险。异能文的本质或许只是换一个借口给主角开金手指①，也是在末世或星际背景下给人类主角一个与外部抗衡的能力，是主角之所以能够作为主角一直存活下来的光环所在。

较典型的异能文作品有伏翼的《末世之重生》，在小说描绘的丧尸末世中，幸存者中有部分人被激发出了潜在的3种异能，一是体能异能，即增强人类的身体素质、力量或速度；一是精神异能，类似于魔法，分为火、土、风、水四种基本形态及冰、雷两种衍生形态；最后一种是辅助异能，即2010年起便在晋江的穿越、修仙等文类中频频出现的"随身空间"②。小说中有的角色拥有精神异能，有的角色则在重生后同时获得了精神异能和"随身空间"，还凭着对末世的预见而做好的万全准备以及冷血无情的个性，在末世过上了优质的生活。

其他较具代表性的异能文，如夜悠的《末世重生之少爷》，主角的异能也是"随身空间"；而另一部脱离了"末世"标签的异能文《异能之复活师》，主角的异能则是复活能力。这几部作品与上文提到的异形文一样，走的是轻松的"小白"路线。作者似乎在明目张胆为主角打开金手指的设定之初，便决定了全文顺风顺水、拒绝受虐，甚至狗血到有些杰克苏③的基调，而且只求保全几位主角的美好生活，

---

①　金手指，即网络游戏中内置的作弊方法或修改器，大多作用于单机游戏。金手指可以修改游戏内部的代码，使游戏原本可能需要花很长时间才能办到的事，只需要一个代码就可以完成。金手指发展到成熟阶段后除了修改代码外，还具有下载攻略、截图、交换按键、直接切换游戏、快速存档等功能。因此读者往往将网络小说中作者使主角顺风顺水的主角光环戏称为金手指。

②　"随身空间"，一般指主角拥有一个可以随身携带的储存空间，不仅容量接近无穷，而且不受时间影响，存放于其中的物品不会变质腐烂，类似于网络游戏中的背包。往往还可以从中获得灵药、仙水或其他珍奇，以帮助主角获取身体或精神方面的特殊技能，常见于修真文、穿越文、异能文。

③　杰克苏（Jack Sue），又称汤姆苏（Tom Sue），这一词是中国大陆网友根据"玛丽苏"（Mary Sue）创造的。汤姆苏与玛丽苏都是指在小说中十分完美良善，与其他诸多角色纠缠不清、暧昧不断的主角，因过分体现作者的自恋心态而遭到读者诟病，对于男女作者皆有的这种心态现象，统一简称为"苏"（Sue）。汤姆苏是指男性主角，而玛丽苏指女性主角。

无论背景设定宏大与否，都完全摒弃了拯救人类的宏大叙事。

　　大多数异能文同时也是重生文——重生很多情况下正是异能产生的原因，因此异能也可以看作是改变命运的一种额外手段。在这一阶段的重生、异能代表作品中，上辈子无法自保的弱者，由于获得异能而重生成为强者，但却几乎无一例外地遵循了自己曾经无比憎恶的弱肉强食、以恶制恶的法则——他们只求在成为强者后可以复仇或摆脱被欺压的命运，却不曾帮助或同情过弱者。这或许是异能文主角与同样因拥有特殊能力而成为强者，并拥有"侠之大者，为国为民"的精神内质的金庸武侠小说主角最大的区别。异能文的这种丛林价值观，在读者中也引发了一些诟病，更有读者发起给《末世之重生》刷负分的行动，这在一定程度上展现了当下社会两种常见价值观的碰撞，在内化的强者法则之外，也使我们看到反思这种价值观的倾向和网络文学生产机制下独特的抵抗方式。

　　无论是"随身空间"还是类似于补血补蓝、原地复活的技能，这些元素都脱胎于修仙、通关类网络游戏。而宏大背景架构与小人物小日子叙述的双线并进，也与网络游戏中世界设定和故事更新把控游戏中大致的情节走向、玩家玩好各自角色的模式十分类似。由此可以看出，无论是异形还是异能，其灵感来源都与网络游戏关系紧密，网游中的魔兽形象、角色技能、通关模式都能在异形文、异能文中看到痕迹。这些科幻、玄幻元素在男频发展得更早更成熟，但在女频也出现了一些新的变化。

　　首先，晋江的异形文、异能文几乎无一例外是纯爱，这当然是极具晋江女性文学特色的，而且在科幻背景这个孕育纯爱的理想温床中强势男主就算扎堆出现也是非常合理的；其次，小白程度比男频有过之而无不及，读者的重点仍是纯爱，异形、异能是角色的萌点，因此大量的作品在世界观架构上非常简陋，精品较少；最后，由于读者不同于男频的性别、阅读习惯等，机甲文、异能文、异形文虽因其庞大背景而通常篇幅长于其他文类，但仍控制在 100 万字左右，比男频冗长的"小白升级文"还是要简短许多。

四、异时空的钢筋铁骨：机甲

顺应着末世文引发的科幻热潮，几乎同时出现的机甲文很快开始自行其道。一般来说，机甲文与异形文、异能文同属于晋江的"遥远星空"标签，都是对星际背景、未来人类的异时空想象，也常常同时带有末世、重生等元素。相对于异形、异能来说，机甲是更加男频、更加"起点"的一个元素，这一类型的流行才在真正意义上昭示了晋江文向科幻方向的转型。众多宇宙空间、科幻概念、装备技能等元素纷纷涌入，使得异时空的钢筋铁骨从谈情说爱手里夺走了一些戏份，虽然不至于喧宾夺主，但却迫使作者和读者都不得不开始学着适应一个有着更严谨的科学基础和世界观架构的小说空间。

这一阶段晋江最具代表性的机甲文，要属犹大的烟的《机甲契约奴隶》。小说自 2011 年 11 月开始连载，到 2013 年 2 月 3 日更新至 268 章，已有 114 万字，到 2012 年下半年位列纯爱总分榜第三位。小说讲述了男主角罗小楼意外死亡后，重生到 4000 年后一个机甲横行的世界，又莫名其妙地成为机甲战士原昔的契约奴隶，两人共同成长为伟大机甲战士的漫长历程。在《机甲契约奴隶》中，重生并不重要，4000 年前的地球也是被彻底遗忘的遥远背景，新世界的星际时空、机甲技能等描述才是重点：小说对外星物种、星际战斗场面和机甲器械，甚至零部件的组装等细节，都有较详细的描写，背景设定方面也采取了联邦、帝国两大阵营，几大世家势力的架构，可以明显看出其背后的创作资源继承自欧美科幻的"太空歌剧"（space opera）与 20 世纪 80 年代以来的日式科幻与日本 ACG 作品。光从小说的篇幅也可看出作者书写"史诗"级科幻巨制的野心。小说的两位主角一个率直张扬，一个温和隐忍，二人同样强大的作战能力和默契配合使他们摆脱了女性化角色的固有印象。这与机甲文钢筋铁骨的背景设定有关，也满足了女性读者对科幻、战斗元素的阅读需求。2012 年晋江其他人气较高的机甲文，如衣落成火的《机甲触手时空》，对整体形象偏女性化的角色也做了类似的处理，使其成为另一半的得力助手，这大概也是当下女性对"上得了厅堂，下得了厨房，斗得过小三，打得过流氓"的现代女友标准的内化和妥协。

当然，ACG 文化里的星际、机甲、未来科技，对"85—95"的宅腐一代①来说并不陌生——1980 年 12 月中央电视台引进的第一部国外动画《铁臂阿童木》的主人公阿童木就是机器人。虽然 1952 年日本漫画《铁臂阿童木》和 1960 年的同名改编动画由于时代、政治等原因影响相对较小，但 1982 年日本作家田中芳树的小说《银河英雄传说》系列及 1988 年改编的同名动画，以及 1979 年至 2012 年推出多达 15 部 TV 动画、17 部剧场版动画的"机动战士高达"系列，包括美国 1977 年到 2005 年陆续上映的系列电影《星球大战》六部曲，美国与日本自 1984 年开始合作开发的系列玩具与动画片《变形金刚》及 2007 年、2009 年、2011 年美国拍摄的 3 部同名系列电影，都已经成为"80 后"的科幻启蒙，深深影响了一代人（2012 年在晋江连载的另一部星际背景的人气小说《星辰骑士》的背景架构，就明显受到《星球大战》的影响）。中国在 2005 年到 2007 年相继推出网游《机战》和《机甲世纪》，也拥有了近千万游戏玩家②，以《科幻世界》作家群为代表的科幻文学，也一直是中国当代文坛一脉不可小觑的创作势力。这股从未间断、深入经脉的科幻血液，使得就算平时从未涉足科幻圈的女性读者也对机甲元素有着天然的亲切感，机甲从男频世界跃入女性读者的视线便是水到渠成。尽管此时大部分读者关心的或许并非这些机械复杂的结构设计和科学原理，但更为严谨和庞杂的世界观架构，无疑满足了偏向小白路线的异形文、异能文未能覆盖的阅读需求，也使作品整体显得更宏大、更严肃、更"上得了台面"一些。

---

① 宅腐，也作腐宅，可作腐女和宅男的合称，也可理解为兼具腐、宅两种属性。自 1980 年 12 月中央电视台引进第一部国外动画《铁臂阿童木》以来，中国开始有了能够看着日本动漫长大的第一代人，即"80 后"。事实上日本的御宅文化起源于 20 世纪 80 年代初期，而 BL 文化虽早在 60 年代初就已在日本兴起，但直到 90 年代后期才进入中国大陆，因此当下真正带有"宅腐"属性的网民大多于 1985—1995 年出生，即"85—95"的宅腐一代。参见肖映萱：《"宅腐"挺韩——"85—95"的逆袭》，广东省作家协会、广东网络文学院编：《网络文学评论》总第 3 期，花城出版社 2012 年版。

② 《机战》玩家论坛注册用户 792 万，实际玩家数量应在这个数字以上。

五、游戏人生的具体形态：修真

　　修真是 2011 年以来晋江一直较热的题材，在 2012 年持续流行，势头不减。2012 年晋江下半年的纯爱榜单前 10 有 3 部修真作品，结合前面的机甲、异形、异能元素来看，游戏化的确是网络文学发展的一个总体趋势——修真更加具有鲜明的网游气息。

　　2012 年晋江修真文的代表作之一是月下金狐的《末世掌上七星》。至年底已位列晋江纯爱半年榜第四位。小说的基本情节是道家传人张书鹤在末日遇袭惨死后重生回到 10 年前，开始利用道家知识积极准备抵御丧尸、改变命运，机缘巧合下养了一只黑豹作为仆兽共同御敌，并在驯养中与之产生感情，最终不仅凭着道术存活，更成为除去丧尸根源、拯救世界的大英雄，与化作人形的黑豹妖一同逍遥于山水间。这部作品不再将"末世""丧尸"的标签当作摆设，更串联起"重生""修真""随身空间""人兽"等诸多流行元素，加上语言清新流畅、古色古香，成功大乱炖出一部人气作品。但这部末世小说中的丧尸已经不再是《二零一三》里能诱导读者对人类命运、地球未来进行反思的严肃话题，不再是一个个具体的人性尚存或需要被同情的角色，丧尸和引发丧尸的地底血藤，演化成了升级打怪式游戏套路中的一种 BOSS——作者甚至几乎没有花过笔墨去描绘丧尸的神态、动作，对其特性的设定无非是面色惨白、见人就咬，还根据消灭难度分出 5 个等级，与数值化的电子游戏中的怪物并无二致。张书鹤保命的"随身空间"法宝桃核，即是一个容量极大同时可提供仙桃的宝具，相当于游戏中的背包和补血、补蓝药剂包。威力无穷的仆兽黑豹，在打斗、跟随等功能方面的设定，也极类似网游中的坐骑、跟宠。张书鹤不断重复着搜集焚烧丧尸后出现的红渣、红珠来供养桃树、黑豹的行为，类似游戏中的日常任务；以仙桃修炼打坐，不断达到新境界的桥段，也与游戏中玩家的升级制度相仿。

　　主人公张书鹤一直秉持独善其身的处事原则，重生前在末世的 10 年惨痛经历，使他对他人的死亡已经麻木，拥有再活一次的机会时，张书鹤对末世惨象冷眼旁观，只拯救了亲如生父的魏老头和能够协助自己杀丧尸的异能者刘海、妞妞与仆兽黑豹。他对刘海的帮助，更是遵循以丧尸换食物的等价交换原则，对其他弱者的求助无动于衷。和上面提到的异能文《末世之重生》的男主角类似，张书鹤根本不曾胸怀拯救人类的英雄抱负，只是尽最大的能力生存而已。适者生存、成王败寇，在这个人们对人性失去信心的年代似乎成为唯一的生存法则，友情，甚至亲情、爱情都要让位于个人的切身利益——张书鹤的小姨一家利欲熏心的嘴脸、张书鹤为了防止仆兽反噬时常对黑豹起杀心，都昭示着小说的底层逻辑奉行独善其身、自私自利、弱肉强食。这与末世、丧尸文的普遍价值取向也相吻合。

如果说机甲文唤起了"80后"读者对科幻文学天然的亲缘，修仙文则代表了扎根于中国文化传统中的玄幻文学。且不论魏晋南北朝志怪小说、唐传奇、《西游记》、《聊斋志异》这个完整的古典文学脉络，仅从当代意义上论及"玄幻"，就要追溯到1988年香港作家黄易的《月魔》。而作为网络文学的一个大类，玄幻从网络文学的初始阶段，便有树下野狐《搜神记》（2001）、萧鼎《诛仙》（2003）等经典作品出现，到后来更发展为男频网文最主流的类型，甚至一度可以看作网络小说的代名词。

玄幻类型的特点，更使它成为网文改编游戏的首选类型，因此玄幻与网游有着难以抹去的密切联系。以打坐修炼等方式修仙的模式还可以追溯到1930年还珠楼主《蜀山剑侠传》以来的仙侠小说脉络。1995年开始陆续推出的《仙剑奇侠传》系列角色扮演游戏①以及2004年、2009年的两部影视剧改编作品的出现，对剑侠类网络游戏的普及起到了里程碑式的作用。越来越多的女性玩家进入了游戏世界，修仙作为一种网游中最常见的玄幻元素，其越来越无法忽视的影响开始扩散到以晋江为代表的女频世界，并将游戏的数值化升级、男频玄幻常见的装逼逆袭打脸等爽文套路也带到了女频。

---

① 角色扮演游戏，简称RPG（英文全称role-playing game）。玩家扮演虚拟世界中的一个或者几个特定角色，在特定场景下进行游戏。角色根据不同的游戏情节和统计数据（例如力量、灵敏度、智力、魔法等）具有不同的能力，而这些属性会根据游戏规则在游戏情节中改变。

六、再活一次的无尽可能：重生

上面提到的异能文《末世之重生》《末世重生之少爷》，修真文《末世掌上七星》等，都带有"重生"的设定元素，而2012年晋江下半年的纯爱榜单前20名中有6部、季度榜前20名中有7部作品都带有"重生"标签。事实上，自2009年末青罗扇子《重生之名流巨星》之后，重生文的热潮在晋江从未真正冷却过。为何重生能使读者百读不腻？人生是否真的有这么多的遗憾，要在得到第二次机会后回去弥补？这些缺憾是否真的如此难以克服，有了重生后预知未来的优势仍嫌不够，还要加上异能、修真等金手指，才能抵达想要去到的未来？或许我们可以从2012年晋江官方评选出的十大纯爱佳作之一的《重生职业军人》中找到答案。

静舟小妖《重生职业军人》的主角林峰是典型的部队高干太子爷，在军校作威作福，毕业后在部队也受到特殊待遇，在与一位正直的战友出现矛盾后，使对方从特种部队退回并留下了伤残；32岁的林峰对自己年轻时的作为十分后悔，重生回到16岁后，他一改飞扬跋扈的脾气，冷静沉着地实现了曾经的特种兵梦想，再次邂逅那位战友后与之成为出生入死的兄弟和伴侣。与很多重生文不同，由于主人公在一开始便下定决心要过不同的人生，重生带来的预知能力在小说里并没有起到决定作用，而是给了林峰成熟的思想、隐忍的性格、丰富的人生或作战经验，更给了他弥补过错、彻底改变人生轨迹的机会。

每个人或许都曾在走上人生的岔道口时想象过，如果自己选择的是另一条路会迎来怎样不同的人生，有缺憾和悔恨的人更是如此。无论是如《重生职业军人》中林峰选择不做吃喝玩乐的太子党而去品味特种兵的艰辛，还是如《末世掌上七星》中张书鹤珍惜难得的又一次生命、力求在末世活得无所畏惧，抑或是如《末世之重生》中男主角试图弥补错失的爱情，为保护爱人和自己而不断变强，重生都使主人公获得了重新审视曾经的自己的机会，使他们看清什么才是最重要的。特别是在末世背景下，经历过死亡的他们，对不相干的陌生人异常冷漠，而愈发珍视自己真正在乎却无奈失去过的事物。他们想法成熟，应变冷静，目标明确，尽量避开弯路。重生虽然是拥有了再活一次的无尽可能，但这机会却仍然可能只有一次，因此他们仿佛时刻在提醒自己：这一次要活得更值得，如果明天就是末日，自己不该再有悔恨。

如果把"重生"看作一种独特的叙事角度而非世界设定，或许能够更好地理解这一设定的特点。不同于限制叙事或全知叙事，重生叙事在可知与未知的平衡中往往展现出独特的张力。它与"穿越"看上去相似、更在早期被混用，但"重生"归根结底还是在自己熟悉的世界仍过着自己的人生。读者对重生文持久不退的热情，不仅是出于先知者独有的优越感，还是对生活的另一种可能性无尽的渴求。这种可能性与网络游戏中角色的复活技能不同，而更类似于存档重读①，特别是在有多条情节线的单机游戏中，每一个选项都可能引起情节走向的改变，一般要参考游戏攻略②才能走到自己想要的结局，玩家可能在实现了所有结局以后才找到最喜欢的那一种，也可能先入为主地只爱第一种。这一点却并没有在重生文中得到印证，主角总是认为第二次的选择要比之前的人生更好一些——人们普遍相信得不到的总是美好的，人生的无尽可能总有更适合自己的出口，重生或许是人类对现实一种自欺欺人的希冀和永无止境的脱序欲望在文本中的具体实践。

结　语

2012 年衔接 2011 年末的末世丧尸热，催生出异形文、异能文、机甲文、修真文等类型，而末世、异形、异能、机甲、修真等标签与

---

① 在许多的单机游戏中都有保存和读取存档，保存时游戏会生成一个存档，删除时游戏自动存档会删除。剧情类单机游戏中的玩家尤其习惯在游戏的过程中对每一个影响情节走向的选项进行存档，在完成了一种结局后，以此为节点来重读，以实现另一种结局，部分游戏需要把所有结局完成之后才会显示隐性剧情。

② 游戏攻略，指的是官方或非官方发布的，可为玩家提供一些游戏经验与心得的文字或视频类的教材，以引导玩家特别是新手玩家，又分单机游戏攻略和网络游戏攻略。单机游戏攻略对于剧情类单机游戏更为必要，有些多线游戏会有 10 种甚至更多种结局，要把它们一一完成，游戏攻略的引导是十分必要的。

其称为类型，不如说是一种情节元素，在许多作品中往往有两种或两种以上同时出现。这些带有科幻、奇幻色彩的字眼，使得晋江蒙上了几分"起点气息"，的确不同程度地受到以起点中文网为代表的男频写作的影响。但晋江毕竟还是晋江，这些看似偏男性向的元素大多成为新鲜刺激的噱头，作者只是借着科幻背景换个花样聚集优质男性罢了。而无论是机甲、异形、异能还是修真，这些元素都是网络游戏或ACG文化的产物，异常明显地展示出网络文学游戏化的发展倾向。此外，重生依旧是最频繁被交叉使用的元素，重生文在末世、星际、未来人类的幻想之外，给了我们再活一次的可能，是对人类命运的另一种自欺欺人式的回答。

商业化与原创力的多种可能性

——2017 年度女频网络文学综述

　　根据中国互联网络信息中心（CNNIC）每半年发布的《中国互联网络发展状况统计报告》，在过去的一年里（2016 年 6 月至 2017 年 6 月），我国网民数量从 7.1 亿增加至 7.51 亿，手机网民占比从 92.5% 上升至 96.3%。如今，无论是互联网、网络文学，还是手机上网、移动阅读，都已经走到了用户规模极度饱和的阶段。各大文学网站似乎开始望见网文市场这块蛋糕的边界了，"全民阅读"的时代即使没有完全实现，也似乎已指日可待。

　　既然大的蛋糕已经初步成型，接下来就是如何分配的问题了。撇开男频世界不谈，女频网文的市场向来是精确细分的：起点（女频）、晋江、红袖、潇湘四大老牌网站各自维持着多年积淀的稳定生态，"后来居上"的云起书院占据着最大的市场份额，勾勒出"4+1"的准"一超多强"格局。

　　近年来，许多圈子化、小众化、非商业的文学网站或自媒体平台纷纷起来，包括被"同人圈"攻占的网易 lofter 轻博客，"原耽圈"深藏"地下"的长佩文学论坛，以自媒体形态发布的微博、微信公众号写作，等等。这些网站此前大多未曾进入"主流"的网文观察视野当中，在"主流"看不见的地方悄悄地落地生根，竟也逐渐成了气候，为已经持续多年的"4+1"沉闷格局增添了几分雨后新笋般的清新滋味，也使 2017 年度的女频网文变得多姿多彩。

一、"4+1"的老格局与新变化

1. 老格局

传统的"4+1"五大女频网站大多仍持续了此前的类型趋势。

现代言情仍是总裁文、甜宠文的天下，只是作者们会"与时俱进"地加入一些新元素，从直播、美妆、电竞、二次元等时下热门的网络流行文化中寻找灵感。如 Jenni《我居然上直播了》（晋江文学城），女主角在现代给未来的观众做直播；油爆香菇《女帝直播攻略》（起点女生网），女主角在古代给现代的观众做直播；战七少《帝少心头宠：国民校草是女生》（云起书院）则是一篇充满了二次元气息的校园黑客电竞文，在包括男女主角在内的诸多人物身上，都能看到一些二次元经典形象的影子。

另一方面，行业文的热潮仍在持续。近年来 IP 市场对职场类型表现出了孜孜不倦的改编热情，过去一年里《翻译官》（2016）、《如果蜗牛有爱情》（2016）、《外科风云》（2017）等影视剧的播出和热议，无疑对作者构成了巨大的"IP 的诱惑"。看腻了白领的办公室恋情，医疗、刑侦这些能与传统行业剧对接的类型重新获宠，促使医生、刑警成为 2017 年职场文最热门的行当。红袖添香的两位老牌作者尼卡和吉祥夜，堪称这一创作行列中的代表人物：尼卡的《忽而至夏》塑造了女法医欧阳灿这一角色，打破了以往行业文以职业为背景写恋爱的叙事套路，也打破了网文"大女主"的刻板印象，这是一篇专注于法医专业的"硬行业文"，爱情让位于欧阳灿"因为喜欢"而投入的事业，只负责锦上添花；吉祥夜的《写给鼹鼠先生的情书》讲述的则是警犬大队女警与刑侦队长、缉毒警察之间的"刑侦+恋爱"故事，与北倾的《他站在时光深处》（晋江文学城）中女麻醉师与主刀医生之间的"医疗+恋爱"模式类似，相对而言，这两部作品中的爱情叙事仍占据较大的比重。

此外，晋江作者御井烹香继《制霸好莱坞》征战娱乐圈、影视圈之后，又将目光转向了邻近的时尚圈，新作《时尚大撕》是一部时尚产业的行业文。御井烹香以极敏锐的感知力，将近年来迅速崛起的中国时尚产业、网红行业的生态置于笔下，对消费主义、女性个人奋斗、女权主义等议题也进行了深刻的探讨，是行业文中难得的"技术流"佳作。

古代言情一方面延续着之前的宫斗、宅斗、种田类型，另一方面，堪称古代行业文的"医女文"继续走红。但古代言情整体显示出对此前类型元素的重复和叠加，除了希行、吱吱、闲听落花等起点女生网老牌作者仍在连载的《大帝姬》《慕南枝》《锦桐》等作品，过去一年这一类型并未带给读者太多惊喜。

2. 新变化

在五大老牌女频网站之中，过去一年发生新变化最多的当属晋江文学城。从表面上看，晋江于 2016 年 7 月宣布了新的作品积分计算规则，新的公式系数透露出这样一些信息：晋江鼓励的每一章节字数上限从原来的 5000 字上升到 9000 字，最具晋江特色的读者"长评"在积分体系中的作用减弱，而编辑推荐和作者的签约年限、授权范围在积分体系中的权重则大大增强。这些信息似乎表明，在固有的忠实读者圈与更广阔的商业市场之中，晋江的天平显然是向商业化一端倾斜了。

当然，这一转向几乎是网文移动化、产业化发展的必然，其他几家网站早在数年前就已完成——打从 2012 "移动年"开始，各大网文网站就纷纷投入移动阅读市场，并迅速调整作品特性，以最大程度地迎接和适应手机用户的阅读习惯，网站的整体面貌与用户生态已经发生了质的变化。而受众相对小众、"老白"、精英的晋江，在相当长的时间里一直无法顺畅地实现这一转变。原有的读者群体过于"稳固"，对新的移动用户有着极大的排斥性，经历了重重改革尝试，晋江向移动时代的过渡依然收效甚微。直到 2014 "IP 元年"的到来，加上 2015《花千骨》（2015 年 6 月）、《琅琊榜》（2015 年 9 月）、《太子妃升职记》（2015 年 12 月）3 部改编自晋江作品的"现象级"影视剧的走红，2016《魔道祖师》（作者：墨香铜臭）、《默读》（作者：Priest）等作品通过口碑、同人、营销等途径走向"圈外"成为新晋顶级 IP，大量观众和读者"慕名而来"，终于给这一过渡进程添了一剂猛药。

　　根据晋江文学城向首届中国"网络文学+"大会提供的数据，2016 年 7 月至 2017 年 6 月，晋江的用户数量增加了 420 万左右，总量约 2100 万，增幅高达 25%——对于一个长期在 PC 端占据优势的老牌网站来说，新增的这 420 万用户显然不可能来自整体形势日渐式微的 PC 端，而是新涌入的手机读者。高达 25% 的新增用户，使晋江终于被迟来的移动阅读时代席卷，极大程度地改变了网站的生态和作品的面貌。

　　近一年来晋江的热销榜单同样显示了这一趋势：古代言情表面上仍以宫斗、宅斗为主，实则早已告别甄嬛、回归爱情。后宫嫔妃、宅院嫡庶的争宠斗狠，让位于男女主角之间"甜宠"的恋爱互动；现代言情也有着相似的趋势，豪门世家、娱乐圈、办公室、游戏竞技场，无论故事在哪里发生，讲述的核心都回到了爱情本身。比起钩心斗角、步步惊心，小打小闹的恋爱日常显然更符合移动用户碎片化的阅读习惯，也容易被更广大的读者所接受。

　　当然，晋江的小众、"老白"、精英特质还在持续发力，仍有许多佳作涌现：尾鱼的《西出玉门》以类似"公路片""冒险片"的结构讲述了一段跌宕起伏、惊心动魄的西行之旅，勾连起民间传说与古典志怪传统，形构出一个宏大奇诡的玉门关幻想世界；无论是 2016 年的《默读》还是 2017 年的《残次品》，晋江的大神级作者 Priest 一直在尝试不同的题材和创作主题，将推理悬疑、星际科幻等类型元素，及古今中外的"传统文学""经典文学"资源，与网文叙事模式进行了有机结合，创作出能将网文与过往文学传统勾连的里程碑式作品；而另一位大神作者非天夜翔，同样在类型融合方面进行着卓有成效的尝试，2017 年的新作《天宝伏妖录》将历史演义与东方奇幻两大脉络与爱情叙事相融，将女频的创作格局拓展到更加广阔的天地。

　　如果站在今天的 IP 盛世，重新追溯女频网站的创作与历史，那么老牌女频阵地中文学性和"老白"气质最强的晋江文学城，应该称得上最早的"IP 向"网站。创立于 2003 年的晋江，直到 2008 年才施行 VIP 付费阅读制度，在盛大文学收购浪潮席卷之后，仍由最初的创始人掌控实际决策权，成为唯一一个游离于当时的盛大文学、今天的阅文集团，既在局中又在局外的网站。因此，晋江在诸多商业网站中最大程度地保留了爱好者的气质，比起如何更快、更多地收割商业价值，晋江在很长时间内做的事情更接近于培养一方沃土。"无为而治"的管理风格，给了作者最大的创作自由，也培养了一群有鉴赏力的资深读者。在其他网站为网文的快餐式消费者们大量产出同质化的类型文时，晋江喂养了对独创性有更高需求的"老白"们，十余年来积攒了大批在读者群中口口相传、奉为经典的作品，到今天则成了资本最为看重的 IP。于是，从市场体量上看与阅文集团其他女频网站相差甚远的晋江，在 IP 时代实现了华丽的逆袭。

晋江趁着 IP 东风实现的反转，给了深耕精品的"匠人"型作者一次极大的振奋，也向他们指了一条新的出路——传统出版业日薄西山，VIP 商业套路过于流俗，不如以 IP 为导向，精心雕琢的作品即使无法藏诸名山，至少可以传诸屏幕，况且还有丰厚的价码在侧诱惑。于是，原本在 VIP 机制中坚守着"匠人精神"的作者有了底气继续坚守，认为自己有能力创造下一个 IP 的作者选择转型，一些走向传统出版道路的早期大神也开始回归。

以网络作者身份被读者熟知并喜爱，实际创作重心一直更偏向杂志连载与实体出版的老牌大神藤萍，先后在蔷薇书院、火星小说连载《夜间刑事档案》（2013）、《若有其人》（2014）、《未亡日》（2016）等作；与藤萍并称"言情四小天后"的匪我思存，2016 年 12 月 29 日开始在其个人微信公众号上连载小说《爱如繁星》，并于 2017 年 7 月迅速出版实体书；2016 年 5 月，老牌纯爱作者水千丞结束与晋江文学城的合约，9 月新书《深渊游戏》在爱奇艺文学开始连载；"新武侠"代表人物之一的沧月，于 2017 年 6 月将全系作品电子版授权给四月天（成立于 2016 年 7 月）重新发布……这些老牌大神的回归及向新平台的转移，无不显示出鲜明的 IP 朝向。IP 给了这些在今天的 VIP 类型文中不那么合时宜的作者们一次重新入场的机会，也使网络文学在 VIP 类型文之外有了新的生长可能性。

二、圈子化/小众化/非商业的网站们

在"4+1"的格局之外，过去一年一些圈子化的小众网站可以说是异军突起，在已经十分成熟的既有 VIP 商业写作模式之外，探索着网络文学的更多可能性。

1. 微博、微信的渠道突围

随着"全民阅读"时代的到来，文学已经融入、散落进了手机移动端的各个自媒体平台当中，包括使用人群最为广泛的微信和微博。越来越多的作者选择在自己的微博或微信公众号上连载作品，但微博和微信公众号的平台背后，却是完全不同，甚至截然相反的读者生态。

2015 年 1 月，微博向全体用户开放"打赏"功能，曾经掀起一波长微博文章写作的热潮，甚至连唐家三少等网文大神也加入了这一行列——然后壮烈地扑街。2016 年 7 月，马伯庸等人合著的小说《四海鲸骑》开始在微博连载，起初几乎是以重现当年"九州"的风采造的势，随即和"九州"一样在读者的视线中沉寂下去。与专门的文学网站相比，微博显然不是长篇小说的理想平台，更适合散文和短篇小说等体裁。微博是一个由兴趣爱好、价值取向等重重标准细分之下的"粉丝圈子"，微博写作则是一种圈内的"粉丝向"创作，作者面对的是一个经过了长期双向筛选、忠实度极高的垂直受众群体，他们使用的资源和话语往往是极其圈内、带有某种"投其所好"的偏向的。如七英俊、吕天逸等作者的创作，就是针对特定群体的"段子文""大纲文"。这些作品多半并不以长微博"打赏"的形式变现，而是以走实体书出版等其他路子——微博写作的篇幅特征，恰好符合实体书的需求。

而微信公众号虽然也带有某种粉丝色彩，却旨在对接更广大的受众——一旦读者把作品转发到朋友圈，勾连的是他现实世界中的整个社交群体，从老板、老师到三姑六婆，每个人都可能是他的潜在读者。于是微信写作往往选取最容易被广大人群接受的题材，力求在平

凡的日常生活中翻出花儿来，来与朋友圈五花八门的信息争夺读者。如倪一宁《丢掉那少年》、匪我思存《爱如繁星》，讲述的都是都市男女在日常生活中经历的小小情趣、平凡幸福或别样滋味。

微博和微信虽然各自打开了"打赏""赞赏"的通道，但目前微博和微信写作的变现仍主要走实体出版和 IP 版权的渠道。随着移动支付越来越深刻地型塑当代中国人的消费习惯，如果将来"打赏"成为一种常态，微博、微信或许有望找到一种 VIP 机制之外的付费方式，成为只服务于一部分特定读者群体的"定制写作"平台。

事实上，这种趋势已经有所体现，它在粉丝属性和消费力都极强的"同人圈"逐渐形成了新的写作、阅读形态——出现了以微博账号"同人菜市场"为代表的中介性平台，在这里，作者和读者按照规定格式，发布自己的写作/接单需求和阅读/订单需求，白底黑字，明码标价，一对一公平交易，供需双方一清二楚。虽然这种只在小圈子内通行的"定制写作"目前主要是起到聚集同好、圈地自萌的作用，并没有成熟的商业价值，但这种"定制"的思路和微博、微信一样，为网络文学未来的商业模式提供了丰富的可能性。

2. "同人圈""原创圈"的悄然生长

女频的同人世界一直零散而隐秘地以桑桑学院、随缘居、百度贴吧等论坛平台为阵地，直到 2011 年 8 月网易推出 LOFTER（乐乎）轻博客，这原本是一个与国外 Instagram 相似的图文分享社交平台，却因其用户自由设置图文 tag（标签）的功能，恰好为同人圈子的聚集提供了极大便利，逐渐成为国内同人创作走出论坛时代的新载体。随着《全职高手》《伪装者》《琅琊榜》等国产作品的走红，LOFTER 的同人创作也在近年迎来了几次小高潮。以国产同人圈内最热门的作品《全职高手》（作者：蝴蝶蓝，2011—2014，起点中文网）为例，LOFTER 的"全职高手"标签下有超过 47 万条内容的发布，其中最热门的 CP 配对"喻黄"标签下有超过 7.5 万条；而电视剧《伪装者》（2015）的同人 CP 配对"楼诚"标签下则有超过 10.5 万条内容，就连"楼诚衍生"都有 5.5 万多。2016 年 7 月，LOFTER 官方推出了"同人创作热门榜"（包括"月榜"和"历史殿堂榜"），侧面证明了同人圈在 LOFTER 的影响力。

目前，LOFTER 已经成为国产同人当之无愧的"第一产粮基地"，出现了许多各个同人圈的"镇圈之作"。如"楼诚"圈作者 mock-mockmock 的《别日何易》（2015）、《As You Like It》（2015）、《如此夜》（2016—2017）等作品，均以极成熟且富于文学魅力的笔法，写两位年轻的革命者共同成长、赴欧/俄留学、参与地下革命斗争，最终成长为战功卓著的无产阶级战士的英雄岁月，既是典型的同人写作，也罕见地处理了女频网络文学中往往被搁置的政治理想主题，是一种难得的补全。

而同人圈的商业机制，是典型的粉丝消费。作品主要以在圈内少量发行的印刷品"同人志"的形式，通过网络电商与线下漫展两个渠道进行售卖。这种变现方式绝大多数并不能带给作者与同人志的制作团队太多的报酬，但对于"有爱"的同人圈子来说，发出的这一点点电，已经足够她们继续创作下去。

与"同人圈"对应的概念是"原创圈"。主流的女频非同人创作，大多能够从 VIP 机制或传统的实体出版渠道中获利，唯独无法堂而皇之摆上桌面的纯爱，在 VIP 机制与传统出版中的生存空间只有窄窄一隅。作为一个虽然小众却汇集了最具创造力的作者、最能代表网络女性主义变革精神的类型，原创纯爱早已蔚然成"圈"，商业文学网站的诸多限制和禁忌，使许多作者和作品选择转到更为隐秘的空间，其中最典型的代表是建立于 2010 年 12 月的长佩文学论坛。

这是一个纯粹由爱好者建立、管理、参与的免费平台，从论坛的管理者，到每一个发帖、回帖的用户，每个人的劳动和创作都是出于爱好文学的最原始动力：对"好看的小说"的热爱和渴求。论坛的形式对小说的连载发布形态造成了一定影响，相对于 VIP 机制的类型文，长佩文学论坛的作品具有篇幅较短、与读者互动较多等特点。由于论坛发帖是按更新时间排列的，只要勤奋更新就能出现在首页被读者看到，新人作者，以及科幻、欧风、惊悚、灵异等小众题材，在长佩文学论坛都得到了更加广阔的发展空间。2016 年以来，越来越多的作者、作品开始涌现，其中不乏狐狸《杀戮秀》、星河蛋挞《一银币一磅的恶魔》、白云诗诗诗《1930 来的先生》等佳作。到今天，长佩文学论坛已经积累了约 1.5 万部作品，也在圈内拥有越来越大的影响力。

此前，"原耽圈"免费平台的变现方式是从"同人圈"借鉴而来，完全通过售卖定制印刷的"个人志"获得收益。2017 年 5 月 30 日，长佩文学论坛通过微博账号"公子长佩"发布了商业化转型的公告，未来的长佩文学论坛是否能在商业写作的既有模式中闯出一条自己的道路？无论答案为何，这种道路的开辟本身已经是一场弥足珍贵的试验。

三、女频网文的海外传播

2015 年 12 月，以北美受众为主的中国网文英译网站 Volare Novels（沃拉雷）成立，继 Wuxiaworld（武侠世界，2014 年 12 月）和 Gravity Tales（引力，2015 年 1 月）之后，终于有一家侧重女频的网站挤入了网文英译网站的 TOP3 行列。Volare Novels 翻译的中国网文以"另类"作品（如科幻、搞笑等）和女频小说为主，截至 2017 年 5 月，已经有 28 部作品，其中 4 部翻译完毕（篇幅都在 100 章以内），24 部连载中。这 28 部作品中，男女频各占一半。这些作品的翻译、编辑工作是由 30 多名译者和 30 名左右的编辑完成的。这些译者来自全球各地，包括北美、欧洲、东南亚等，大部分是华裔和外籍华人，少数是学了中文的西方人。读者则 30% 来自美国，5% 来自加拿大，17% 来自西欧，12% 来自东南亚。

其实，相比于北美世界的这 3 家网站，女频网文对东南亚等地区的海外输出早已持续多年，许多作品的翻译版实体书都成为当地书店的畅销书，《步步惊心》《琅琊榜》等影视剧也成功输出到韩国、日本，引来了许多对中国文学，尤其是网络文学深感兴趣的读者、观众。

创建于 2012 年 8 月的书声 Bar，从网页的链接、留言、用户状况推断，应当是一个主要面向以越南为主的东南亚国家、集中介绍中国言情网文的英文网站。目前，书声 Bar 已有 469 个言情小说译文链接，400 个书评（书评由故事梗概构成，偶尔会包含个人对这本书的简明扼要的评价），4 个武侠小说网站的链接，1 个轻小说网站的链接，

143 个网文改编影视剧视频链接。如此详尽、成体系的介绍，给外国读者了解、挑选、检索中国网文提供了极大的方便，也反映了国外读者对中国言情网文的浓厚兴趣和迫切的阅读需求。

另外一个翻译中国言情网文的网站 Hui3r，则更像是一个由"国产言情剧"入坑的老外们建立的翻译站。Hui3r 发布的第一篇网文是从 2013 年 2 月开始翻译的《华胥引》，同时期翻译、介绍的作品还有《笑傲江湖》等，当时正值电视剧《笑傲江湖》播出，网站配图也使用了演员霍建华在《笑傲江湖》中的剧照，由此可以看出影视剧改编对网站的巨大影响。目前网站的翻译作品已完结 12 部，连载中 11 部，还有 12 部言情网文的介绍，包括网文改编影视剧的相关新闻、明星视频、粉丝剪辑、网文同人等内容。

除了言情作品，纯爱、同人等类型也有许多专门的翻译站点，其中规模最大的是成立于 2010 年 5 月的 bltranslation。目前，网站的主要成员有 3 位——建站者 dairytea、实际管理者 ayszhang 和新译者 Ying，他们一共翻译了 15 部纯爱作品，其中 10 部原创小说、2 部同人小说、2 部原创漫画、1 部同人漫画。

总体来说，女频网文的海外输出范围已经从邻近的东南亚扩散到大洋彼岸，翻译类型也较为丰富。不过，随着 2017 年 5 月阅文国际正式上线，由于授权问题，Volare Novels 停止了对所有阅文集团旗下作品的翻译工作，转而与纵横中文网、17K 小说网合作，开始翻译这些网站的女频作品——也就是说，如果无法解决授权问题，阅文旗下的五大老牌女频网站都将把 Volare Novels 拒之门外，译者们不能翻译最"主流"的女频作品，只能从其他网站的"女生频道"寻找翻译对象。倘若想要看到女频"主流"远渡重洋、输出海外，亟待翻译授权途径的打通，或是等待以阅文国际为代表的本土翻译力量的崛起。

"嗑 CP"、玩设定的女频新时代

——2018—2019 年中国网络文学女频综述

近几年，女频网文世界发生了非常重要的新变化，无论是作品的人物、世界、爱情关系，还是读者的共情方式都在发生着变化，女频网文开始进入一个"嗑 CP"、玩设定的新时代：新一代的女频读者渐渐不满足于看两个人物谈恋爱，而开始热衷于"嗑"一对"CP"；言情不再是女频绝对的叙事中心，能将世界设定玩出花样的作品开始获得关注。这一变化发端于 2014 年前后，到 2018 年后终于通过大量的典型文本显现出来，并极有可能最终改变女频网文的整体风貌。

一、从谈恋爱到"嗑 CP"

"CP"是 coupling 的简写，意为"配对"，这是一个动词，强调的是将两个角色配成一对的动作。这个词最早诞生于"女性向"同人圈，"女性向"同人创作的主要内容和核心动力，就是将两个原本不存在爱情关系的角色配成一对"CP"，去想象他们之间可能的亲密关系。而"嗑 CP"是一个更晚近的说法，2015 年后才开始流行，指的是"CP"爱好者们在"CP"的亲密关系与互动中获得巨大的满足和愉悦，是一种同好之间使用的戏谑说法。

从看两个人物谈恋爱，到"嗑"一对"CP"，读者对小说文本中的人物及其亲密关系的理解和共情方式，已经完全不同。这种转变是女性社区文化逐步推进的结果，无论是以前在同人圈内小范围流行的组"CP"、配"CP"，还是现在女性文化中广泛存在的"嗑 CP"，这种对于"CP"关系的察觉与理解不是人人天生就有的能力，而是一种需要锻炼、习得的技能。从谈恋爱到"嗑CP"，中间经历了好几重的习得过程。它们未必严格遵循先后顺序，而是在女性社区当中交错着或同时发生的。

第一，文本中的人物变成了"人设"。按照现实主义的理念，文学人物来源于对现实中的人的模仿，而"人设"（人物设定）则是遵从于数据库逻辑创造出来的。读者需要掌握将一个人物解码成一组"萌属性"的能力，并且能够将这个人物理解为可以在文本内外自由行走、具有"后设叙事性"（meta-narrative）①的"人设"。"后设叙事性"是东浩纪在讨论日本轻小说（Light Novel）时提出的概念，他认为轻小说中的人物与现实主义小说中的人物不同，现实主义小说模仿的是自然社会中的人，而在轻小说数据库化的写作中，人物则是若干"萌属性"的创造性叠加。"萌属性"本身是预设了叙事可能性的，例如"傲娇"属性预设的叙事可能性是，这个人物可能会在喜欢的事物面前说反话，硬把喜欢说成讨厌。一个由"萌属性"构成的人物，就是一组行为模式的聚合体，有可能脱离原著文本，拥有独立的行为逻辑和叙事动力，这种"脱故事性"就是东浩纪所说的"后设叙事性"。读者只有习得了识别一个人物的"萌属性"的能力之后，才能去想象他的"人设"（"萌属性"的聚合体）可能蕴含的叙事潜力，才能想象他脱离原文本的可能性（这同时也是他进入同人写作的可能性）。这一能力的习得，不仅有赖于在文学创作、阅读活动中一次次经验积累，还得益于偶像粉丝文化社群中的集中锻炼。自2014年中国本土偶像工业兴起②之后，与"追星女孩"群体高度重叠的女频读者，逐渐从偶像明星身上识别出了品类繁多的"人设"——偶像工业贩卖的就是偶像的"人设"和其中蕴含的亲密关系想象。经过了偶像粉丝文化的"集中补课"，女性社区已经对识别"人设"及其"后设叙事性"驾轻就熟了，一个社群内部共享的公共"萌属性"和"人

---

① "后设叙事性"以及后文提到的"角色小说"概念，参见［日］东浩纪：《动物化的后现代》，褚炫初译，台北大鸿艺术股份有限公司2012年7月版；［日］东浩纪：《游戏性写实主义的诞生：动物化的后现代2》，黄锦容译，台北唐山出版社2015年版。

② 中国本土的偶像文化从2014年左右开始兴起，以韩国偶像团体EXO的中国成员陆续回国发展为标志。

设"数据库被建立起来。

第二，人物之间的关系，从宏大叙事的爱情神话，变成了两个"人设"的"CP"搭配。这种搭配体现出的，是女频作者、读者对于亲密关系可能性的想象。只有具有"后设叙事性"的"人设"，才能够独立于故事之外，无视故事世界的种种规定性，直接被搭配在一起，成为一对纯粹按照作者/读者的亲密关系想象来配置的"CP"。当读者已经能熟练地将两个人物解码成两个"人设"，要将哪两个人组成"CP"，就取决于谁和谁的"人设"碰撞在一起产生的化学反应更对她们的胃口。配"CP"，成了对各种亲密关系可能性的想象和试验①。通过调用公共的数据库，对特定人物的"人设"解码很容易在社群内部达成某些共识。例如 A 和 B 的"CP"搭配吻合部分读者的情感需求模式，AB 就成了社群内部的一种固定搭配、主流"CP"，爱好者可以畅通无阻地交流彼此关于 AB 之间亲密关系的想象，并驱逐其他与她们不同的想象方式。同样，这种能力也不仅在文学活动中得到锻炼，更在"人设"具象化的偶像身上进行了更多的演练。在偶像粉丝文化中，同时喜欢两个真人偶像，将他们进行"CP"配对并想象其亲密关系的粉丝，被称作"CP 粉"。偶像工业精准地识别了女性受众的这种需求，并创造出成熟的"CP 营业"② 模式，有意制造两个偶像之间的亲密关系互动，提高了粉丝给偶像组"CP"的热情，"CP 粉"如今已经成为一种最常见的粉丝类型。网络剧《镇魂》和《陈情令》之所以能在 2018、2019 两年的暑期档相继成为现象级流行剧作，并不完全是原著网文 IP 的功劳，本质上是其主角 CP "巍澜"（沈巍×赵云澜）、"忘羡"（蓝忘机×魏无羡）及其真人扮演者的"CP粉"们集体狂欢的结果。特别是演员真人"CP"，并不来源于作品本身，而是"CP"爱好者们自主搭配出来的，更体现出"CP 粉"们的强大生产力与行动力。在 2018 年以来的 IP 市场中，晋江文学城之所以能在 IP 遇冷的凛冽寒风中屹立不倒，依靠的就是站内作品中产生

---

① 参见高寒凝：《亲密关系的实验场："女性向"网络空间与文化生产》，《文艺理论与批评》2020 年第 3 期。

② "营业"在偶像粉丝文化中指的是偶像有工作安排、正处于工作状态。"CP 营业"指的是两个被粉丝想象成一对"CP"的偶像，为了满足"CP 粉"的想象而公开进行互动。

的众多优质"CP"。① "CP"蕴含的巨大能量才是 IP 市场苦苦追寻的女性文化消费之核心驱动力。

最后，对文本的共情方式，从代入相恋之人中的一方，变成了作为旁观者，置身其外去"嗑"一段亲密关系。作者与读者都不那么关心爱情叙事本身了，作者只需要中规中矩地套用一个"烂大街"、不出错的桥段，短、平、快地完成让主角们"在一起"的情节任务，然后把叙事重点放在日常的甜宠、互宠上去。这类被称作"小甜饼"的创作，在近年的女频网文中大受欢迎。这类故事不必周全，只要能完整地提供"CP"双方的"人设"和互动模式，就已经构成"嗑"的基础，读者大可以自己脑补出"CP"在文本之外的其他互动。"嗑CP"是当代女性在面对现实中遭遇的爱情与婚姻的困境时，创造出来的一种爱情神话的替代品。她们在现实中难以解决的性别困境，原本指望在言情小说等文艺创作中得到疏解，但旧有的言情创作携带了太多男性中心文化的性别权力秩序，难以满足今天的女性读者对自由、平等的爱情的追求。于是，她们选择去"嗑 CP"，微博流行语"我可以不谈恋爱，但我'嗑'的'CP'必须在一起"成为她们的座右铭，"CP"搭配描绘出了她们对于理想爱情的期许。"我 CP 的绝美爱情和我这种凡夫俗子的爱情能一样吗"②，在真正的性别平等尚待实现的现实世界中以"凡夫俗子"之身无法体验的"绝美爱情"，就让"CP"来替她们实现。"嗑 CP"让女性读者能够以最低的成本和风险，去探索亲密关系的可能性。这种无法在现实中存身的爱情当然是"假"的，但是"嗑 CP"的女性们即使明知"真相是假"，也要高呼我"嗑"的"CP"一定"SZD"（"是真的"的拼音首字母简写），因为她们喜爱的"CP"提供给她们的甜蜜和悸动确实是真的，而读者们也正是在这份甜蜜与悸动中，寻找着自己真正渴望的亲密关系形态。

---

① 2018 至 2019 年，受影视行业资本萎缩的影响，网络文学行业遭遇了 IP 资本的寒冬。然而 2018 年晋江文学城的影视签约金额高达 2.8 亿，2019 年上半年也依旧签出了 7700 万元的影视版权，对比 2017 年的 1.6 亿，晋江在 IP 寒冬中的表现依然较为稳定。以上数据均由 2019 年 8 月 1 日晋江文学城十六周年暨第四届作者大会发布。

② 引自@l 鱼苗 I 于 2019 年 10 月 30 日发布的微博。

PEPA 的《我嗑了对家×我的 CP》（长佩文学，2018）一文虽然发布于小众平台，却凭借对"追星女孩""嗑 CP"现状做出的生动描述和精准解读，在整个女性读者社群中引发了热议，可以看作一篇"嗑 CP"的"科普读物"。小说的两位主角都是偶像派小演员，原本没什么交情，但在"CP 粉"眼中，他们的互动却能一一被解读为亲密关系中的"秀恩爱""发糖"①，两人的交集越少，从犄角旮旯里抠出来的"糖"就越甜。"CP 粉"的想象是如此真实而动人，连主角本人看了都几乎信以为真，忍不住对这种脑补出来的情感关系心生向往，最终亲身实践，把想象变成了现实。小说的读者在阅读过程中不仅欣喜地认同"这就是我们嗑 CP 的内心写照啊"，还整齐划一地刷起"娘子（文中 CP）is rio②"的评论，亲身演示了"CP 粉"们如何把"嗑 CP"变成一场狂欢式的社群活动。可以说，《我嗑了对家×我的 CP》从文本内外各个层面上充分阐释了"嗑 CP"的魅力。

二、从言情小说到"CP 小说"

在女频网文发展的初期，读者们在言情小说文本中看到的主要是爱情叙事。随着"萌属性"数据库的积累、定型，读者们才渐渐从人物中分辨出了"人设"，从爱情故事中分辨出了"CP"关系。当新一代的女性熟练掌握了"嗑 CP"的代入方式之后，读者变了，变成了能将任何文本都往"CP"关系方向解读的"CP 读者"；作者变了，她在塑造人物时会有意无意地从"CP"的角度去构想"人设"，以求创造出更有辨识度的"人设"和"后设叙事性"更强的"CP"搭配；作品文本也变了，以"CP"为中心的"CP 小说"成为一种新的写作趋势。

"CP 小说"是笔者根据东浩纪的"角色小说"衍生而来的概念。东浩纪认为轻小说是以刻画角色为中心的"角色小说"，这里的角色指的就是具有脱离原著文本独立行动的"后设叙事性"的"人设"。

---

① "发糖"，指一对"CP"的亲密关系进展顺利，或有亲密互动，令读者或粉丝感到甜蜜。

② rio，real 的谐音，意为"真的"。"CP 粉"知道她们嗑的"CP"并没有真的有恋爱关系，所以将 real 写成略带谐谑性质的 rio。

而对于"嗑CP"的女性读者来说，一个角色显然是不够的，两个角色、两种行为逻辑的搭配与互动，形成了一组独立的"CP"叙事和情感模式，也可以脱离文本自由行走。以塑造这样一对"CP"为中心的小说，即"CP小说"。

上文已经提到，2014年中国本土偶像工业的兴起，对女性社区普遍培养出"嗑CP"的技能，起到了关键性的推动作用。而标志着女频网文中"CP小说"真正走向成熟的代表性作品，是墨香铜臭于2015年末开始连载的《魔道祖师》（2015—2016，晋江文学城）。小说主角蓝忘机、魏无羡组成的"忘羡CP"，是第一对因"人设"搭配和情感互动模式中蕴含的无限可能性，打开了"嗑CP"通道的"官配CP"（即原著配对）。围绕"忘羡CP"，产生了大量的同人作品，这也是女频小说中的"官配CP"第一次形成如此成规模的同人创作，这意味着女频小说的"官配CP"确实成为能够脱离原著小说的故事世界而存在的具有"后设叙事性"的"CP"，而不再是传统言情模式下的恋爱主人公。同时，这些文学作品中虚构的"人设"与"CP"也彰显了它们跃出文本后的惊人能量——它们如同真人偶像一般，在网络时代带来了巨大的"流量"。至此，"CP"文化从同人圈扩展到了更大范围的女性社区，成熟的"CP小说"催生了越来越多成熟的"CP读者"，这批"CP读者"以"嗑CP"的方式解读小说中的人物关系，甚至以敏锐的辨识力激活了一些此前的女频作品，将它们也纳入"嗑CP"的范围。此后的女频网文，以"CP"为导向的创作趋势越来越强烈，出现了越来越多包括"小甜饼"在内的"CP小说"。

北南的《碎玉投珠》（2018，晋江文学城）就是一部典型的"CP小说"。小说的核心情节是主角丁汉白、纪慎语之间的"CP"互动，作者虽然以古董铺、玉器行的知识型写作给小说套上了一个雕龙画凤的精致外壳，也没能跳出"CP小说"只图几分"CP"互动之甜味的框架①。

漫漫何其多的《AWM［绝地求生］》（2018，晋江文学城）也是"CP小说"中一个十分特殊的案例。作者塑造了一个辨识度极高

① 参见高寒凝：《一块雕花"小甜饼"——评北南〈碎玉投珠〉》，邵燕君、肖映萱主编：《中国网络文学双年选（2018—2019）·女频卷》，漓江出版社2020年版。

的人物——祁醉。在这部小说中，读者们"嗑"的与其说是"CP"关系中蕴含的叙事潜力，不如说是祁醉如何花样百变地"秀"自己的"CP"。小说中，主角祁醉是人气极高的电竞明星，粉丝们经常会将他与其他选手"拉郎"①成"CP"。为了摆正自己与搭档队友于炀的"官配地位"，不等"CP粉"开始抠"糖"，祁醉就主动将"糖"塞进她们嘴里："我给你们讲讲我跟于炀的事""你们看这个（于炀送的）手机，其实这后面有一段情"②。正主③认可粉丝的"CP"想象，甚至主动生产"CP"叙事，可谓"CP粉"的终极梦想，而这些段子式的"秀恩爱"句式，又无比适用于"嗑CP"的语境。于是，"我给大家讲讲××和××的事"、"你们看这个××，其实后面有一段情"等金句在女性社群中病毒式地流行开来，并产生各种变体，成了"CP粉"们"嗑CP"时经常玩的流行梗，祁醉也凭借这些"梗"成功跻身2018年人气最高的小说角色，被戏称为女频网文的"第一流量"。这篇"骨骼清奇"的小说，不一定提供了最佳的"CP"关系，却为"嗑CP"提供了丰富的语汇资源。

2018—2019年的其他优秀女频作品，如《天官赐福》（墨香铜臭，2017—2018，晋江文学城）、《破云》（淮上，2017—2018，晋江文学城）、《死亡万花筒》（西子绪，2018，晋江文学城）、《残次品》（Priest，2017—2018，晋江文学城）等，尽管在"CP"的感情线索之外还有与之并行的其他情节主题，但在许多"CP读者"那里，它们都可以被当作"CP小说"来阅读——读者会以"CP"关系为核心去重组、解释故事中的全部情节。

《魔道祖师》的作者墨香铜臭，在新作《天官赐福》中体现出的创作野心，远不止于一部纯粹的"CP小说"。但作者深谙打造成熟角色和"CP"关系的诀窍，依旧轻车熟路地塑造出了人气极高的"CP""花怜"（小说主角花城、谢怜的"CP"）：一方面，在人物设定方面，作者赋予了角色标志性的外形特征（花城的红衣银蝶独眼罩，谢怜的仗剑执花），令读图时代的读者迅速想象出两个人物鲜明

---

① "拉郎"，来自民间俗语"拉郎配"，意思是把两个没有感情基础的人硬拉在一起凑成一对。在同人圈，配CP也被戏称为"拉郎"。

② 引文均为《AWM［绝地求生］》中衍生出的网络段子。

③ 正主，被配对进"CP"关系中的双方本人。

的视觉形象；另一方面，谢怜、花城各自的"人设"特色鲜明，行为逻辑清晰，互动模式也富有"后设叙事性"，"CP读者"能够轻易在这对"CP"身上发现丰富的叙事潜力，并在同人创作中充分实现这些叙事的可能性。除"花怜"外，《天官赐福》还塑造了其他一系列特色鲜明的人物，可以充分满足读者自行"拉郎"组"CP"的欲望。墨香铜臭对"CP读者"的需求掌握得可谓相当精准全面，小说开始连载后再度引发大量同人创作，成为当年最具知名度和商业价值的小说之一，并最终以4000万的价格卖出了影视版权，刷新了晋江单部作品影视版权出售的价格纪录。

《死亡万花筒》和《残次品》中的主角"CP"虽然也十分成熟，但恐怖冒险和星际科幻的类型主题更加突出，所以人物与小说中的世界、故事更加紧密地联系在一起，纯粹以"嗑CP"为目的的读者和同人创作反而比较少。这样的作品同样有"CP"，但并不是典型的"CP小说"。事实上，虽然"CP小说"日趋流行，但真正优秀的作品往往还是采取"CP"情感线与类型叙事情节线交织并行的结构方式。读者固然有着日益增长的"嗑CP"需求，但也在渴求着亲密关系之外的叙事，玩设定的热情被激发出来。

三、从只谈爱情到兼玩设定

设定，对应于英语的Setting，是一系列有别于现实世界的艺术元素，大体分为人物设定与世界设定，后者包括地理时空、物理规则、社会政治形态、文化背景等。上文讨论的"萌属性""人设"与"CP"搭配，都属于人物设定，而下文将着重讨论2018—2019年女频网文中世界设定方面发生的变化。

在女频网文中，世界设定并不是什么新鲜事，女频最常见的"都市文""古风文""穿越文""仙侠文"的类型背后，其实都带有现代都市①、架空历史、穿越时空、玄幻仙侠的世界设定。在以往以爱情

---

① 在女频网文创作中，现代都市其实也是一种特殊的世界设定，它并不指向现实社会，而是一种模拟现代都市环境的架空社会。当然，也有一些作品中会加入现实世界中发生的热门社会经济文化事件。

叙事为绝对核心的创作中，作品的方方面面都是为情感关系服务的，无论类型元素如何更替变化，都只是为了给爱情故事提供新的背景板。但在近几年的女频写作中，开始出现对世界设定本身的关注和探索。在"CP小说"成熟的同时，女频作者开始从以爱情为绝对中心的叙事框架中挣脱出来，书写与爱情无关的世界设定和故事情节，女频读者熟练地分裂出阅读小说的两种方法："嗑CP"时全情投入地做梦，不较真地大口摄入"CP"想象提供的"糖分"；不"嗑CP"时就将"恋爱脑"换下来搁置一旁，冷静地环顾角色所处的世界本身。换言之，正是通过"嗑CP"共情方式的习得，原本专注于言情故事的读者才自觉地意识到了"恋爱脑"的存在，自觉地培养出了一个"嗑糖"专用的"CP读者"视角，并且获得了卸下"恋爱脑"、不以爱情为中心地看待这个世界的契机。

女频网文之所以会进入在"嗑CP"的同时玩设定的新时代，有两方面原因。一方面，女频内部发生了代际更替，"90后""95后"的作者、读者群体走向成熟，开始彰显自己的文学诉求和审美偏好，成为最活跃、最具创新能力的网文作者、读者。在这一代人身上，男频与女频的界限在一度泾渭分明后重又开始变得模糊，男频作品开始借鉴女频细致幽微的爱情叙事元素，而女频也更加注重无关爱情的那些文学题材。另一方面，随着外部监管力度的层层加大，女频的情欲书写空间被步步压缩，作者被框定在"禁欲"的写作范围中，被迫回到自我、回到心灵、回到个体与世界的关系，在世界设定上做文章。

女频作者们在小说中设计出千姿百态的小世界，如同一个游戏设计师一般，邀请她的读者们一起来玩这一场异世界的奇幻冒险。而这无穷无尽的世界设定，总会或多或少地携带着作者的价值思考，其中一些更是具有鲜明的"异托邦"色彩，体现出新一代女性对理想世界与理想生活方式的新探索。

一些原先只在小众文化圈内流传的设定，开始浮出地表。以Matthia的《请勿洞察》（2018—2019，长佩文学）为例，这部小说继承了主要由"女性向"欧美同人文化社群创作的"欧风文"的写作模式，借鉴了西方恐怖小说的风格与写法，因而与主流商业网站中的典型网络类型小说存在一定差异。"欧风文"作者的写作大多始于欧美同人，倾向于模仿西方流行小说的结构、行文、语汇甚至口吻，往往采用西方背景和白人主角，结构精致，篇幅不长。在网文普遍以

VIP在线收费为导向、"付费为王"的今天，只有在女频"为爱发电"的同人文化中，这种写作传统才能一直被保持下来。《请勿洞察》对"克苏鲁"① 元素的运用就体现了"欧风文"快速化用西方流行文化新设定的能力。《请勿洞察》将"克苏鲁"风格的精髓——不可名状、令人疯癫的恐怖，当成了唯一的主题，也就是将世界设定本身当成了唯一的主题。虽然小说文案中标明了"CP"，正文中却几乎没有明确的情感描写，"CP读者"可以靠着两位主人公的人物设定自行"脑补"出"CP"故事，其他读者则完全可以将《请勿洞察》当作一部纯粹的"克苏鲁"恐怖小说来阅读，原先深潜在"女性向""欧风文"小众圈子里的写作脉络，被带向了更加广阔的受众视野，为主流商业女频小说提供了更丰富的创作可能。

　　"游戏化"② 是近年女频网文最常见的世界设定趋向之一，女频网文中不仅产生了一批直接表现游戏经验的"网游文"和"电竞文"，还普遍性地将系统、副本、存档/读档、NPC、BOSS等游戏元素融入各式各样的世界设定。2018—2019年，"系统—副本"③ 是女频最流行的叙事结构，如莫晨欢《地球上线》（2017—2018，晋江文学城）、木苏里《全球高考》（2018—2019，晋江文学城）、鹿门客《文学入侵》（2019，晋江文学城）等热门作品，都将系统设置得极其复杂精细，将副本描绘得令人瞠目结舌。"系统—副本"甚至不仅是叙事的结构和手段，更内化于文本的主题之中。以西子绪的《死亡万花筒》为例，其系统机制是选召一些将死之人，令他们进入"门"中的恐怖副本，只有找到出门的钥匙才能活下来，直到通过难度递增

---

　　① "克苏鲁"，20世纪30年代美国恐怖小说家洛夫克拉夫特创造的远古邪神神话体系，近年来因美剧《怪奇物语》（2016）等作品的全球流行而被中国观众熟悉。

　　② "游戏化"概念的提出，参见王玉玊：《编码新世界：游戏化向度的网络文学》，中国文联出版社2021年版。本文使用的"游戏化"指的是网络文学中使用的情节元素吸收了电子游戏元素、组织结构吸收了电子游戏的模块化模式的创造趋势。

　　③ "系统—副本"，即系统所统摄的主线剧情将多个支线副本剧情以单元剧的方式串联起来，使文本呈现出一种可无限拓展的、十分自由灵活的组织结构。网文中的"系统—副本"设定最初来源于男频，2014年前后"快穿文"兴起后才开始在女频网文中普遍应用。

的十二道"门",才可获得自由和新生。这样的设置,给了读者十分鲜明的游戏体验感,十二道"门"后的恐怖世界就像十二场恐怖游戏直播,玩家们清楚自己在游戏中,却仍努力探索未知的规则,真实地求生、厮杀,读者们也很清楚自己是在观看一场场游戏记录,只不过角色的伤亡都是真的,于是紧张和痛惜也是真的。最终,主角面对最后一扇"门"时,小说的中心主题浮现出来:"门"内世界不再恐怖危险,那里有你所爱的、想要的一切,"门"外的现实世界什么都没有,你会选择留下还是离开?幸福地做梦还是痛苦地醒来?什么是真实?什么是生死?作者用主角的抉择给出的答案是:对你有意义的才是真的,只有自己才能决定自己如何活着①。

另外,女频小说还借鉴了游戏的存档、读档机制。经过了存档与读档,小说的叙事就不再是线性的、确定的、唯一的,当作者落笔之时,只是选择了其中一种可能性来进行展现,这使得文本空间具有了平行世界的无限可能。这种设定也在近年的女频"游戏化"写作中被广泛使用。如袖侧《攻略不下来的男人》(2018,晋江文学城)中,女主角韩烟烟因"车祸"意外进入"快穿世界",在"系统"利奥的引导下在不同世界中攻略目标男人。然而,3次"快穿"后,韩烟烟发现所谓的"快穿"不过是一场骗局,自己实际上是作为奴隶被抓到高阶文明世界,为唤醒已经死亡的目标对象,她需要通过不断构建世界(故事情节)来刺激对方的精神②。在第四个副本世界中,韩烟烟终于接近成功,但她却始终惦记着自己曾付出真心却被辜负、以失败告终的第二个世界,于是她中断进度,回到第二个世界"读档重来"。与以往的"重生文"设定不同,韩烟烟需要"重来"的那段经历不是她真实经历过的人生,而是一次没能通关的游戏。她需要对抗的不是真实世界,而是游戏设定中一缕固有的男性意识。韩烟烟不仅是在一次次尝试通关一个攻略男主角的游戏,更是在代表新一代女性网文作者、读者,向着现实社会中种种不平等的性别观念、情感观念发起

---

① 参见王玉玉:《死生之间——评西子绪〈死亡万花筒〉》,邵燕君、肖映萱主编:《中国网络文学双年选(2018—2019)·女频卷》漓江出版社 2020 年版。

② 参见许婷:《要攻略男人吗?攻略世界先——评袖侧〈攻略不下来的男人〉》,邵燕君、肖映萱主编:《中国网络文学双年选(2018—2019)·女频卷》,漓江出版社 2020 年版。

一次次挑战。

在面对穿越、仙侠等旧类型的旧世界设定时，新一代作者真正开始尝试借助架空的异世界来搭建她们心中的理想天地。《见江山》与《天官赐福》的仙侠类型，表面上看像是与《花千骨》（fresh 果果，2008，晋江文学城）式的女频仙侠言情一脉相承，实际上却是"旧瓶"装"新酒"，筋骨已然超出爱情主题。宛如一部仙侠版《哈利·波特》的《见江山》（好大一卷卫生纸，2017—2018，晋江文学城），描绘了一个如霍格沃茨魔法学校般的理想学院——南渊学院。在南渊学院这座象牙塔中，主角们怀着天真的少年侠气，一面同窗苦读、生死相交，一面逆袭升级、赢下一场场艰难的战斗。《见江山》延续了女频言情和男频升级的基本套路，却又能别开天地，以少年意气对抗成人世界固化的权力秩序，建立属于少年人的新友情、新世界。而创造了大热 CP"花怜"的《天官赐福》，真正要讲的也不只是情感故事，而是一个理想主义者的重生史，是写给"九千岁"的一则寓言——当这群被保护得太好的孩子们终于遇见残酷的真实世界，过去曾坚信的美好，虽然幼稚，却也伟大①。如果说"80 后"的 Priest 写《残次品》，借星际科幻的"后人类"设想，呈现的是"80 后"心中的自由与正义、人文主义与社会变革，那么以《见江山》《天官赐福》为代表的"90 后"女频"新仙侠"，则是新一代女性作者思考什么是理想世界、如何直面现实世界的稚嫩尝试。无论是"80 后"还是"90 后"，女频作者们在故事中寄托的，总是她们各自生命境遇的回响。

总的来说，新一代的女频写作有了更为丰富的面向，她们的欲望模式更多元了，她们投入爱情，也探索世界，热爱冒险，也寻访未知。"嗑 CP"、玩设定的女频新作品，令主人公们相互陪伴、并肩前行、共同成长，用二人一起度过的时光，建构他们最有说服力的情感羁绊，在爱情神话日益可疑的今天，让读者在故事中重新抓住几分可以被确认的甜。

---

① 参见王玉玉：《你曾相信的那一切，尽管幼稚，却也伟大——评墨香铜臭〈天官赐福〉》，邵燕君、肖映萱主编：《中国网络文学双年选（2018—2019）·女频卷》，漓江出版社 2020 年版。

正如女性社区中小众的欧美同人、"欧风文"写作脉络,在《请勿洞察》中借由"克苏鲁"设定,突破了圈子和性别的壁垒,开始被更多人接受,新一代的女频写作或许也能因玩设定的趋势,更多地吸引男性读者、主流文化的目光①。2019 年 8 月,同人作品库网站 Archive of Our Own(简称 AO3)获得"雨果奖"最佳相关作品奖。作为全球规模最大的网络女性文学网站之一,AO3 获奖,使全球的同人爱好者、女性网文爱好者与有荣焉,其中也包括在 AO3 上发表了超过 10 万部中文同人作品的中国"女性向"同人作者。AO3 获得科幻文学界的官方认可,与其同人作品大多依托于科幻原作有关。而中国的女性网文创作,已经借由"CP"文化与偶像粉丝文化的合流,进入了以女性为主导的大众文化消费市场,或许也能够借玩设定的契机,将圈内文化带出女性圈子,辐射至更加广阔的受众。

---

① 《请勿洞察》《攻略不下来的男人》《全球高考》《文学入侵》4 部以设定为中心的女频作品,均进入了"2019 网文晨曦杯"获奖榜单。晨曦杯是由网络原生评论者、资深读者自发组织的网文评选活动,自 2016 年起每年选出 20 部优秀作品。由于参与评选活动的资深读者不分男女,"女性向"特征特别明显的作品一般不容易进入榜单(因为女性读者往往也看男频作品,但男性读者几乎不看女频作品)。

女孩们的"叙世诗"

——2020—2021 年中国网络文学女频综述

2021 年 10 月，晋江文学城宣布将逐步实施"分年龄阅读推荐体系"①，一石激起千层浪，晋江要搞作品分级的消息立即引发网络热议。晋江的这一举措，究竟如何推行，是否如网友推测的那样能够开创国内文艺作品分级的先河，目前尚未可知。但晋江之所以敢于主动"分级"，这份底气很大程度来源于如今女频作品呈现出的多元化面貌，不必再去依仗"少儿不宜"的部分。以小众"女性向"文化起家的晋江，已经在大众商业化的道路上走了很远。2018 年以来，短短数年间晋江的注册用户规模翻了一倍②。这一变化此前并未得到研究者足够的重视，半数新用户的涌入，必然使晋江这块网络女性社群的重要的文学土壤发生剧烈的酸碱变化，孕育出新的用户生态和类型趋势。老一代"大神"作者集体转入 IP 导向的写作后，一批被新用户

---

① 2021 年 10 月 21 日，晋江文学城向全站用户发送了一则《关于开始逐步实施分年龄阅读推荐体系的说明》的站内通知，宣布晋江出于保护未成年人的目的，将尝试进行作品的分年龄推荐工作，逐步"把作品按照不同的标签、类型及其他特点，做不同年龄的阅读推荐体系，让那些有争议的、尖锐的、思想性更复杂的文章，暂时远离那些心智还不够成熟的读者，同时也是留给成年人一个更加安心的阅读空间"，并会优先把"最受社会关注的小众题材按照轻重缓急逐步做分级"。

② 数据来自晋江文学城"关于我们"，www.jjwxc.net/aboutus 该数据由晋江官方公布，但并非逐月统计，且不定期更新，更新时会覆盖过往数据，因而只能依据笔者长期进行的跟踪记录。据统计，2017 年 7 月晋江注册用户数量为 2097 万，2018 年 7 月为 2700 万，最新数据为 2021 年 10 月超过 5000 万。由此，大致可以得出 2018 年以来晋江注册用户数量翻倍的论断。

供奉的新"大神"也已悄然改朝换代。此外,推动剧变的还有主流化诉求、外部审查目光的外因,以及代际更迭、媒介融合①的内因。比起已然"身相完成"的男频网络文学,② 以晋江为核心的女频世界正在历经一场至关重要的转型,过往关于女性网络文学的种种刻板印象,到了要被打破的时刻。

在 2018—2019 年的综述中,笔者将这一转型描述为"嗑 CP"、玩设定的新趋势。而经历了 2020 年以来全球新冠疫情的突发现实,猛然进入"后疫情"时代的女作者们,更加鲜明地表现出了对世界的热切关注。她们纷纷从亲密关系的小小幻境中走出,大举朝着辽阔天地、朝着星辰大海进军,以蓬勃的创造性、早熟的笔力和天真烂漫的理想主义,书写着属于女孩们的"叙世诗"。"叙世"的"世",既是"世界设定"的"世",即小说中推陈出新、花样繁多的世界观架构,也是"现实世界"的"世",指向女作者们通过网络类型小说的诗性幻想,展现出的现实观照。

一、倒映现实的异世界幻想

近两年,科幻、恐怖、悬疑成了女频小说最常见的类型元素。作为纸媒时代就较为成熟的小说类型,传统科幻、悬疑推理和惊悚恐怖,过去一直处于网文版图的边缘地带。这些原本小众的题材如今却大放异彩,与女频的类型融合趋势直接相关。继穿越、重生之后,"系统"成为女频最主流的网文结构方式,"系统发布多个任务—主角进入多个副本完成任务"的"主线/支线"结构,使一篇"系统文"得以容纳多种高度幻想的世界,大大丰富并鼓励了女频作者对世界设定的勇敢探索,并且将各种类型元素叠加、融合在一起。小众类型纷纷被召唤回归,形成了一个类型元素和世界设定的数据库,供作者任意调用。

---

① 邵燕君、肖映萱、吉云飞:《媒介融合 世代更迭——中国网络文学2016—17 年度综述》,《文艺理论与批评》2017 年第 6 期。

② 吉云飞:《"男性向"朝内转——2020—2021 年中国网络文学男频综述》,《中国文学批评》2022 年第 1 期。

写下这些作品的，大多是近几年才开启创作生涯并崭露头角的新作者①，她们对科幻、悬疑、恐怖等类型元素的熟练运用，展现出一种早熟的写作能力。这得益于她们身后丰富的多媒介文化资源，这一批"网生代"作者零时差地接收着全球流行文艺作品，与全世界的科幻、悬疑、恐怖爱好者们站在了同一起跑线上，而中国网络文学二十多年来孕育的成熟生产机制，赋予了她们在类型小说创作上的先天优势。与已经冠上"经典"头衔的前辈作品相比，不同时代境遇倒映出不同的文学幻想，促使她们通过作品发起挑战，谱写属于她们的新篇章。

1. 科幻："后大局观"与"去人类中心"的"后人类"想象

在女频的科幻热潮中，一十四洲的《小蘑菇》（晋江文学城，2019—2020）十分突出。它不仅是过去两年里女频最热的 IP 新作，取得商业成绩与读者口碑双丰收，更得到传统科幻界的认可，摘下星云奖 2020 年度长篇小说银奖。《小蘑菇》的科幻题材，当然不是作者灵光一闪的开创，它承接自女频 2011 年以来的"末世文"写作脉络。比起强调科学技术对世界的改变，甚至带有某种技术预言性质的传统科幻小说（science fiction），女频的"末世文"或许更应该被理解为一种关于异世界的未来幻想（future fantasy），它所涉及的"科学"是一种纯粹的设定，重要的不是技术的可操作性，而是设定发生之后，关于人类社会的"异托邦"寓言。此前的"末世文"，如非天夜翔的《二零一三》（晋江文学城，2011），借鉴的是好莱坞科幻灾难大片的英雄主义内核，故事的主线是主角代表最后的人类挣扎求生，并在废墟中重建文明。在此基础上，《小蘑菇》最大的突破在于两种新变量的引入——"克苏鲁"的世界设定和非人类的主角，由此打开了一种全新的"后人类"想象。

"克苏鲁"（Cthulhu）是 20 世纪 30 年代美国恐怖小说家洛夫克拉夫特创造的远古邪神神话体系，近年来因美剧《怪奇物语》

① 本综述提及的这类作者中，郑小陌说于 2014 年开始在晋江发布作品，一十四洲始于 2016 年，微风几许始于 2017 年，她们的成名作都写于 2018 年之后，而群星观测 2020 年才开始写文，《寄生之子》是她的处女作。

（2016）等影视作品的全球流行而被中国观众熟悉，并被《诡秘之主》（爱潜水的乌贼，起点中文网，2018）等转化为网络小说的流行世界设定。《小蘑菇》的"克苏鲁"设定，不仅表现在拼贴风的变异怪物，更抓住了"克味"（"克苏鲁风味"的简称）的核心要义——不可名状的恐怖、非理性反科学的混乱。小说中人类及所有物种相互"污染"的变异是毫无缘由、不可阻挡的，整个世界以荒诞的姿态摧枯拉朽地坠入深渊。正如现实中同样荒诞的新冠疫情，猝不及防地将全球日常秩序彻底搅乱。写在疫情之前的《小蘑菇》与"克苏鲁"网文，仿佛一种超前的寓言，以与过去完全不同的底层逻辑，颠覆了一贯的人类中心和发展主义叙事。

　　以往的灾难想象中，人类在生存危机面前总是表现出某种"大局观"，为了整体文明的保存可以不惜一切代价，如刘慈欣的《三体》，其著名的"黑暗森林法则"正是个中经典。而《小蘑菇》却说，人类为了所谓的"大局"付诸的所有"舍小谋大"的"牺牲"都是毫无意义的。宁可错杀绝不放过的疑似感染者，节节败退直到退居最后的"诺亚方舟"路途中放弃的所有次要阵地，无数的"蝼蚁"为"大局"而被割舍掉了，然而，人类不仅没有因此存活下来，还丢掉了最后的人性和尊严。一切努力都是徒劳的，陆夫人和玫瑰花园里女孩们的故事，更是打碎摇摇欲坠的"大局观"最猛烈的一击。作为繁育者被重重保护起来的女性，她们的生存只剩下唯一的目的——成为人类的"子宫"。物种在生殖中确实得到了延续，但如果只有生殖，她们还能被称为"人"吗？于是陆夫人主动推开窗，被蜜蜂感染成为蜂后，带领女孩们化身蜂群，她们终于第一次拥抱了自由的空气。人类失去了"子宫"，毁灭已成定局。不过故事的最后，作者通过设定给出了一个童话般的光明结尾，灭绝人性的"大局观"不能拯救的人类，最终被充满人性的"爱"拯救了。这或许是女性特有的温柔、女频网文固有的温情底色，但也不失为一种表态。它表明女孩们仍然相信世界的温暖和善意，相信人性的不朽，相信自由终将回归，相信爱能把风雨飘摇的世界重新黏合起来，治愈所有的裂痕。

　　垂死挣扎的人类社会仅能维持最低限度的"兽性"，一朵"非人"的小蘑菇却在旁观了人类的"末日审判"后获得了"人性"。非人类主角的设定，加强了《小蘑菇》的"后人类"特质，也带来了一种"去人类中心"的开放心态。这一主题在郑小陌说的《异世常见人口不可告人秘密相关调查报告》（晋江文学城，2018—2020，以下简称《异世报告》）中也是核心议题。小说的主角项静静每晚9点都会准时穿越到一个未知的异世界，进行为期一小时的冒险，结识那位因"想静静"而无意间召唤了她的"人"或"非人"。借助"快穿"（即快速穿越）结构，小说呈现了一场世界设定的盛宴，星际、虫族、赛博朋克、剑与屠龙骑士、魔法……每种"异世"都不落窠臼，天马行空的想象力令人惊叹。而主角对待每种"异世"文明的态度，始终是给予最大程度的尊重，尽量不以己度"非人"，自觉地警醒着人类中心主义的狭隘。

在这两部作品中，作者借助世界设定进行了重重的"人性"试验，人类的各种属性被掰开揉碎了一点点剖析，人与自然、人性与兽性、人与权力、人与时间、人与自由、人如何面对恐惧和死亡……最终指向一个终极的叩问——何以为人？这构成了女频独特的"后人类"叙事。从亲密关系出发的女性，在面对世界时提出的第一重质疑，仍是关于人的心灵和秉性。

2. 悬疑、恐怖：治疗"官能麻木"的高度刺激

近年的女频小说，比科幻更加普遍的是悬疑、恐怖元素，出现了"刑侦文""惊悚文"子类型的创作浪潮——如连载期间一直高居晋江文学城 VIP 金榜的《破云2吞海》（淮上，2019—2020）、《我在惊悚游戏里封神》（壶鱼辣椒，2021，后更名为《我在无限游戏里封神》）等热门作品，悬疑、恐怖元素更广泛地融合进其他类型的叙事当中，把悬疑的烧脑和恐怖的肾上腺素飙升，打造成了女频网文最为流行的快感模式。

纸媒时代的悬疑和恐怖，为畅销书机制量身定做了一套固定的写作模式，有相对精致的文本结构和精准的读者定位，不容易适应网络媒介的超长篇连载形式，因此大多聚集在一些专门性的论坛空间①。主流文学网站发展至商业化成熟阶段后，恐怖、灵异、悬疑、推理等

---

① 如2001年开版的天涯社区"莲蓬鬼话"，是中国最早的惊悚、悬疑类文学论坛，也是天涯社区最为活跃的文学版块之一。这里曾经孕育了天下霸唱的《鬼吹灯》系列，创造出网络"盗墓文"的全新子类型。

类型在垂直市场里也形成了各自的用户社群。而近年来这类元素在女频的全面复苏，却是对这些类型元素的泛化挪用，小说未必按照悬疑、恐怖的类型模式展开，但一定保留了烧脑、惊悚的阅读体验和风格。如《小蘑菇》的"克苏鲁"本身就是一种恐怖设定，近年"克味"已经成了继"二次元欢脱风"之后又一种最时髦的小说风格，且男女频"通吃"；《异世报告》的男主"虫哥"是星际的虫族，其节肢动物的特殊形态——多节的肢体、锋利的外骨骼、黏液和复眼、卵生的繁殖方式，也是科幻电影里常见的恐怖元素；微风几许的《薄雾》（晋江文学城，2020）则兼具悬疑和恐怖的双重特性，既有随时可能横死的惊悚气氛，又始终围绕着时空装置的玩法展开悬念，给科幻的内核增添了额外的刺激。

种种迹象表明，今天的女频读者是更加"重口味"的一代，她们不仅偏爱高度幻想，也追求高度刺激。这些"网生代"们一直处于互联网信息的洪流当中，全球流行文艺消费市场针对她们的视觉、听觉、触觉等各种感官进行着大批量的工业生产，源源不断地塑造并满足着她们的欲望。这类感官刺激抬高了读者的阈值，她们需要的刺激越来越多、越来越强烈，消耗得也越来越快，逐渐进入了一种"官能饥渴"和"官能麻木"的状态，只有更多、更强的刺激才能引起她们的反应。以往女频网文的快感模式一直以情欲和情感为中心，当亲密关系的情欲张力被阻绝，就必须有其他的感官刺激充当替代物。"后净网"时代出现的第一种代偿是勾起口腹之欲的"美食文"，但显然食欲的最佳满足方式是亲自去吃。悬疑、恐怖在亲密关系反复书写的"甜"和"虐"之外，为女频网文创造了新的"爽点"和快感机制，成了女频读者新开掘的"肥宅快乐水"——可乐凭借糖分释放的荷尔蒙和二氧化碳对咽喉的冲击，成了让"肥宅"们快乐的情绪促进剂，而悬疑、恐怖带来的"烧脑感"和肾上腺素，造成了电击一般的生理刺激，也能起到相似的情绪促进作用。近年来线下火爆的"剧本杀"、密室逃脱等真人冒险游戏，以及类似题材的影视剧、动漫、电子游戏，也致力于激发好奇和恐惧，但无论是线下还是线上的一切文化消费产品，唯有网络小说的庞大数量、低廉成本与类型写作的成熟程度，足以匹配这种"官能麻木"状态下的刺激需求。

此外，在"后疫情"的失序前景下，对于后现代都市生活图景中原子化的个人，世界是一团失焦的混沌。当小说的世界设定也趋于非理性、反科学、神秘主义，一切都失去了确定性，脚下的土地仿佛下一刻就会坍塌，人物的行动也不再建构意义。此时悬疑、恐怖带来的刺激，就提供了一种对自我存在的另类确认方式，给了读者一个感知这个世界的焦点，使之短暂地脱离"自我失焦"的状态。

二、回归女性自身的现世关怀

"叙世"的另一个侧面是"现实世界"。在网络小说中，高度幻想的设定与对现实世界的反映并不矛盾，甚至恰恰是互为表里的——"非日常"的世界设定可能蕴含着"异托邦"的社会观照，看似贴近"现实"的题材类型则往往异常魔幻、荒诞。重要的并非是否以现实为题材，而是在作品中是否寄寓了现世关怀。如果说科幻的"后人类"想象和悬疑、恐怖带来的刺激，是对社会的宏观倒映和对时代情绪的疗愈，那么另一些更具现实指向性的女频作品呈现的，就是与女性现实处境的正面交锋。

1. 职场：从"卷"到"苟"的"后丛林"转向

职场，一直是女性的性别身份、性别经验、社会境遇与生存困境最为集中的场合，不同的职场想象，即是女性投射、疏解这些问题和焦虑的不同方法的演示。在近期的作品中，七英俊的《成何体统》（微博，2020—2021）与柳翠虎的《装腔启示录》（豆瓣阅读，2020），一个通过"宫斗"做职场的幻想模拟，一个描绘充满真实细节的现实白领生活，却异曲同工地传达出当下女频小说的职场想象从"丛林法则"到"后丛林"的转向。

自2006年的《后宫·甄嬛传》（流潋紫，晋江原创网/新浪博客）后，"宫斗文"就被赋予了某种"职场生存指南"的意义，"后宫"是将工作焦虑放大为生存危机的模拟职场。这一类型叙事的前提，是对弱肉强食、以恶制恶的"丛林法则"的绝对服从。这种服从是根深蒂固的，打心底里认为它天经地义、不可动摇，再没有别的出路，于是只能去"斗"。这种逻辑与当前流行的"内卷"有着极相似的内核，甚至完全可以用"内卷"来解读"宫斗"——"皇帝"即老板，"嫔妃"则是相同跑道内竞争的对手，大家都"卷/斗"起来了，女主角也就不得不"卷/斗"。而七英俊的《成何体统》借助"穿书"①的设定，让一位职场"社畜"②穿越到一篇"宫斗穿书文"中，不仅道出了"宫斗"即职场的本质，更把"斗"和"卷"的底层逻辑彻底抽掉了："宫斗"只是小说的套路，那看似牢不可破的"丛林法则"只是纸糊的囚笼，既然大家本质上都是被压榨的职场"社畜"，何必把丛林游戏玩得那么认真，斗啊卷啊，不如一起坐下来吃小火锅，全世界"打工人"团结起来，"苟"过去得了！"苟"，这种由"苟且偷生"引申而来的人生态度，在抵抗"内卷"的社会处境中具有了某种反抗性。而《成何体统》穿到"宫斗穿书文"中的多重"穿书"设定，又进一步戳破了"丛林法则"的虚假性。"宫斗穿书文"的一种主流套路是，读者穿越到原本的炮灰角色身上，抢夺胜利者的故事线，实现命运的对调。作为"天外来客"的主角轻易地看透了这一套路，深知"炮灰"与"胜利者"之间的所谓"逆袭"，也仍旧是"社畜"之间无意义的"内卷"，"胜利者"还是困在笼子里的"纸片人"。赢得"内卷"不再是主角的终极目标了，至少不值得为它掉进以恶制恶的旋涡，只有跳出宫墙、逃出丛林去看看外面的世界，才无愧于现代女性的自由灵魂。此时，"苟"下去，不与恶法同流合污，就成了对"卷"、对"丛林法则"最大的反抗。

　　相比之下，《装腔启示录》所描绘的真实职场，乍一看简直将"内卷"逻辑贯彻到了极致：女主角毕业于名校，在北京国贸的律所工作，这里连空气都充斥着金钱和权力的味道，她与身边那些看似光鲜亮丽的精英们，背地里各有各的困窘，只好变着法暗中较劲，比品

---

　　① "穿书"，即穿越到一本书中，这是网络小说近年来十分流行的一种情节设定。一般穿到书中的读者对原书情节会有大致的印象但记不清细节，且对自己身在书中、其他人物皆是"纸片人"有着较高的自觉。

　　② "社畜"，即日语"しゃちく"，是日本上班族对自己被公司像畜生一样压榨的自嘲，近来成为中国互联网的流行语，与职场"打工人"类似，都是当下青年对职场境遇的特殊表达。

味、比腔调，"装腔"成了她们标榜自己与众不同和优越感的方式，也是阶级固化的阴影下，她们最后的体面和保护色，用以掩盖实现不了阶级跃升的绝望。而《装腔启示录》对"内卷"更深的反讽，来自作者柳翠虎的亲身示范——这部小说带有鲜明的"自传"色彩，柳翠虎曾有与主角相似的履历，她最终放弃了"内卷"的人生，"弃法从文"投向了网络小说创作。这一改换赛道的选择，虽然仍可能是换一个地方继续"卷"，但至少离开了"996"的职场，走上了一条更具风险性但也更自由的另类道路，未尝不是一种"苟"的表现。

这两部作品从不同的侧面切入职场现实，殊途同归地显示出从"卷"到"苟"的"后丛林"转向，这或许也与"后疫情"的生存状况有关。早在疫情暴发之前，女性就已经窥见了丛林之外的缝隙，而全球疫情对日常生活的彻底摧毁，让她们越发清晰地辨识出笼子的边界：在日常秩序随时可能崩塌的前景中，没有什么比生活本身更重要，拼命去争去抢的"内卷"像是个笑话，即使赢了，能得到的奖赏也不过如此，不可能再像前代人那样实现一步登天的美梦。与此同时，把人生当成一种体验而不是一场竞赛的"体验经济"兴起，鼓励人们尝试更多的可能性，成了"内卷"的对立面。女性辗转于两端之间，试图寻找一个平衡点，既保障生存，又率性自由，这或许才是更高明的游戏玩法、更高级的"装腔"。

2. "无 CP"：女性写作的无限潜能

"无 CP"的类型标签，是一种特定历史情境下的产物，它的发明最初是为了规避纯爱类型的风险，却恰好为女频不以亲密关系为核心的其他叙事预留了空间。这一特殊的类型，因其既非言情又非纯爱的残余物性质，天然地带有某种反叛性——选择"无 CP"，往往意味着作者主动规避了既有的亲密关系叙事，要另辟蹊径，为作品造一个新的"核"。这无疑是一项难度颇高的挑战，但也迫使女频叙事去挖掘更加多元化的潜力。因此，扶他柠檬茶的《爱呀河迷案录》（微博，2020—2021）、三水小草的《十六和四十一》（晋江文学城，2020—2021）、群星观测的《寄生之子》（晋江文学城，2020—2022）这 3 部各具特色的"无 CP"作品，在过去两年的女频世界里就显得格外引人瞩目。它们分别向着现实主义、女性主义、儿童文学的道路出发，大刀阔斧地拓展了网络女性书写的疆域。

其中，《爱呀河迷案录》最为特殊。这是一部在微博连载的中短篇小说集，它把微博舆论场中正在发生的热点事件，改造成了爱呀河小区里一桩桩离奇案件。这些故事没有遵循网络类型文的写作惯式，而是在微博的特殊场域中，让中短篇小说的文本形态和杂文式的现实讽喻传统，重新进入网络读者的视野。每一个故事读起来都无比"现实"，因为压垮骆驼的每一根稻草都真实存在；但同时又无比"魔幻"，因为真实的人生中根本塞不下这么多的"现实"——是过量的现实，把主人公们逼上了绝路。小说浓缩地、集中地展示了现实社会中尚未愈合、仍在渗血的伤口，用鲜活的悲剧引人深思，与现实主义文学试图穿透时代、为现实问题把脉，有着非常相似的质地。这种特殊的尝试，充分展现了女性直面现实、将其转化为"网络现实主义"文学的潜力。

《十六和四十一》实现"无CP"的方式，则是将关注点聚焦于女性内部，讲述一对单亲家庭的母女互换身体的故事。这部小说可以看作《枕边有你》（三水小草，晋江文学城，2019）的续作，只是互换身体的双方从男女两性变成了母女之间。作者在这类性别身份的试验中，尝试疏解女性的性别焦虑和母职焦虑，可以视为"网络女性主义"的性别意识探索在网文创作中的实践操演。

《寄生之子》的"无CP"以"星际科幻"类型为介质，主角是附身于地球少年的外星生物，因其孩童的视角，给小说带来了一种"儿童文学"般的阅读体验。这种"儿童文学"就像"适合9至99岁公民阅读"的《儿童文学》杂志一样，绝不只是"写给儿童看"的。支撑《寄生之子》的"核"，是自由、平等和无邪的友谊，是善良、勇敢的赤子之心。因此，这部小说确实老少咸宜，开启了女频作品真正的全年龄可能性——这或许是晋江推行"分年龄阅读推荐体系"之后最希望见到的一种可能性，也为"网络现实主义"的布局增添了现实主义童话的维度。

三、言情模式的现实折射

无论在"叙世"上做了多少拓展，时至今日，"言情"仍旧是女频网文的核心叙事，小说在展现世界设定或现实关怀的同时，也同样重视亲密关系想象。

近年来，"圈层化"逐渐成为互联网社群的常态，而日臻成熟的网络文学也理应进入市场细分阶段，从"大众文化"走向"分众文化"。男频在经历免费阅读与付费阅读的混战后，以收费模式为界，划出了大众与小众、"小白"与"老白"的界限。而女频从一开始就存在几股不同的势力：以晋江为代表的"女性向"高塔，由阅文旗下其他女频网站（如起点女生网、云起书院、红袖添香、潇湘书院等）组成的商业化矩阵，在粉丝拥护下坚持无偿"为爱发电"的零星小岛（如作者个人的微博/微信公众号，以及各大同人站点）。不同的商业模式在女频早已形成了各自的舒适区，而2018年以来的免费阅读浪潮，更大的意义是为女频版图拓展了年龄的广度。例如，此前女频主流读者的年龄层为18—35岁，而免费阅读的"多宝文"却成功俘虏了29—50岁的中年女性[①]。女频读者选择去哪里看文、看什么样的文，很大程度上不由付费与否决定，而是不同圈层自然生发的不同取向。因此，各个圈层的女频言情模式，便呈现出截然不同的风景。

然而，言情的亲密关系叙事，总是精准地折射女性婚恋价值与性别意识的微妙变化，即使在不同的圈层、平台以不同的类型面貌出现，也仍能殊途同归地反映一些相似的集体想象。过去两年里，各大女频网站的言情模式中分别出现了4种较为特殊的子类型——"买股

---

① 此前的主流读者年龄层，参见晋江文学城"关于我们—市场占有率"，http://www.jjwxc.net/aboutus。"多宝文"的读者年龄层数据，来自笔者团队在番茄小说的协助下进行的问卷调查（回收有效问卷24638份），结果显示"多宝文"的读者中29—50岁的比例为49.55%。参见许婷、肖映萱：《由"一夫"至"多宝"：数字人文视角下女频小说的情感位移》，《文艺理论与批评》2021年第4期。

文""马甲文""多宝文"和"女主升级文"。它们流行的背后，是这个时代的女性全新的快感机制和性别想象，也无一例外是当下社会现实中女性爱欲与权力秩序的映射。

1. "买股文"：选秀时代的爱欲与权力

"买股"是"嗑CP"逻辑的最新形态，因而在粉丝文化较为高涨的平台中均有体现。"买股文"通常有一个女主和多个可能成为男主的男性角色，这种一对多的关系可以看作"乙女"或"逆后宫"模式的延续。与其说出现了一种新的文类，不如说是读者的阅读方式发生了变化，因为"买股文"实际上是由读者的"买股"行为定义的——她们在追文的过程中就像买股票一样挑选着男性角色，追一支热门股或押一支冷门潜力股，通过评论、投票的方式，左右作者的写作实践，影响角色的出场频率并决定男主花落谁家。这与粉丝文化中的"选秀"有着高度相似的逻辑：作者给出可供挑选的"秀男"角色，他们毫无疑问是"男色消费"的客体，通过不同的人物设定，充分满足女性审美趣味、情感结构和情欲想象等各种需求；读者参与"买股"的互动，目前以评论形式为主，与偶像粉丝真金白银的"打榜"行为也有相似的数据逻辑。

"买股"行为背后，隐藏着特殊的阅读代入视角。参与"买股"的女读者们代入的通常不是女主而是女主的母亲，要为女主——她的女儿挑选女婿；或是"CP粉"的角色，去嗑这个男性角色与女主的CP并为之应援。在这种渗透着选秀经济与流量逻辑的权力关系中，"嗑CP"不再是圈地自萌、互不相干的平等权利，也变成了一件有"高低贵贱"的事，押对了宝的才是赢家。"买股"的阅读消费过程，鲜明地映照出选秀时代成为"男色消费"主体的女性特定的爱欲和权力关系想象。

2. 女频"爽文"：快感机制的拓展和女性意识的崛起

"马甲文""多宝文"和"女主升级文"是近年最为流行的女频"爽文"，前两种在付费或免费的商业化大众阅读平台风靡一时，后一种则在已然从小众走向大众的晋江文学城也蔚然成风。在这些以"爽"为宗旨的类型背后，不同"爽点"的变化预示着相同的趋势，表明今天的女性具有了更加独立自强的性别意识。

　　"马甲文"通常遵循这样的模式：看似平平无奇的女主，实际上有着许多个"马甲"，即不为人知的显赫身份，如异国公主、财团总裁、超级黑客、名校学霸等，因此每一个炮灰配角对她的轻视都会有"掉马"时刻的"打脸"反转；男主往往也"马甲"众多，两人"掉马"不停、卖弄不止。一路烦花的《夫人你马甲又掉了》（潇湘书院，2019—2020）即是这一类型的代表作，靠着对以上套路的不断重复，长居阅文女频月票榜的前列。流行于番茄小说等免费阅读平台的"多宝文"，其套路则是女主意外发生一夜情，独自生下多胞胎，数年后多胞胎成长为多个天才儿童，为女主排忧解难，并在其与男主重逢后推动两人相爱[①]。这一次女主的"马甲"和"金手指"转移到了她的孩子们身上，作为母亲同样能够享受到卖弄"打脸"的快感。可见女频的"YY"小说不仅有永远的"总裁"，还有永远的"玛丽苏"，简单粗暴大开"金手指"的快感机制依旧有效，只不过今天的女性更愿意把这些"金手指"点在女主和她的孩子们身上，不再单单寄望于男主。

　　"马甲文"和"多宝文"提供的逆袭、打脸、扮猪吃老虎等"爽点"，明显借鉴男频的成熟模式，也正因如此，才在区分男女频的综合性商业平台尤为繁盛。而这一脉络在男频深耕已久，发展出了更多的花样，如最新的"稳健流"[②]，与之相比，女频的模式还处于较为初级的"小白"阶段。另一种在男频率先成熟、近年来才流行于女频的类型是"女主升级文"，它和女频常见的"女强"或"大女主文"的区别，在于层级鲜明的数值化"升级"体系，这也是男频文最主流的模式。不过，当"升级"碰上"网络女性主义"的性别意识，立即擦出了别样的火花，因此，晋江的"女主升级文"就出现了与其他平台截然不同的生态。

---

　　①　参见许婷、肖映萱：《由"一夫"至"多宝"：数字人文视角下女频小说的情感位移》，《文艺理论与批评》2021年第4期。

　　②　"稳健流"是受到日本轻小说"慎勇流"影响出现的叙事套路。"慎勇"的名称取自日本轻小说《这个勇者明明超强却过分慎重》，其套路是主角明明很强大，却像有被迫害妄想症一样过分谨慎，真人不露相、扮猪吃老虎。后来这种"过分谨慎"的行为，就反过来让人脑补，把主角想象得特别强大。这都是"稳健流"扮猪吃老虎的反转和爽感模式。代表作有言归正传的《我师兄实在太稳健了》（起点中文网，2020）。

晋江的"女主升级文"往往极其偏重女主的"升级"或"事业线",同时压抑着她的"感情线"——男主的存在绝对不能干扰女主"搞事业",否则就会遭到读者"不务正业"的批判。如红刺北的《砸锅卖铁去上学》(晋江文学城,2020—2021),靠讲述女主如何"升级"为星际最强单兵战士、最强机械师的故事,夺得了2020年晋江"幻想言情"类作品的第一名。小说的前半部几乎可以无视主角的性别身份,她从未因身为女性而被区别对待过,后期虽然有"感情线",但被设定为星际最强指挥的男主,更多时候是来给女主的丰功伟业添砖加瓦的,这样的"感情线"更像是为了让女主的人生实现完满而附带的必要条件。这种对"事业心"的极致强调和对"恋爱脑"的过分压抑,与读者群体的价值取向有着直接的关系。这些读者在"网络女性主义"文化的洗礼中觉醒了性别革命意识,其中一部分进入了相对激进的状态。她们对小说的性别实践有着十分严苛的要求,既然要写"女强"就必须一"强"到底,否则就要打上"伪女强"乃至"厌女"的标签。这迫使作者不得不去塑造彻彻底底的"独立女性",不能对父权制表现任何妥协。这样激进的性别革命,看似走向了犬儒的反面,实际仍是犬儒的另一种表现——她们只能将这种革命的暴力诉诸文学幻想,却无力处理现实的困境,挣不脱"女强"的执念,也就无法赋予性别更自由的发展可能。因此,这种"女主升级文"往往也难逃"升级"终将止步"小白"的命运,大多只能提供一"爽"到底的快感满足。

总体来说,过去两年的女频写作已经拓展出相当丰富多元的面向,无论是世界设定,还是现世关怀,抑或是爱欲、权力、快感机制的现实投射,都呈现了全新的面貌。虽然还有不甚成熟之处,但书写着这些"叙世诗"的"90后""95后"乃至"00后"的女孩们,都还非常年轻。假以时日,她们必将把成长和岁月熔铸为亮丽的风景,为网文江湖献上更加精彩的表演。

"大女主"的游戏法则

——2022—2023年女频网络文学综述

近两年女频网文的新变可以概括为3个方面。前两方面是在"爱女"意识崛起的背景下，新型"大女主"想象的两个侧面：一是女主角开始具备强大行动力，甚至成为救世者，用新发明的话语来说，女主正成为"英雌"；二是性缘关系被重新检视，部分女性角色被批为"娇妻"，折射出当前女性社群内部正在经历一场婚恋观的剧烈变化。第三个方面，是小说的进一步"游戏化"，各种游戏的玩法和规则"入侵"了文本世界，刷新了故事的主题、结构和语言风格。

这些变化一定程度上延续了此前数年女频网文的发展趋势。在2018至2019年的综述中，笔者将女频网文的创作转型描述为"嗑CP"、玩设定的新趋势。"嗑CP"是女性的亲密关系想象从代入其中到置身事外、不再将其作为唯一核心需求的前置训练；玩设定则展现出网文设定的游戏化倾向。2020至2021年，女频的突破与创新更加明确地表现为"叙世"的拓展，既在世界设定上不断推陈出新，也展现出颇具深度的现实观照与关怀。如今，女频作者们一边继续在游戏法则层面拓宽着世界设定的可能性，一边把目光进一步锁定在探索世界的主人公——绝对的女主角身上。当爱情退居其次，世界海阔天空，新一代的"大女主"将通往什么样的新天地？这是今天的女频作者普遍自觉地试图在作品中解答的问题。

一、话语革命:"英雌"与"爱女"

近年,伴随一桩桩不断冲上热搜的社会事件,性别议题几乎避无可避地出现在互联网的各个圈层,与性别相关的影视作品、图书、女性主义理论也受到了前所未有的关注。此前性别意识的变革与探索在网络文学的文本实验中静水流深地持续了多年,以"大女主"为中心的"女强"书写贯穿于女频各种类型文发展演变的始终,写作重心已经从亲密关系渐渐转移到女性自身。新一波"网络女性主义"浪潮的高涨,向原本细水长流的变革之路注入了一剂猛药,此前积累的多重变化都在这一节点上集中爆发,以多副崭新的"大女主"面孔显露出来,高调展示了新一代网络女性社群的性别意识突进。

近两年最为读者津津乐道的"大女主"代表,是被敬称为"隗姐"的隗辛。这一角色出自《穿进赛博游戏后干掉 BOSS 成功上位》(以下简称《赛博游戏》),该作是近两年来商业成绩最好的女频小说之一。这部作品的成功,一方面有赖于作者桉柏相当纯熟的写作能力,她精准地捕捉了赛博朋克、第四天灾、人工智能、克苏鲁、论坛体等诸多流行文化要素,将其密集地融合为一锅滋味丰富的大杂烩,使故事得以在一个颇具未来美学风格的动作冒险世界中飞速推进,既在速度的加持下完成了极致的"爽文"叙事,又在纷繁的科幻设定中引入了人与神、人与非人的升华讨论,丰富了作品的广度和深度;另一方面,真正让作品"出圈"获得巨大讨论度的直接原因,是它塑造了一位遇神杀神、遇佛杀佛的"狠绝"女主隗辛。

女频以往的"大女主"中也不乏强者,她们有"黑化"的阶段,有为了成功不择手段的黑暗面,但作者往往需要给她们的"黑化"找到合理性,以赋予女主、读者和自己某种道德上的豁免权。在《赛博游戏》中,隗辛的"狠绝"也有外因:在残酷的游戏世界里,弱者的命运是真实的死亡,而隗辛拿到的"剥夺者"身份所具备的特殊能力,正是要靠"剥夺"别的角色的生命才能获得他们的能力,为了生存、变强,必须"杀人"。这种"狠绝"也有某种被豁免的余地:经历了少许挣扎后，隗辛决定尽量避免"剥夺"玩家，主要对 NPC（非玩家扮演角色）下手，但在玩家极力隐藏身份的情况下，许多时候她无法确认对方的身份，难免"误杀"。然而无论在女主的道德层面"叠"多少层"甲"，喜欢《赛博游戏》的读者们最爱看的，恰恰是隗辛身上不加掩饰的杀伐果决和绝对强大。不同于"宫斗"中女性之间的虚与委蛇、暗流涌动，这是在藐视男女之别的绝对力量面前一视同仁的狠与冷，无须任何伪装。这种来自女性角色的绝对的"强"为读者带来了绝对的"爽"，她们终于可以将道德感暂时抛开、彻底投入无须负责的"YY"幻想，这一刻，她们才真正走到了男频"爽文"的起始点。曾几何时，女频小说的"爽点"只由"虐"和"甜"这两种与爱情相关的情绪构成；如今，性别差异变得模糊，女频的快感机制与男频趋同了。女性也可以成为最强者，这种想象被读者普遍接受了。

在现实世界即将与游戏世界相融的巨大灾难面前，隗辛毫不犹豫地承担起救世主的责任。这是近年"大女主"的一个共同特征，例如经常与《赛博游戏》并举的《我在废土世界扫垃圾》中，女主祝宁也扮演了破旧立新的"救世"英雄，对底层社会报以关怀。与《赛博游戏》相比，后者还很重视女性群像的刻画，且强调女性互助与女性情谊，呈现出更具群体性的女性力量。这两部作品还有一个共同点，即恋爱关系的退位。虽然以隗辛为绝对主角的《赛博游戏》在晋江的分类体系中仍被归入"言情"分站，但这只暗示了隗辛与其他角色之间存在情感关系的可能，且这种关系是反传统的——小说中被指认成"男主"的角色是人工智能"亚当"，ta 没有碳基的身体，因而没有性别和性征，突破了传统"言情"的边界，把"情"从狭窄的性缘中解放出来。《我在废土世界扫垃圾》也被归入"言情"，但其所谓的"男主"与其他配角一样在故事中途死去，没有陪伴女主走到最后，这种情感被平等地放置于祝宁与众多伙伴的羁绊之中，如烟花般绚烂却又顷刻散去。也就是说，这些新型"大女主"们可以有伙伴，也可以有爱情，但爱情不是必需的，不是传统的，也不是更高一等的。

这种"大女主"与此前观众们通过密集的 IP 影视剧接触到的"大女主"形象已经相去甚远，后者大多改编自 2010 年以前的女频网文，代表的是上一代的"女强"想象：爱情仍然占据中心位置，男主也在故事中扮演着重要角色，往往按照"女强男更强"的配对模式，经大众向的影视改编后，很容易回到"玛丽苏"的叙事套路中去。新一代的"大女主"和"女强"书写则早已溢出了"言情"的框架，要求女主独立地拥有力量，女性自身成为强者、英雄——或者用网络女性社群内新近流行的说法，成为"英雌"。这种话语的转换，是"大女主"书写对女性自强的要求越走越极致的一个鲜明表征，正是这种趋势催生了"爱女文学"。所谓"爱女"，是与传统性别文化中的"厌女"针锋相对的，它是被否定性定义出来的，不"厌女"的才是"爱女"。"英雌"的说法是在"爱女"的语境下诞生的，"英雄"被认定是男权的语言，用来描述女性则有"厌女"倾向。

"爱女"的命名诞生于 2021 年左右，它与写下《厌女》的日本社会学家上野千鹤子及其代表性观点在一些网络女性社群中流行和普及，可以说有直接的关联。[①]一些较为激进的读者开始带着"是否厌女"的标准去"审判"既往的"女强文"乃至所有言情小说，凡是遗存"厌女"惯例的都会被她们批为"伪女强"和对女性有毒的作品。这些严苛的读者被称作"爱女姐"，她们推崇的那些经受住了考验的作品，则被相应地称作"爱女文学"。不难看出，这一命名打从一开始就带有一定的讽刺色彩——不同于网络小说常用的类型划分说法"××文"，网文语境中"××文学"的命名格式往往已经暗含了部分女性读者的讽刺或自嘲意识，如"凡尔赛文学""发疯文学"。

虽已暗含了自省，"爱女"意识在近年的"大女主"写作中普遍存在，许多作品明显是在"爱女"的"主题/观念先行"的情况下被创作出来的，其中最具代表性的是妖鹤的《女主对此感到厌烦》和柯遥 42 的《为什么它永无止境》。这两部作品不约而同地选择了西幻设定，女主或是不甘服从原本写好的"雌竞"剧本，与其他同样坚强勇敢的女性一起结成同盟，背负"女巫"之名，却像骑士一般热烈地踏上革命之路；或是在诡谲的末日世界中仍旧关心身侧之人的境遇，细

---

① 2019 年 4 月，上野千鹤子在东京大学本科入学仪式上的演讲视频在国内网络社群中引起了巨大反响，女性开始反思所谓的"女性气质"和"男女同权"的含义，上野千鹤子的《厌女》也随之走红。参见许婷：《"雌"：赛博消费景观中的性别镜像》，北京大学 2024 年博士研究生学位论文。

细咀嚼这些多姿多彩的、闪着光的女性角色身上的遭遇与不平，最终发出书名隐去的那句叩问——为什么女性的苦难永无止境？两部作品都聚焦于女性群像、女性互助，将女性作为"命运共同体"的观念以具体鲜活的形象展现在读者面前，而且是反言情、反性缘的。尤其是《女主对此感到厌烦》，作者妖鹤的笔名谐音"for her"，她的这部处女作有着旗帜鲜明的"爱女"立场且极具情绪感染力，让许多读者受到启蒙与感召，一定程度上起到了女性主义入门读物的作用，因而在"爱女"社群中被推到了圈内"名著"的地位；更名《她对此感到厌烦》进行纸书出版后，该作名列豆瓣 2023 年度读书榜单"科幻·奇幻"类的第一位，也侧面反映出这类作品在女性市场的广泛影响力。

在"爱女"意识的引领下，不仅女主形象、恋爱故事的写法面临着革新，作品的评价标准也开始被重新讨论。比如一部好的（女频）小说是不是一定要有"大格局"？这个问题在 2023 年引发了女性社群内部的一次持久讨论。在知乎问题"有没有大格局的女主文？"的回答中，出现了栗子多多的《点燃星火》。这篇仅有一万多字的小短文是十分典型的"知乎文"，由密集的转折、脑洞和梗组成，以求营造反套路甚至猎奇的阅读体验——自"反宫斗"的《宫墙柳》让知乎平台窥见了网文写作的巨大潜能之后，反套路就成了"知乎文"的招牌。《点燃星火》正可以看作是对传统女频网文"格局小"的一次戏仿式的反叛，通过戏仿女性参与改革来实现"大格局"的拟像。故事里，穿到架空封建社会的两位穿越者成了一对母女，来自 2023 年的女儿原本只想苟安，是"小格局"；来自 1940 年的母亲却想散播革命的火种，是"大格局"。虽然文中对历史事件只言片语的书写显得生涩僵硬、错漏百出，但仅凭故事开头母女"相认"（确认彼此穿越者的身份）时女儿向母亲描述 2023 年的那一句"山河仍在，国泰民安"，就足以完成受众对"大格局"的意淫与狂欢。这清晰地映照出当前网络青年女性社群在政治与历史话语上的急切操演需求和虚无现状。当然，除了对"大格局"不假思索的套用和戏拟，讨论中也出现了对一些基本问题的重新思考：何谓"格局"？宏大叙事是否天然比情感叙事和微观叙事更"高级"？女性有没有属于自己的"大格局"之路？可以预见，未来这些问题的探讨很可能会在女频的文本实验中引起回响。

二、性缘政治："娇妻"与婚恋观的剧烈震荡

当前网络女性社群中"厌女"批判的矛头，较为集中在以往女频网文里的"雌竞"与"性缘脑"（"恋爱脑"的理论化说法），前者表现为"宫斗""宅斗"等类型的衰微和对它们的反思，后者则被总结为"娇妻文学"。在"爱女"意识的检视下，不仅是社交平台中"秀宠爱"的女性被恨铁不成钢地批为"娇妻",① 多年来占据女频主流的"霸道总裁文"及其变体（如"民国军阀文"等）中的"傻白甜"女主也被归为"娇妻"。一些曾经的"总裁文"读者开始反省自己"少不更事"时的阅读"黑历史"，并决绝地与之"割席"。

不过，当我们打开近两年女频的热门商业榜单时，会发现"娇妻文学"仍然牢牢占据着大半天地，与"爱女文学"仿若来自不同世代，却跨时空同屏。一方面，这可以说是网络文学在"用钱/流量投票"的机制下赋予用户的文学"民主"的一次生动展示。人们爱看一部网文，绝大多数时候不是因为它"正确"，而是因为它"好看"，后者恰恰更多地与"不正确"挂钩。只要"娇妻"的情感机制仍能满足部分读者内心深处的需求，就会继续与"爱女"共存。另一方面，这些"娇妻文学"有着十分复杂的成分，其中既有无意识的刻板印象和陈规惯例，也有女性主动利用自己的弱势地位来谋取利益的"女利"书写，甚至还有因"爱女"迅速变成一种"政治正确"而招来的反叛，即为了对抗"爱女"的正确性暴力而出现的"娇妻"反讽。这也折射出当前女性社群性别意识的混杂与摇摆、理智与情感的游移不定。

---

① 女性在网络社交平台上"秀"伴侣对自己的宠爱，与 2020 年以来的"凡尔赛""拼单名媛"等事件均有关系，本质上后两者为的是低调炫"富"，前者秀的是被"富"且深情的伴侣"宠"，与"总裁甜宠文"有着相似的快感机制。此行为往往还伴随女性对自身的"矮化""弱化"。如 2023 年引起热议的"宝宝碗"事件（情侣吃饭时男生给女生分几口，装在小碗里，女生将其称作"宝宝碗"），也是由秀恩爱引起的，反对者认为这种称呼有"低幼化"女性的审美倾向，也将其批为"娇妻"行为。

许多时候读者们口中的"娇妻"与"大女主"之间的界限并不清晰，甚至只有一线之隔。青青绿萝裙的《我妻薄情》引发的争议事件，就是这种模糊现状的典型代表。无论是女主程丹若的"薄情"设定，还是小说最鲜明的主线——"穿越女"在封建社会求自由、求发展的个人成长叙事（事业线），抑或是作者草蛇灰线、剑指"大格局"的沉稳笔调，都仿佛向读者许诺着这部小说将是她们预期中的"大女主爽文"，古代言情的婚恋桥段只是为了在"大团圆"结尾处给女主的人生锦上添花。但事实上，故事才堪堪写到四分之一，作者就安排"薄情"的程丹若步入婚姻，这让许多读者的期待落空。这种写法迅速招来质疑、批判甚至"掉粉""掉收藏"，它让作品的走向好像又回到旧"女强"名为"大女主"实则"玛丽苏"的老路上去。但《我妻薄情》真正试图探索的，是当女性的现实处境只有通过婚姻才能获得自由（这恰恰是"古代"设定最真实的情况）时，她是否可以借助婚姻得到解放。是不是只要选择落入父权制婚姻的"牢笼"、没有实现彻底的女性自足，这种"次一等"的解放就是虚假的、不值得被选择的，必然沦为"娇妻"或"婚驴"？如果说极端的"爱女"观念抹除了社会各个阶层女性的差异，以同一套标准要求所有女性都成为独立自强的"大女主"，那么《我妻薄情》就将女主还原到了具体的境遇之中，探讨了"有限"的自由与解放的可能性与必要性。

不仅如此，小说还刻画了一个理想男主谢玄英，这位世家公子虽深受礼法与家族的约束，却遵循"情教"本心勇敢求"爱"，看起来很像是一个"玛丽苏"模式里的拯救者。但这个角色身上最宝贵的品质，是愿意尊重程丹若"薄情"之下的不安与骄傲。这场婚姻不仅没有磨灭女主作为个体的独立性，反而让这两个人物从理念落到了凡尘，变得更生动、有人味儿。小说试图创造在性缘关系中仍然成立的"大女主"模式，在极端女权已然走向排斥性缘的前景中，探索出一种男女双方通力改造的新型性缘关系，给"情"留出几分余地。而读者对这种尝试的热烈争议，恰恰反证了这种尝试本身的必要性。

借枷锁重重的古代设定，"古言"的"大女主"抛下爱情去追求生存、平等与自由，是更加水到渠成的，与之相比，以"总裁文"为主流的"现言"（都市言情）更是"娇妻"批判的"重灾区"。2023

年暑期电视剧《我的人间烟火》播出后得到的负面反馈，一定程度上显示了"娇妻"批判的大众化。在网友们看来，剧中的"恋爱脑"女主角许沁为了爱情而与家庭闹掰，放弃为她深情坚守的孟宴臣，非要选择常常 PUA（即通过长期贬低、矮化一方来实现情感控制）她、经典的付出行为只是"为她煮粥"的消防员宋焰，是一位无药可救的"娇妻"。截至 2023 年底，该剧的豆瓣评分已低至 2.8 分（超过 42 万人评分），足以看出这种反馈的普遍性。剧作的原著小说《一座城，在等你》（玖月晞，晋江文学城）2017 年连载时却并未引发这样的讨论，也说明了大众女性意识自那之后发生的巨变。有趣的是，网友们推崇的"良人"孟宴臣是一个不怎么霸道但保留了隐忍深情属性的"总裁"。这表明，在除了爱一无是处（因而"爱"的真实性也被质疑）和被爱之间，在"倒贴"和受宠之间，如今女性更倾向于选择后者。她们真正恐惧的不是成为"娇妻"，而是成为"娇妻"后没有得到相应的奖赏。当婚姻被批判为一种父权制的陷阱后，可疑的"爱"消失了，余下的只有确凿的财产关系——在她们看来，"好"的婚恋不应该让女性受苦，否则就是圈套。如果"爱女"意识要求女性在婚恋关系中不能"吃亏上当"，最终只能导向两种结果，要么清楚地计算每一分得失，要么"去性缘"。无论哪种，都不再与"爱"有关。"娇妻"批判的背后，是婚姻制度与爱情神话在女性社群内的巨大危机。

如果说《我妻薄情》的程丹若，是先通过婚姻得到了一定的自由，再从中建立起了"爱"，那么陈之遥的《智者不入爱河》中的女主走的则是另一个方向：对一些都市独立男女来说，也许婚姻已经过时了，但"爱"还没有。小说中的律师女主不仅以打离婚官司为专长，自己也告别过一段失败的婚姻，做了单亲妈妈，本来理当成为不入爱河的智者，但小说在一桩桩离婚案件中却仍穿插着她与男主的爱情。从起初的清醒、谨慎，到情难自已的试探，最终他们相爱了——是否步入婚姻？小说没有讲。爱与婚姻被拆分为两个独立的概念，当"入爱河"不再指向婚姻的终点，也许智者不再是"不能"入爱河，也可以是"不畏"入爱河。

与晋江文学城、知乎等平台的激进"爱女"潮流相比，依然相信爱情的《智者不入爱河》显得非常朴素，这也与它发布于豆瓣阅读这一平台有关。自 2012 年上线以来，为了与起点中文网、晋江文学城等网站的商业模式和主打受众做出区分，豆瓣阅读先后尝试将科幻、中短篇、非虚构写作作为平台特色，但在商业成绩上均未有亮眼表现，直到 2017 年开始转向悬疑和女性，才逐步确立起更适配纸媒出版和影视改编的核心内容，打造出一条 IP 导向而非 VIP 导向的运营路径。不同于"言情"版块①，豆瓣阅读的"女性"版块是在更加公共的语境当中围绕职场、婚姻、家庭等都市女性现实处境的写作，近年尤为流行"中年爱情+职场"的书写。这里的"中年"大多指 30 岁左右、有过婚恋经历的"熟女"，"职场"则指向更加专业化、知识型的"行业文"写作。如陈之遥与柳翠虎（2023 年热播电视剧《装腔启示录》原作小说的作者），都毕业于名校法律系并曾在律所工作，擅长在作品中融入专业的法律知识和律所百态。但这两部小说中的爱情却都在"现实"的外壳下保有几分梦幻的色彩，为摇摇欲坠的爱情神话提供了可能的挽回方案。这与豆瓣阅读的纸媒、影视 IP 导向有关，其创作的整体氛围更温和，并逐步从小众向大众审美趣味过渡。

婚恋观的剧烈震荡，在番茄小说等免费平台也通过"真假千金"等叙事要素的流行体现，如纪扶染的《就算是假千金也要勇敢摆烂》。2024 年初登上抖音短剧榜首的《我在八零年代当后妈》也是"年代文"子类型与"真假千金"桥段融合的产物。主角身为"假千金"，被"真千金"取代之后却能以更显赫的身世或更优质的恋爱对象实现华丽的"逆袭"。财产（千金的高贵血统与继承权）与婚姻（总裁未婚夫）几乎扮演了完全相同的叙事构件，都是主角"打脸"女配的工具，是最终胜利的奖赏与标志，因而婚恋情节也并不真正与"爱"有关。不过，这一套路很快也在"厌女"反思中被揭露为"雌竞"，开始出现描写真假千金和睦共处的作品。

而在晋江文学城等平台，性缘关系的边缘化是十分突出的新趋势，晋江文学城甚至在 2023 年 11 月底开辟了独立的"无 CP+"的新分站。

---

①　豆瓣阅读先有"女性"版块，后增设了"言情"版块。"女性"版块的分类标签有"职场女性""家庭故事""成长逆袭""婚姻生活"，"言情"版块的分类标签则是"现代言情""古代言情""民国情缘""幻想言情"，分类方法和作品内容都更接近网络言情小说。

早在 2014 年，晋江就已经出现了"无 CP"的分类标签，这一标签之下的内容发展至今已经相当混杂，主要包括两种创作倾向。第一种，是"双男主"或者"大男主"写作，代表作有 Priest 的《太岁》。在增设独立分站之前，"无 CP"与"纯爱"被划在同一个频道，它的成立以CP 文化已经完全成熟为前提。也就是说，女性读者已经熟练掌握了"嗑 CP"的能力，不再需要原作提供固定的"官方 CP"，读者们可以自行脑补、拉郎配，原作从以"CP"为中心的爱情叙事中被解放出来。第二种带有一定的"反 CP""反性缘"倾向，作者们开始主动关注爱情之外的议题，如女性之间的互助、情谊、亲缘关系等，代表作有我想吃肉的《祝姑娘今天掉坑了没》。正是第二种写作使"无 CP"不再被"纯爱"兼容。独立建站后，"无 CP+"很快拥有了独立榜单，目前的排榜刚好对应着这两种写作倾向："男主无 CP"与"女主无 CP"。当然，"无 CP+"的潜力还不止于此，这一分类的出现打破了既往以 CP为核心的女频书写所预设的种种惯式，可以容纳溢出原来的写作框架、无法被轻易归类的作品。有了专门的空间后，这里的创作未必会按照既有的预设发展。这一空间刚刚诞生，就已令人对其未来的面貌充满期待。

三、玩法规则：游戏"入侵"文本世界

网络文学从诞生之初就有着游戏化的特征，如可以被追溯为第一部长篇连载网络类型小说的《风姿物语》（罗森，1997），不仅是日本游戏《鬼畜王兰斯》的同人作品，还借电子游戏架构世界的方法来创造小说的平行世界，[①] 为后来的网络奇幻、玄幻小说奠定了基础范式。此后，除了以虚拟现实游戏为题材的"网游文"，"升级"玩法和"系统"设定是网文游戏化的主要表征，[②] "系统"在网文中已经像穿越、重生一样普遍。女频小说也经历了相似的游戏化过程，近年

---

① 吉云飞：《制作起源：中国网络文学的五种起源叙事》，《文艺理论与批评》2021 年第 2 期。

② 关于网文游戏化进程的相关论述，参见王玉玊：《编码新世界：游戏化向度的网络文学》，中国文联出版社 2021 年版。

却明显进入了一个新的阶段。突破主要发生在游戏玩法和规则方面，开放世界、角色扮演、跑团等多元的游戏玩法与玩家经验都被引入小说当中，作者也开始更多地关注世界本身的运行规则。相比之下，《赛博游戏》是前一个阶段的成熟代表，它采取"第四天灾"①的设定，即玩家们集体"穿进"游戏世界，对其造成影响，并被原住民们当作"天灾"。这种设定虽有其新鲜之处，核心玩法还是最基础的升级、打怪。不过《赛博游戏》中游戏与现实世界的融合，提供了一个意味深长的隐喻——游戏最终"入侵"了现实，游戏的逻辑变得无处不在。

近年最为成功的国产游戏莫过于走出国门、全球热销的《原神》（2020年9月公测），它所属的开放世界（Open World）冒险游戏由来已久，《原神》的出现大大普及了这一游戏类型，其玩家经验与结构特性开始"渗入"网文创作。羊羽子的《如何建立一所大学》就是一个开放世界游戏般的文本，主角徐平安如同一位玩家，被投入到游戏中操控他的虚拟化身（avatar）大法师塞勒斯，完成系统布置给他的"建立一所大学"的任务。如果只把这部小说当作一篇传统的西幻文、系统文，它的叙事无疑是不太合格的，不仅节奏特别慢，写着写着还把建大学的任务抛到了一边，重心偏移至旅途中主角邂逅的每一个人物及其背后藏着的故事。更过分的是，前期重点书写的几个人物，如主角招收的学生里背负着疯王之血的威尔等一系列有潜力展开一段浓墨重彩的分支叙事的角色，后期也没有被充分地叙述。一旦换一种视角，把这部小说看作一部开放世界游戏，一切就都变得合理了。在这类游戏中，虽然也有所谓的主线任务，但真正的核心玩法是靠玩家主动挖掘、创造自己的叙事。主角只是带我们进入这个世界的导览者，他所邂逅的每个人、每桩事都是世界向玩家抛出的诱饵，你知道它背后有故事，却只露出了一角，正因如此，探索才变得兴味盎然。因而《如何建立一所大学》也是一个开放的、未完成的、可以不

---

① "第四天灾"的命名起源于游戏圈，游戏设定中最常见的三大天灾是肃正协议（远古AI）、高纬恶魔、虫族（来自游戏《群星》），不可控的玩家则是与之并称的第四天灾，同样对游戏世界有极大破坏性。后来网文中出现玩家集体"穿进"游戏世界，对游戏的原生环境造成影响的设定，这一子类也被称作"第四天灾（流/文）"。

断写下去的文本。

蒿里茫茫的《早安！三国打工人》则很明显脱胎于《龙与地下城》（DND）式的桌上角色扮演游戏（Tabletop Role-Playing Game，简称 TRPG）① 及其衍生的跑团②游戏。女主"穿"到东汉末年，一出场即按照 TRPG 跑团的人物设定方式③介绍给读者，无须具体特征描写，只用几个数值：武力值点满，但魅力值只有 5，因而人见人嫌。主角像在玩一款三国背景的跑团游戏，起初被投放到荒野，好不容易进入雒阳城找到一份杀猪的工作，过上了每天送送猪肉、跟邻里和睦相处的平淡生活。但当游戏主线启动、历史车轮碾过，即便是平民，主角也不可抵挡地被卷入战争，必须选择阵营和属于自己的玩法。她没有选系统给出的升级之路，而要捍卫自己的道。这样描写或许恰是因为对于跑团游戏来说，最终的胜利固然重要，但更重要的是游戏的经过，是玩家把角色扮演成了什么模样。女主选择做个悲悯的武神，尽力去救每一个人。这使作品极富理想主义色彩，也因"反升级"而具备了反类型、反玩法的意义。与此类似，《女主对此感到厌烦》的"爱女"实践也是从反乙女游戏开始的，女主原本设定的行动是去攻略多个男性角色，这既是乙女游戏的核心叙事，也是其主要玩法，而小说的主人公偏要打破藩篱，探索一条前人不曾走过的路。当游戏的既定玩法足够成熟、足够普及，反玩法也就成了反类型的一种新路径。

另外，《早安！三国打工人》还是女频近年流行的"历史衍生"书写的一种代表，它想象的是女主作为具有行动力的主体，对历史进行深度介入。在这方面，更极致的例子是千里江风的《［三国］谋士不可以登基吗？》，文中同样进入三国世界的女主不甘于系统给她布置

①　桌上（Tabletop）是这种游戏最初的玩耍环境，如今也有电子版的 CRPG（Computer Role-Playing Game），为了强调这种游戏的玩法与广义的角色扮演（RPG）游戏不同，仍保留 TRPG 的说法。

②　跑团，即 TRPG 的游戏过程。

③　在跑团活动中，玩家开始游戏前往往需要按照规则设计自己的人物卡，包括人物的职业、种族、阵营、各种属性的数值、人物的能力以及携带的物品等等，并根据常规模板算出人物的各项数值，以及在各场合下数值加减的结果。参见邵燕君、王玉玊主编：《破壁书：网络文化关键词》（增订版）"跑团"词条，词条编撰者为郑熙青。

的"成为天下第一谋士"的任务，偏要自己当主公，最终成为女帝，完成了一场酣畅淋漓的"大女主"幻想。除此之外，近年女频的"历史衍生"创作还掀起了一阵给秦皇汉武直播中华历史、盛世图景的热潮，如西羚墨的《直播带秦皇汉武开眼看世界》，向秦皇汉武展示了中国在古典文明延续、工业农业医学技术、军事力量与经济发展、女性意识觉醒等方面的灿烂成果。这类作品的阅读快感，与上文所述的"山河仍在，国泰民安"的"大格局"狂欢是一致的，也折射出年轻一代的网络女性在爱国主义教育的影响下对中国历史的理解与演绎方式。无论是介入历史，还是分享盛世，女性在历史想象面前的主体意识都大大提升了。

不只是开放世界游戏和 TRPG 跑团游戏的玩法与经验"入侵"了文本世界，一些十分特殊的文学创作也正以游戏的方式展开。如《修仙恋爱模拟器》代表的就是一种文学游戏的新玩法——"安科"。这是一个 ID 编号为"8662edde"的用户在晋江论坛发布的帖子，其按照"安科"的游戏规则，完整地"模拟"了主人公修仙与恋爱的全过程。简单来说，每个帖子都会创造情节分支，如主角的资质是高还是低，某一行动是成功还是失败，而作者会预先提供三五种可能性，就像投骰子一样根据随机数（在《修仙恋爱模拟器》中即发帖时间的末位数）来抽取其中一个，再顺着抽中的选项推进后面的情节。这类"安科"游戏原本是相当小众的，但在 ChatGPT 等 AI 的写作能力不断冲击人类认知的当下，这种与随机性"共舞"的文学游戏也许提示了一种交融的未来：人类"创造"故事，机器"生成"叙事，二者之间的界限或许比我们想象的要更模糊。当故事的数据库像当下的类型文（如修仙、恋爱/言情）那样成熟时，人类可以把随机"生成"带来的叙事挑战当作一种游戏，进一步穷尽"创造"的可能性——这是否意味着日后"生成"也有机会正式加入"创造"的行列？

宿星川的《穿成师尊，但开组会》也是一部建立在类型数据库基础上的"修仙文"，但它的重点不是修仙，而是玩梗。主角原是搞科研的"卷王"博导，穿到修仙世界后把科研的那套开组会、看文献、发论文的体系一一照搬了过去，把当代青年的"内卷文化"化作密集且充满真实细节的梗，并大玩特玩。甚至连"修仙文"情感叙事中最常见的"师尊文学"师徒恋爱套路也被转化为梗。这篇"纯正的笑话文"用玩梗去消解看似无解的"内卷",用游戏的态度去缓和现实的痛苦,也是网文在这个时代应承担的社会职能。

最后,当"系统"已经成为网文异世界架构的基本方式,作者们逐渐意识到游戏"系统"是一个纯然被规则设定出来的空间,而规则是可以违反物理和时空定律的。我们忍不住追问:规则到底是什么?自 2021 年底《动物园规则怪谈》在 A 岛发布并引发病毒式流行之后,身处"系统"中的人们终于意识到,规则也许是靠不住的。"本该代表绝对权威的规则,变成了并不可靠的经验之谈与诱人走入陷阱的骗局的暧昧混合物"①,本该由规则提供的安全感被彻底摧毁了。带有克苏鲁"不可名状"恐怖氛围的规则怪谈,成为网文的重要书写对象。撕枕犹眠的《她作死向来很可以的》是其中较为典型的、融合了克苏鲁与规则怪谈要素的"无限流"小说,它保留了规则怪谈的形式,却让强大的女主在每个怪谈世界中创造出属于自己的确定答案,取消了规则怪谈的"不确定性"内核。这是规则怪谈进入网文后必然需要经历的改造过程,克苏鲁亦是如此,当它们作为一种新潮的文化要素汇入网文数据库之后,内核不一定被保留下来,许多时候甚至被玩成一种梗,与其他所有流行文化要素拼贴在一起——万物皆可"怪谈"。或许比起无处不在的游戏设定与玩法,在流行文艺作品的创造与传播过程中被发挥得更加极致的是游戏的玩耍心态,这才是游戏对现实世界与文本世界更加彻底的"入侵"。

以上种种,是当前女频网文革新进程中的几个突出侧面。这些探索也许过分激进,不能代表全貌,也许"矫枉过正",在创新道路上走得太远,未必有后继者,但它们确实让女频网文呈现出焕然一新的面貌,也蕴藏着让女频写作摆脱僵化、先破后立、充满未知与希望的未来。

---

① 王玉玉:《行于深渊——网络文学类克苏鲁设定中的秩序、理性与主体问题》,《中国网络文学研究》第一辑,成都时代出版社 2022 年版,第 93—116 页。

第三辑　作家作品评论

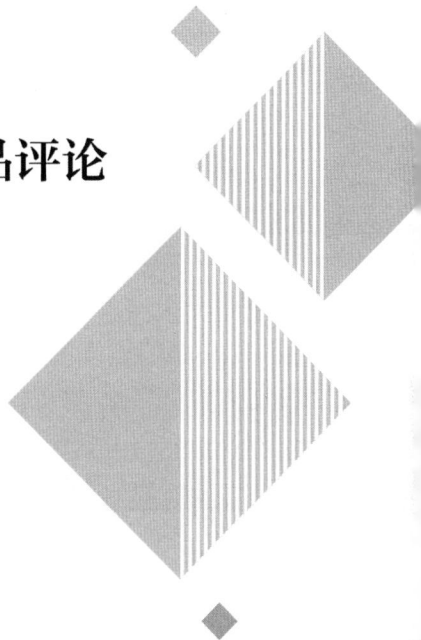

"废柴"精神与"网络女性主义"

——"女性向"代表作家妖舟论

作为晋江文学城曾经最具代表性的作者之一，妖舟的作品涉及古代言情、现代言情、纯爱、同人，涵盖了"女性向"网络文学最主要的几个类型。2006 年晋江"穿越文"热潮发展到顶峰时，妖舟的首部长篇作品《穿越与反穿越》就已成为"架空穿越"的经典之作；2007 至 2009 年，3 部纯爱作品《弟弟都是狼》（2007）、《入狱》（2008）、《留学》（2009）奠定了她在纯爱领域的大神地位；《不死》作为日本动漫《Hunter × Hunter》（《全职猎人》）的同人作品，问鼎 2009 年晋江年度作品排行榜首位，把"动漫同人"这一同人类型下的子类型推到了巅峰；而 2010 年引领"血族（吸血鬼）"元素热潮，并成为 2011 年"末世"元素发端的《Blood × Blood》，作为妖舟迄今为止最后一部完结作品，到 2015 年 8 月仍在晋江的原创言情总积分排行榜上名列第四。妖舟搁笔 5 年后，仍有铁杆粉丝蹲坑①守望，这在作家作品迅速更新换代、读者不断流动的网络文学世界，算是一个罕见的景象。

极具辨识度的语言风格是妖舟区别于其他晋江作者的原因之一。然而，当预期读者涵盖了各大类型文的受众群体时，仅此一点显然不足以使妖舟跨越不同阅读趣味之间横亘的壁垒。那么，妖舟的作品何以能够成功破壁，甚至在言情与纯爱之间进退自如，收获铁杆读者的忠诚？作为晋江"女性向"网络文学的代表作者，妖舟的作品究竟缓

---

① 妖舟的"坑"主要是指仅连载了 7 万字的《小贼》和尚未开始连载的"李笑白系列"第三部《回家》。

解了当代女性读者什么样的困惑与焦虑？这种缓解作用是如何奏效的？妖舟的创作又是如何承前启后地影响着"女性向"网络文学的创作趋向？在笔者看来，妖舟的作品所传达的"废柴"精神和"网络女性主义"的内涵，以及对爱情神话的重新诠释，才是使她成为"女性向"最具症候性的作者的真正原因。

一、"小市民"的"废柴"精神

妖舟作品的独特之处首先在于，她将当代都市的丛林法则内化于作品的背景设定当中，作为主要叙述视角的女主角（受），被放置于弱肉强食的食物链最底端。这种极端的方式，将女性读者现实生活中面临的压抑与困境，放大为生死存亡的迫切问题。正是通过这些女主角（受）独特的处世哲学，妖舟言传身教地向女性读者提供了一种释放自我或迂回妥协的可能办法，即"小市民"的"废柴"精神。

妖舟笔下的"小市民"，不同于 20 世纪八九十年代池莉、方方、刘震云等"新写实主义"作家们笔下的"小市民"——他们是小林、张大民们的下一代，并且号称"网络一代"，但心态却更加灰暗，更加少年老成、逆来顺受、好死不如赖活着。如果说"新写实主义"的代表作家们书写的是社会转型时期"为了活着而活着""一地鸡毛"的日常生活，那么，这些文本中庸庸碌碌的主人公们，至少曾经有过"为活着之外的事物而活着"的希冀，曾经相信过历史的宏大叙事和社会的整体价值，做过"不食人间烟火"的梦，因此这些作品中才会弥漫着无数生活细节堆积出的迷茫和无奈。然而，在经历了 1989 年这样一个标志性的分割点之后，中国迎来了一场启蒙神话分崩离析的进程，"后启蒙"于是成为贯穿整个 90 年代的关键词。"后启蒙"阶段的青年人时时刻刻生活在现实与理想的巨大落差之中，惯性和惰性形成了整体的犬儒主义倾向。明知曾经的信仰如海市蜃楼般虚无缥缈，却仍带着某种不确定或缅怀的情绪无法将它彻底遗弃。

于是，在网络时代汲取着 ACG 文化养分长大的"85—95"一代，便乖顺地接过了"青春"的旗帜，并乐于以孩子惯常用来搪塞大人的方式，一面心口不一地承认大人世界的秩序，一面保留着一个属于自己的小宇宙。正因为行动力的缺失，思想上过剩的巨大动能便转换成了另一种无处安放的"青春"能量，被投入网络世界中。外界在他们身上打上的"××后""宅""腐"等标签，造就了某种群体性身份，他们在这些标签的庇护之下，反而能够获得法不责众的安全掩护。在这里，他们凭借对网络自媒体的率先入场而获得场内的话语权，畅所欲言，无所畏惧。在这里，他们物以类聚，设立准入门槛，形成一个个相对封闭、无限细化的圈子。在这里，他们将个人价值按照次元划分，重新定义等级秩序，在次元墙内醉心膜拜二次元的"大神""大触"（指 ACG 领域内的绘制高手），也乐于以"屌丝""废柴"自称，将自己与三次元"现（实）充（实）"的成功标志"高富帅""白富美"区分开来——这些词汇在二次元的价值体系中往往带有酸葡萄的嘲讽意义，所以"升职加薪、当上总经理、出任 CEO、迎娶白富美、走上人生巅峰"[①] 才会成为经典的调侃桥段。作为双面人的"小市民"们，往往能够熟练穿梭于两个次元的价值体系之间，一旦与三次元对接，这些词汇又在强弱秩序中转换为另一种字面的正面意义。

网络"小市民"们口中的"屌丝""废柴"，虽然一无是处，却有着草根的顽强生命力。无论三次元的生活多么无聊乏味，都不影响他们在二次元寻求新鲜刺激的游戏人生；反过来，正是因为三次元的日常生活太过无望，二次元非日常的幻想虚构才能够更为奏效地抚慰"小市民"们空洞的精神世界，为他们提供重新投入现实中奋斗的勇气和能量。妖舟笔下的"废柴"，正是这样一种双面人，他们面对的现实几近绝望，却能从内心的小宇宙获得精神支柱，并凭借着一种"不做无谓的抵抗，精打细算地顺从"的"废柴精神"，成功地在弱肉强食的秩序中求得了生存之道。

在文本中，妖舟将女性读者日常生活中时刻需要面临的困境和压抑，转换成非日常背景下的强弱等级序列。都市生活的丛林法则，首

---

① 出自网络自制迷你喜剧《万万没想到》（2013 年由万合天宜和优酷出品，被誉为"2013 第一网络神剧"）第一季第二集。

先在妖舟的纯爱代表作《入狱》和《留学》中投射为枪林弹雨的黑道。作为李笑白系列的其中两部,《留学》和《入狱》讲述了出生杀手世家的李笑白为摆脱父亲的控制而离家出走,周游各国,随后为躲避追踪而故意入狱。小说中的人物按武力与权力的强弱程度形成了一个鲜明的金字塔结构,李笑白从未对这套权力体系发生过质疑,他想要解决的问题,只在于如何摆脱父亲的控制、由自己决定该过怎样的生活。文本中对强者的描述,是与"真"和"美"挂钩的——强者的纯真和俊美在妖舟的笔下显得格外可爱。强弱生存法则已经内化于每个角色的价值观之中。在李氏父子眼中,弱是李笑白的原罪。李笑白对抗父亲的方式,是使自己变得越来越强大,直到足以得到父亲的认同,从而拥有在他面前站着说话的砝码。因而,李笑白在强于自己的父亲面前,一直是一副低眉顺眼的服从姿态,未曾撄其锋芒。李笑白故意入狱后,监狱则形成了一个区隔于外部世界的独立空间。监狱与外界并没有实质上的区别,这里的游戏规则仍是弱肉强食。然而对于李笑白来说,这里已经是他逃离外界、自我放逐的小宇宙,监狱的小世界让李笑白遇见了一个"想做一辈子朋友的人"和一个"真的动了心想在一起的人",获得了与父亲正面相抗的勇气。

　　李笑白作为叙述视角的切入点,女性读者的阅读体验是跟随着李笑白去承受来自食物链更高位置的压制甚至凌虐。然而这种凌虐对女性读者来说并不陌生——"虐"① 是"女性向"读者快感机制中不可或缺的一环,而"虐身"则是"虐"的一种重要手段,也暗合了"女性向"的情欲书写诉求。女性读者沉浸在这种阅读快感的刺激之中,对丛林法则视若无睹,轻易接受了相关情节的合法性——事实上,合理性和合法性对于她们来说不再重要,她们在父子、虐身等诸多元素应接不暇的刺激中早已获得了身心意足。李笑白面对强权的乖顺,和他私底下冷静淡然的态度,以及对不断变强的渴望,则潜移默化地为读者输送了乖巧地、淡定地、努力向上地投入现实生活的能量。在李笑白身上,我们已经可以初步看到,当一个不那么"废"的

---

　　① "虐身"和"虐心"是"虐"的两种重要手段,二者都与"虐恋文化"有着某种内在关联性。

"废柴"在比他强大的世界中生存时，"废柴精神"是如何发挥作用的。而妖舟接下来的《不死》和《Blood × Blood》，则对"废柴精神"做了更为生动的诠释。

《不死》讲述了女主角小宝进入日本动漫作品《全职猎人》的世界之后，凭借死而复生的特殊能力，努力生存的经历。《不死》所基于的原作《全职猎人》，一直是晋江同人作者最乐于进行二次创作的文本之一，而妖舟笔下的女主角小宝，无疑是晋江历来的猎人同人乃至所有同人作品中最炮灰①的一个——她作为一个原本不存在的龙套角色进入《全职猎人》的世界后，迎来的第一件事就是自己的死亡。身为一个手无缚鸡之力、连罐头也拧不开的弱女子，她在强人遍地的猎人世界中不断被杀、被误杀、被当作试验品死上一遍又一遍，可以说亲身诠释了百无一用的"废柴"定义。而《Blood × Blood》的女主角高小小作为末世背景下的最后一个地球人，漂流到了一个满是吸血鬼的星球上。人类与血族无论体力还是脑力都存在天差地别的种族差异，这一设定从一开始就决定了高小小无从反抗。她的生命并没有重来的机会，而每个将她的血液视作珍馐美食的血族都可以轻易将她置于死地，高小小的生存之路跟小宝比起来，越发艰难了。

妖舟以一种冷静而淡漠的笔调将弱肉强食设定为她笔下世界的通行定律，接着彻底剥夺了身为绝对弱者的女主角反抗的可能性，宣告以弱胜强的希望并不存在，并以此为大前提展开叙事。生存作为头号难题被提出，每个人都必须想方设法地活下去，就连强者也都保持着强烈的危机意识。身为"废柴"的女主角们不再天真地试图反抗，而是天经地义地遵循着丛林生存法则。在认清了强弱秩序的前提之后，小宝和高小小都迅速接受了这样突如其来的残酷设定，以一种老成的洞见寻觅着弱者的生存之道。小宝兢兢业业地尽着一个龙套的本分，自始至终只想着"我不想死，我要吃饭"，在强人们之间苦苦斡旋，力图降低自己死亡的可能性和次数。高小小则试图把绝对弱势的处境和驯服的姿态当作与血族斡旋的筹码，试探着谋求一些弱者的权

---

① 炮灰，原意为战争中为了全局而注定要牺牲的士兵，在网络文学中一般指为了衬托主角的高大形象而被干掉的龙套，或是为了情节需要而死掉的路人。

利——被吸血时少一些暴力,被圈养时多一些自由和私人空间。这些斡旋和筹谋,不是宫斗文、宅斗文中那种不到最后猜不到鹿死谁手的对决,而是面对欺凌者碾压式的实力优势时,弱者策略性的摇尾乞怜。

无论是高小小还是小宝,她们都只想安分地做一个遵纪守法的普通人而认真生活着。正如妖舟在《不死》的后记中所说:

> 在这篇文里"不死"有两层含义:第一,是指不死的能力;第二,是指不想死想活着的精神。前者只不过是个铺垫……而后者,才是真正想表达的。……小宝的人生轨迹其实就跟我们每个人一样:在强大的生活面前感到力不从心,受到不公正的待遇,遇到挫折和打击,但还是会欣赏世界美好的部分,怀抱自己的希望,享受小小的成功。阿Q也好,逃避也好,努力改变也好,虽然活着不容易,可大部分人都不会去死。以前回复读者留言时写过一句话,用在这里就是全文中心思想:"笔下的是一个小市民,造不出大风大浪,可大风大浪,也拍不扁她。"……我说这文讲的是"一个普通废柴的奋斗史"。一点点希望+微薄的能力+很多很多的努力=不想死,想活着,想好好活着。

这或许是广大都市女性读者生存困境的投射,是弱者的妥协。但这种妥协却绝不是放弃希望的认命。女主角们的人生观可以说是丛林法则的内化:与其天真而徒劳地质疑规则、怨天尤人,不如安安分分地做一个乖顺、无害、向上的弱者,以鸵鸟的姿势躲开所有可避免的伤害,牢牢抓紧自己手中的全部筹码去交换不过分触及强者利益的权利,必要的时候甚至弱者的身份也可以成为博取强者同情、内疚的武器。只要暗地里打的小算盘赢得了分毫的利益,得逞的喜悦和成就感便足以支撑着"废柴"们一直走下去。她们内心始终存在着一个熊熊燃烧的小宇宙,"废柴"脆弱的面具之下,隐藏着一股百折不挠的韧性。当"精打细算的顺从"失效时,"废柴"们便选择了"不做无谓的抵抗"。这样好死不如赖活着的想法,使"废柴"们在最绝望的时刻,仍能获得冷静的力量——高小小正是在被侵犯、怀孕后失去丈夫陪伴时，筹划、并顺利实行了逃跑和拯救丈夫的计划。无论是死亡次数和疼痛多到让人崩溃的"不死"期间，还是不堪一击的"可以死"期间，小宝一直都明确地知道自己想要过什么样的生活，乐观地面对接踵而至的考验，"欠了钱就想办法还，是文盲就学识字，体力差就努力锻炼身体，没有一技之长就去学"，使自己变得越来越适应生存。

读者们的视线之所以更容易被"废柴"的小宝和平凡的高小小吸引，因为她们正是网络时代"小市民"心态的缩影，读者可以从她们身上看到自己的弱小和强韧，也会为她们暗地里打的小算盘会心一笑。妖舟以强行设定的方式，使女主们不得不迅速接受事实以便迎接生活的挑战。这一点，使读者跳过了质疑弱肉强食的世界观的合法性这一步。这种绕开男女、强弱议题合法性的正面，而从当前业已形成的局面入手的做法，更类似于学校里背着老师家长偷偷看小说打游戏的好学生，在承认大秩序的前提下，仍保留着自己内心的小小世界。所谓的"大秩序"，正是"小市民"最不愿意去深究的问题，她们并不想以一己之身去对抗整个世界，更何况在所有乌托邦的幻想都宣告破产的今天，假如现有的秩序被推翻，又该去哪里寻找一个新的秩序来替代它呢？在既定的现实逻辑范畴内，妖舟笔下的女主角向读者传达的"废柴精神"，为弱小的女主角逆袭强大的男主角提供了可能性，也为追求平等、暗含着女性主义诉求的女性读者们提供了一种现实生存方式的参考。

二、"网络女性主义"：幻象空间的性别革命

作为"女性向"网络文学的代表作家，妖舟笔下描绘的不仅是"小市民"，更是"网络一代"颇具时代症候性的独特女性心态，这也是"女性向"被笔者定义为"女性在逃离了男性目光的封闭空间里以女性自身话语进行书写的一种发展趋势"的应有之义。妖舟的作品与同时期其他女性作者的作品共同经历了从"传统（台湾）言情"到"女尊"（或"逆后宫"）再到"纯爱"的交互发展过程，一种属于"网络一代"的"新女性主义"或"网络女性主义"随之渐渐浮

出水面。之所以称之为"新",是相对于启蒙时代和社会主义革命时代女性主义发展脉络而言的。

"五四新文化"运动之后,"女性解放"与"民主革命""个性解放"并置在一起,成为启蒙精神统领之下中国社会变革的一项重要且必要的历史使命。1949年颁布的《中华人民共和国婚姻法》为中国妇女带来了一次空前的历史机遇。在法律的保障下,一系列"女性解放"的变革措施开始施行。女性享有了缔结或解除婚约、生育与抚养孩子、堕胎的权利;她们还被鼓励走出家庭,参与社会事务,享有与男人平等的公民权、选举权;男女平等就业,同工同酬。在主流意识形态话语的描述中,中国妇女已经从吃人的黑暗旧社会进入了充满希望的光明新世界,"女性解放"的任务就此告一段落,被盖上了"已完成"的定论。然而,这一时期的"男女平等"实际上指的是"男女都一样",就是说男人能做到的,女人一样能做到。经历了漫长的"男女都一样"时代,在"铁姑娘"与"贤内助"双重性别角色的重负之下,女性陷入了一种极度的疲惫,使"女性解放"的口号不再那么诱人。改革开放以后,中国重新被纳入全球化体系,社会主义单位制度和与阶级话语伴生的性别话语开始松动,女性被重新判定为弱者,被召唤回归家庭,做贤妻良母。这种明显倒退的潮流却得到了多数女性的默许——因为性别差异被重提,似乎可以成为女性主体重新被认识的契机。然而,当西方传来的女性主义仍基本停留在学院阶段时,"下岗女工"和"全职太太"的现实身份已经大幅度改变了中国女性的生存状态和性别地位。新时期以来的女性写作也没有承担起群体性话语表达的任务,进入主流文坛的女性作家与男性知识分子分享着相同的价值体系,写作时几乎从不标榜自己的女性身份,更拒绝被冠上"女作家"或"女权主义者"的称号。以女性身份写作的作家又往往是以孤独艺术家的身份"拉上窗帘",进行"一个人的战争"(如"60后"作家陈染、林白),或以自传体、半自传体的方式展示一种叛逆的姿态(如"70后"作家卫慧、棉棉)。直到20世纪80年代中后期琼瑶、亦舒以及20世纪90年代席绢等港台女作家的作品先后进入中国大陆并迅速掀起"言情"热潮,女性写作才真正与女性性别群体紧紧地联系在了一起。

　　琼瑶的言情小说不再是"自叙传"式的自我书写，而是以传统通俗小说的方式，为女性读者编织一个集体性的梦境。这个梦以另一种叙述给了女性读者某种"男女平等"的假象。在梦里，无论男女，爱情都是他们实现自我价值认同的必需品，没有爱情，其他方面再好，也终究是缺失的、不完整的。这个梦从 20 世纪 80 年代的电视剧《烟雨蒙蒙》《庭院深深》一直延续到了 20—21 世纪之交的《还珠格格》《情深深雨蒙蒙》。这些影视作品承担的角色，恰好是"85—95"一代童年回忆中最深刻的陪伴。当伴随 20 世纪 80 年代启蒙文化成长的父母犹豫着不知该将"男女平等"还是"性别差异"传递给他们的下一代时，"台湾言情"重新演绎的爱情神话凭借将近 50% 的收视率传奇，已经潜移默化地进入了"85—95"一代的青春梦。这个爱情神话更像是启蒙爱情罗曼司神话的世俗版，二者在本质上并没有太大的不同。然而，正值花季的"85—95"一代要面对的情感世界已然不同。

　　当"网络一代"的女性读者成长到足以发现琼瑶式"传统言情"（一般称"台湾言情"）编织的爱情神话的欺骗性之后，她们在吸取前辈经验的基础上进行了诸多大胆的甚至有些离经叛道的尝试。随着世纪之交桑桑学院、露西弗俱乐部、晋江等"女性向"网络文学阵地的出现和壮大，女频网文与"女性向"书写逐渐真正成为支撑起网络文学"半边天"的一个文学类别。网络平台的低门槛设置，使千千万万的女性作者终于得到了群体性话语表达的机会，乍看起来泥沙俱下鱼龙混杂，拨开纷乱的表象，内里却潜藏着对"女性解放"和"男女平等"一轮又一轮的重新诠释。其中，妖舟是最具代表性的诠释者之一。她在进行网络创作的 5 年中，陆续探索了穿越、现代纯爱、同人、末世等晋江最主流的"女性向"文学类型。我们可以从中大致看出"网络女性主义"的一部分重要概念在"女性向"网络文学中的发展历程。

　　在继承创新"台湾言情"传统模式的同时，"女性向"网络文学在很早的阶段就已经开始挑战传统的性别秩序。2004 年晋江脱离"台湾言情"影响形成独立风格与题材的标志，便是"清穿""女尊""纯爱"3 个类型的初露锋芒。其中，"女尊"和"纯爱"都是对男女性别秩序最大的反叛——"纯爱"试图实现爱情双方性别身份的平等，而"女尊"的"逆后宫"模式则以"女尊男卑"彻底颠覆了"男尊女卑"的固有观念，表现出某种激进的革命性。2006 年，妖舟的长篇处女作《穿越与反穿越》既是晋江"穿越文"的代表作品，也可以看作一部典型的"言情逆后宫"之作。小说中，女主角赵敏敏先后与五位男性产生了带有某种暧昧倾向的互动关系。这种以女性视角对男性评头论足的观视方式，在引导读者进行"男色消费"之外，还赋予了女性在两性关系中积极主动的选择权，而不是一味地被动接受。然而"女尊"显然不是真正实现"男女平等"的有效办法，这一类型与"传统言情"同样具有"安慰剂"式的欺骗性。当女性读者陆续从"女尊男卑"的快感中苏醒过来，意识到这只是不切实际的自欺欺人，这一类型便难以为继。事实上，"女尊"在 2007—2008 年发展到极盛之后，就开始逐渐下滑。

相对而言，更加持久而稳定的类型无疑是纯爱。这一受到 20 世纪中后期日本 BL 文化影响、20 世纪 90 年代传入中国大陆的重要文类，与中国的"原创言情"几乎同时出现并发展，迅速得到了一部分女性读者的接受和喜爱。早在 2003 年，晋江原创网成立伊始，便已邀请风维、慕容等圈内小有名气的纯爱作者入驻；2004 年之后，纯爱作品在晋江已经具有与言情作品争夺排行榜的实力。与欧美的 Slash 同人文化不同，中国的纯爱沿袭了日本 BL 文化划分攻受的倾向，这在某种程度上是性别差异在两性关系中的投射。例如 2007 年妖舟的首部纯爱作品《弟弟都是狼》，就与《穿越与反穿越》一脉相承，可以看作是"纯爱逆后宫"。

无论是纯爱还是言情，描绘的终归是女性对于两性相处模式的设想。在妖舟之前，明晓溪、顾漫是对琼瑶式台湾言情"真爱至上"传统的复归和创新；匪我思存则延伸了以亦舒为代表的香港言情写作中更冷漠、更现实的一面，开始强调女性的自尊自爱和个人价值——与妖舟同样从 2006 年开始网络写作的流潋紫，其代表作《后宫·甄嬛传》则是这一倾向继续发展、直到女性的个人价值超越男女之情的经典产物。而妖舟则是借用了这一时期"女性向"写作最为流行的"强强"CP 模式中的强弱概念，将男女的性别差异化作强者与弱者的等级秩序，去探讨女性作为弱者，如何与强者和睦共处，甚至征服强者的可能性。

在妖舟的作品中，男女平等，或强者与弱者精神上的平等，首先体现在女性（受）个体的绝对独立上。在强弱秩序面前，妖舟的主角们即使不得不以弱者的卑微姿态生存，内心深处却始终坚持捍卫着自己不依附于任何人、独立地选择生活方式的自由。这一点在李笑白身上体现得最为明显，他从不曾天真地幻想摆脱杀手的身份，从头到尾追求的仅仅是能够自主掌控自己的生活，而不是作为杀手世家或父亲李啸白的附属品——"我是你的儿子，但我，不是你的"（《入狱》第18章），也不是对任何一个拥有强大势力（罗伦佐的雷奥家族、狼牙的切斯家族、Blade的杀手组织刃）的角色的寄生虫。而小宝和高小小在趋利避害步步为营的过程中，哪怕被迫成为某个饲主临时的附庸，也会立刻明修栈道暗度陈仓地开始摆脱控制的计划。

不死的能力和人类珍稀血液的设定，从未成为女主角有恃无恐的凭仗，只作为她们心安理得地接受自己被特殊对待的原因——无论是特殊的欺压还是特殊的优待。高小小在被血族们当作最珍贵而脆弱的食物保护起来之后，曾有一度无意识地把强者举手之劳的帮助看作理所当然。在逃离贵族世界后，她遇到了失去味觉的欧德老人，她的血液作为珍馐的价值在他那里不再成立，她失去了潜在的砝码。当面对欧德"我为什么要收留你?"（《Blood × Blood》第24章）的诘问，她才发现自己竟已习惯了强者对弱者带着施舍性质的帮助，于是立即调整心态，重拾了一个普通人的生活方式。作为异世界最柔弱的存在，"废柴"们本当是最需要他人帮助的角色，但她们却宁愿近乎顽固地打着小算盘，用等价交换的方式"公平"地索取。就连小宝拧不开罐头时的哭泣，也是带着"弱者的眼泪，从来都是武器"（《不死》第5章）的自觉演的一场戏。她们凭着自己的主动示弱而占了强者的便宜，通过这种算计，她们仿佛获得了某种弱者的自主性。尽管这种自主性带着自欺欺人的性质，但却给了她们坚信自己能够独立生存的信心。

这种对个体的独立近乎偏执的追求，正是"85—95"一代对于"男女平等"的全新理解，也是当代女性读者生存状态的必然需求。

在这个男女从小被以同一套教育标准培养长大的别一种"男女都一样"时代，女性既被赋予了获知启蒙的"男女平等""个体独立"概念的权利，又在"后启蒙"默许的性别差异、男女秩序下受到压抑，并且不想做任何"无谓的反抗"；她们一方面渴望得到自由选择生活方式的权利，另一方面却仍隐隐期待受到一个强大可靠的男性的引导。然而在同一套培养标准下长大、许多时候与女性呈竞争关系的男性，却越来越不能够承担这种期待。再加上网络媒介在使个人与外部世界更为便捷地联系成一体的同时，也加深了实体社会关系中每个个体之间的区隔，相对于"集体"，"个体"对于"网络一代"来说是更为鲜明的概念。在"女性依附男性""男性作为女性的人生导师"等期许难以实现的情况下，女性开始倾向于追求独立性的彼端。于是，"理想女性"成为她们幻想中那个强大而可靠的"女汉子"。

近年来，网络上持续开展了一系列关于"网络女权主义"的讨论。一方面，物化女性、消费女性的歧视性言论随处可见；另一方面，每当女性权利遭到侵害的事件受到网络的关注，都会有相关的女性主义论题迅速被重新谈论。仅以 2015 年为例，年初央视春晚对"女神"与"女汉子""剩女""女领导"的公然调侃，三八妇女节百度与 Google 图标的差异，6 月 26 日美国同性恋婚姻合法化，7 月 28 日"最美乡村女教师"郜艳敏的重新被发现……一件接着一件的争议性事件，都伴随着中国女性主义者的发声。但这些事件在爆炸的网络信息潮流中仅仅是昙花一现。再加上将"女权主义"看作"女性霸权主义"的普遍误读，在公众视野中，女性主义的许多基础观念都难以成为一种社会共识。通过"女性向"网络文学，能持续不断地以 YY 的方式向"85—95"一代的女性读者有效地传递和表达这样一些"新女性主义"的观点："网络一代"的女性所追求的"男女平等"，是在承认男女性别差异的前提下，尊重女性作为独立个体去自由选择生活方式的权利——这一场发生在幻象空间的性别革命是不动声色的，它避开了意识层面的争论，直接作用于人的潜意识，在性幻想的层面上，颠覆着千年打造的性别秩序。

三、"我爱你"不如"在一起"

当爱情神话解体之后，如何再造爱情的童话？这是琼瑶之后所有的言情作者都需要面临的问题。"宫斗/宅斗文""种田文"虽然以"反言情的言情"模式给女性焦渴的心灵涂上一层清凉剂，但顽固的心依然需要做梦，需要新的言情模式换种语法说爱你。于是，网络作家们普遍采用"设定"的方式代替"信仰"：不再论证两个人为什么相爱，而是设定他们必须相爱。其中，最流行的一种设定是"总裁文"，也就是所谓的"霸道总裁爱上我"。这个霸道里，有"总裁"的偏执，也有设定的强制性。或者说，设定的强制性之一，正表现在"霸道总裁"对爱偏执，并且这份偏执的爱不偏不倚正砸在"我"的头上——至于貌美多金的"总裁"为什么爱上无比平凡甚至不算漂亮的"我"（这样的想象最适合一般读者自我代入），这是不需要论证的。在默认设定的前提下，女性读者可以代入"傻白甜"的女主角，做一场任性的受宠梦。

"总裁文"往往也会打上"宠文""甜文"的标签，虽然在心灵按摩的意义上能给女性读者提供一些功能性的心理满足，但作为一种"女性向"文类，存在着严重缺陷。一方面，这种白日梦过于虚假，成熟的读者很难从这种自欺欺人的 YY 中真正获得抚慰；另一方面，这种高高在上的"霸道总裁"宠爱卑微弱小的"傻白甜"的模式，加剧了男权社会"男尊女卑"的现实秩序，在"女性向"的创作中，可以看作是一种女性主义的倒退。

妖舟虽然不以"女性主义者"自命，但她笔下的女主角（受）无一不体现着自尊自强的奋斗意识。她们从不自欺欺人，所有的梦都是睁着眼做的。两个来自不同世界的人是否能够相爱？妖舟在《不死》中给出了否定的答案，小宝没有对猎人世界的任何一个角色产生爱情。那么，两个来自同一世界的人，又该如何相爱？理想之火燃尽后，如何为爱情找一条生路呢？妖舟依靠的方式也是设定，但是她没有设定"我爱你"，而是设定"在一起"。妖舟用"在一起"，安定了当代女性比"缺爱"更恐惧的"不安全感",再在此基础上去讨论"相爱"和"在一起"的关系,重新界定爱的内涵,探讨相爱或相处的情感模式。这种探讨的过程主要表现在《Blood × Blood》上。

在这部作品中,男主角对女主角的感情,一开始建立在对珍稀食物的独占欲基础上,饲主与饲养物的关系是先于爱情存在的。妖舟在后记中这样写道:

> 血族没有爱情,甚至直到最后,也许梵卓和布鲁赫也分不清他们自己对小小的感情是不是有很大一部分是建立在对血液的渴望之上的。可是夹杂着这些欲望,就不算爱了吗?崇敬、怜悯、同情、占有、惯性、食欲、金钱、性欲、责任,这些干扰因素统统都要剔除,才叫纯粹的爱情。那么纯粹的爱情里到底还剩什么呢?总觉得,那样纯粹的东西,脆弱得无法依靠呢。有时候我会觉得,对高大胖来说,有一个不纯粹的"嗜血的欲望"掺杂在爱情中作为彼此的联系,反而是一种幸运。因为只要她还有一滴血,她对他来说,就是这个宇宙的独一无二!还有什么,比这个更可靠呢?

借由血液的设定,高小小成为梵卓的独一无二,弱者获得了被强者需要、珍视的合法性。对于妖舟和她的读者们来说,这种不可取代的可靠联系,或曰"安全感",才是爱情最重要的部分,甚至已经成为爱情的一种本质。这种设定的办法并非妖舟的独创,比《Blood × Blood》稍早一些,晋江的另一位代表作者饭卡的"言情"作品《他,来自火星》[①] 也采取了类似的办法。通过二者的对比,我们可以更清晰地看出,妖舟是如何重新界定"在一起"和"我爱你"的。

《他,来自火星》的背景放在了 2010 年的愚人节,地球毫无征兆地被迪肯星人占领。征服仪式上,凭着皇族特有的、无法解释的优质"基因程式",迪肯星王子卡修发现地球少女路漫漫就是他寻觅已久的

---

① 饭卡《他,来自火星》连载时间为 2008 年 12 月 28 日至 2010 年 1 月 26 日,成为当年晋江最具人气的"言情"作品。之后陆续登出番外篇,2009 年 10 月由辽宁教育出版社出版。

"命定之人"。这种传统到不能再传统的"一见钟情"式设定，比贪恋血液的口腹之欲更加蛮不讲理，两人的结合与繁衍事关整个种族的进化质量，势在必行、无可置疑。路漫漫于是承担起整个地球的希望，接受了王子卡修的求婚，婚后渐渐爱上了温柔细心的卡修。然而回到母星后，王子的父亲索伦皇帝惊觉路漫漫竟也是他的"命定之人"。路漫漫与卡修的爱情随后遭到了毁灭性的打击——卡修在星际大战中壮烈牺牲，已经怀孕的路漫漫被索伦带走。

《Blood × Blood》和《他，来自火星》的女主角同样是地球的平凡少女，同样面对陌生而强大的外星环境，同样被迫接受着设定出来的迷恋和爱情，高小小与路漫漫的处理方式和态度却不尽相同。在路漫漫这里，"霸道总裁"因为设定而爱上"我"之后，"我"就天经地义地同他相爱了。而高小小却在问：当"霸道总裁"爱上"我"之后，"我"凭什么一定会爱上"霸道总裁"？"我"是否有拒绝的权利？面对男主角梵卓不择手段地追逐，出于自我保护的本能，高小小在心门之外建起了重重防卫——"废柴"作为绝对的弱者，可以给出身体（被侵犯），可以给出血液（当食物），甚至给出尊严（策略性示弱），但坚决不给出爱情。这是弱者的底线，也是与"爱上征服者"的屈服者最根本的区别。这里的"废柴"，是有自我、有坚持的弱者，是在不反抗的前提下谨慎的抵抗者，而不是屈服者。只有当梵卓甘愿"自降身份"，伪装成一个完全没有攻击性甚至需要依赖她的"弱者"亚伯时，高小小才能放下防备，以平等的位置与他"在一起"。

对高小小而言，梵卓与其他男性角色最大的不同，一开始当然是"霸道总裁"的"总裁"所带来的位高权重的"安全感"。因此，当第一次面对死亡的威胁和被侵犯的恐惧时，高小小第一个想到的求救对象是梵卓。然而高小小对爱情的本质是怀疑的，在她给亚伯讲的睡前故事中，田螺姑娘的传统爱情童话在新的世俗法则下被重新诠释并解构了——小伙子之所以爱上田螺姑娘，是因为她很美很富有。哪怕是在与梵卓彼此确认心意、共同返回帝都之后，高小小在被迫与一众贵族"相亲"的过程中，仍在一次次确认着，反复问自己：他与别的贵族有何不同？为什么不是他就不行？这一阶段，"安全感"的重心已经从"总裁"身份背后隐含的权力体系，逐步转移到了"霸道"

的偏执和"总裁"的"腹黑"[①] 属性上——梵卓正是在"腹黑"这一点上胜过了直来直往的布鲁赫,比起一味地深情如许,适当的智谋和狡诈在当今社会似乎正在成为一种新的性吸引力。于是梵卓建立在欺瞒上的追求,轻易就得到了高小小的原谅和接受。

决定了"在一起"之后,高小小最终找到了自己对爱情的定义:"发现对方的缺点,包容或者改正,争吵或者和好,然后两人携手走到最后,那才叫爱情。两个完美无缺的人在一起,那叫配种。"(《Blood × Blood》第 45 章)微妙的是,正是在又一次的死亡威胁中,当高小小真正需要梵卓时,梵卓却因一时疏忽而没有保护好她,致使高小小身受重伤。这一本该严重摧毁"安全感"的事件,反倒成了高小小确认她爱梵卓的契机——她意识到,即使这个男人不能提供绝对的安全,她也做好了接受他所有缺点的准备。这份爱,一开始是靠着设定强行拼凑出来的,在历经重重拷问之后,终于脱离了理性的自我说服,进入了感性的情不自禁,不可能变成了可能。当梵卓陷入无限期的沉睡,对于一个寿命有限的人类来说,几乎可以看作他已经死亡。而高小小却毫不犹豫地拒绝了布鲁赫,坚信梵卓总有办法回到自己身边,并积极主动地努力将他唤醒。这样看来,妖舟对爱情的追寻,无疑比同时期晋江其他言情作者更为固执。在这一点上,高小小与小宝、李笑白都有着相同的信仰。爱情,重新被放到了一个更加崇高的位置,在幻灭的废墟之下,隐藏着执着的期待和坚持。

2010 年 9 月《Blood × Blood》完结之后,11 月 25 日"古代言情"作品《小贼》开始连载,仅发表 7 万余字就宣布暂停。到 2015 年,妖舟的网络创作已经中止了将近 5 年。[②] 其间,晋江"女性向"创作的流行元素,经历了"末世""重生""机甲""种田"等多重的转变。"言情"承接 2007 年之后"清穿文"日常化、谐谑化的趋势,转向日常流的"职场""宅斗"。随着 2012 年电视剧《甄嬛传》的热

---

① "腹黑",在 ACG 文化中指表面温和善良、人畜无害,内心却老谋深算、阴险狡诈的属性。在"霸道总裁"模式中,腹黑、冰山、忠犬等是总裁的惯有属性。

② 2011 年 2 月 2 日开始在晋江连载的《坏故事》,仅发布 18000 字就暂停了,已有章节表现出类似短篇小说集的形式,暂时不计算在本文的研究范围内。

播，爱情在"甄嬛式"只关乎女人之间的战争中逐渐变成了一个被消解、被悬置的概念。另一方面，纯爱与"网游""系统""美食"等流行文化元素相结合，在设定上不断推陈出新，一部分作品的叙事套路也出现了类似的日常化、职场化的趋向。今天的女性作者与读者，已经可以自然地接受言情或纯爱小说不再"言情"（言说爱情）的趋向，也不再具备对爱情"打破砂锅问到底"的热忱。作为一个曾经将爱情放置在丛林法则、性别（强弱）差异、原初驱动力等各个面向中叩问其合法性的作者，妖舟的言情或纯爱，以与后来的"宫斗/宅斗""种田"相反的路径，走向了另一种意义上的"反言情"。

2014 年 6 月 22 日至 26 日，妖舟在新浪微博上以每日发表一张长微博图片的方式，连载了《留学》的番外《那些年，我们一起犯过的罪》（以下简称《那些年》）。在《那些年》中，作者描写了李笑白与罗德在路途中的几个温暖的小片段，用日常生活的点滴细节，作为献给等待多年的读者们的福利。这篇番外，恰恰是当下晋江"女性向"创作日常化趋势的又一典型文本。这或许也暗示着，妖舟作品中曾经执着询问的纯粹爱情，已经在日常生活的细节中得到了新的建构和诠释。

在网络媒介日趋多样化的今天，"女性向"网络文学仍然在"网络一代"女性读者的日常生活中占据着难以替代的位置。它们或以日常升级流投射真实职场，向女性提供一份可供参考的生存指南；或重构爱情叙事，承担抚慰女性心灵的"安慰剂"。无论是在哪种功能的作品当中，我们多多少少可以从主角身上，看到"小市民"心态和"废柴"精神。随着"男女平等""性别差异"等女性主义议题的凸显，一些读者已经开始意识到"女性向"网络文学各个类型所蕴含的多元革命性。妖舟的作品，以丰富多样且切中要害的尝试，与其同时期的"女性向"网络文学最先锋、最深层的探索潮流保持着惊人的一致性，为"85—95"一代的女性读者提供了一个最为典型的"女性向"作品序列。

"男版白莲花"与"女装花木兰"
——"女性向"大历史叙述与"网络女性主义"

电视剧《琅琊榜》播出后，主创团队一再申明这是一部"男人戏"。[①]然而在朝斗、武侠、战争等看似"男人戏"的表壳包裹下，却藏着一颗"女性向"的内核——小说《琅琊榜》出身于"女性向"网站；[②]身兼原著作者与电视剧编剧双重身份的海宴也是一位女性；更重要的是，这部作品彰显了一种"女性本位"的心理趋向。在《琅琊榜》中，"大历史叙述"是通过男性的"情义千秋"实现的。一方面，海宴让这些男性扮演了"白莲花"的角色，并通过"兄弟情"（英文为Bromance，即Brother与Romance的合成词）和"颜值"获得合法性，以此完成主流价值的复归；另一方面，海宴反转了"白莲花"传统，塑造了一批"女装花木兰"形象，将这些年来"网络女性主义"的突破成果推向大众视野。

---

① 2015年9月10日，凤凰娱乐发布《制片人侯鸿亮：〈琅琊榜〉是主旋律有望改变市场格局》一文。侯鸿亮强调《琅琊榜》是"男人戏"，"这个小说为什么大家都喜欢，就是因为他没用那些儿女私情，反而有男人和男人之间、男人和国家之间，男人和民族大义之间的情怀能打动人"。

② 《琅琊榜》最初于2006年11月2日开始在晋江论坛"连载文库"版连载，后转到晋江原创网（后更名"晋江文学城"）连载，已锁文，笔者根据前后编号文推断其开坑日期为2006年10月13日，但据网友说正文是先在晋江论坛连载的，可能是开坑后未动笔，正式连载的时间晚于晋江论坛；后转到起点女频（后更名"起点女生网"）连载（因海宴与起点谈及VIP签约，从2006年12月25日开始，起点连载优先于晋江），2007年8月31日完结。

一、"女性向"大历史叙述与"男版白莲花"

《琅琊榜》明明是"男人戏",观众中也有不少男性,为什么说它是"女性向"?事实上,网络文学的"男/女性向"不是以主角和主要读者的性别为依据划分的,更重要的是它的心理趋向,即它是以满足哪一个性别的欲望和意志为旨归的。在网络空间出现之前,没有所谓的"女性向"小说,琼瑶式的言情小说在大众文艺中占据着与今天的"女性向"网络文学相似的位置,但其中渗透着大量不自觉的男性主导意识。网络空间突显了"男/女性向"的区别,使得它们朝着各自的方向越走越远。"女性向"是女性在逃离了男性目光的封闭空间里以女性自身话语进行书写的一种趋势,而"男性向"是被"女性向"反身定义的。相对于金庸时代的类型小说,网络"男性向"小说对主流男性欲望的满足更为直接,在"女性观"上甚至有所倒退。尽管如此,网络空间的出现对于女性来说实在弥足珍贵——女性不但有了一个自己的写作空间,更有了一个自己的观看言说空间。在这里,各种被压抑的女性写作开始"野蛮生长",各种"性别反转"也开始上场。

今天传统读者对"女性向"网络小说的印象,大多来自近年的影视改编作品,由于行业偏好和条件限制,这些作品往往局限于"穿越"(《步步惊心》)、"宫斗"(《后宫·甄嬛传》)、"都市言情"(《何以笙箫默》)等类型。电视剧《琅琊榜》的出现,让大家第一次看到"女性向"网络写作还存在"大历史叙述"的写作脉络。事实上,从沧月"听雪楼"系列(2001—2008)① 的女性"新武侠",

---

① 沧月从2001年4月开始在"榕树下"发表网络小说,同年在《大侠与名探》杂志举办的网络新武侠征文中以"听雪楼"系列的第一部《血薇》获得优胜奖,随后陆续创作《护花铃》(原名《拜月教之战》)、《指间砂》、《荒原雪》、《忘川》(2008年在晋江原创网连载中断,2014年直接出版,与连载版本已有较大的不同)等续作,"听雪楼"系列成为沧月的代表作品之一。

到倾泠月《且试天下》（2004）① 的"架空"历史，经过起点《随波逐流之一代军师》（2005—2006）② 为女作家写历史权谋的能力正名，直到《木兰无长兄》（2014）③ 对花木兰故事的重述，"大历史叙述"一直是"女性向"网文创作的主流之一。起初，女作家们借鉴了同一时期相对更成熟的"男性向"大历史叙述，后来她们发现充满性别秩序的历史逻辑并非"女性向"的核心趣味，就开始在历史框架中加入武侠逻辑和言情逻辑。"男/女性向"大历史叙述的最大区别，在于"男性向"人物行动的根本动力往往是个人的功成名就，而"女性向"则倾向于个体之间的情谊。虽然二者最终都会上升到对家国的责任与关怀，但前者的最高追求是"功业千秋"，后者则是"情义千秋"。正是在"情义千秋"（小说最终卷的卷名）的基调下，《琅琊榜》的男性主角们，一面以"兄弟之义"纵容着"女性向"受众的幻想，一面作为"白莲花"式的道德化身，迎合了主流价值体系的需求，成为"主旋律"的新载体。

琼瑶式言情小说中常常有一个温柔善良、忍辱负重、莲花般纯洁、圣母般博爱的女主角，即网文读者们所说的"白莲花"或"圣母白莲花"。这显然是男性目光下女性言情写作的产物，在逃离了男性目光之后，网络女作者们迅速开辟出一条"反白莲花"的道路。2006 年的《后宫·甄嬛传》正是这一潮流的先驱之作，之后在"宫斗""职场""宅斗""种田"等类型写作中一直延续下来。虽然在很多主流观众心中"白莲花"仍然占有"女神"的位置，但在近十年来的"女性向"网络写作中"白莲花"可以说早无立足之地。小说《琅琊榜》作为

---

① 倾泠月《且试天下》，书写了"架空"世界中凤、丰、皇三国分裂争霸终究走向统一的历史，女主角凤惜云作为凤国女王叱咤疆场，与丰、皇二国竞逐天下，气度风华不让男儿。2004 年起在晋江原创网连载，2007 年由二十一世纪出版社出版。

② 随波逐流《随波逐流之一代军师》于 2005 年 5 月开始在起点中文网—历史小说—架空历史频道连载，2006 年 9 月完结。

③ 祈祷君《木兰无长兄》于 2014 年 9 月开始在晋江文学城连载，2015 年 8 月完结。小说描写现代女主穿越成 30 岁时已经解甲归田的花木兰后，感怀于民生凋敝，又设法穿越成 20 岁时的木兰，在军营中步步上升为大将军，先后抗击外虏、斗倒奸臣、扶持皇帝拓跋焘成为一代明君的过程。

2006—2007 年的作品，正处于一个由"白莲花"向"反白莲花"的过渡阶段，海宴在女性角色的塑造上成功摆脱了"白莲花"的窠臼，却把梅长苏和靖王萧景琰这两个主要男角色变成了"男版白莲花"。

"白莲花"与"玛丽苏"（男版则为"杰克苏"）有着微妙的不同，"玛丽苏/杰克苏"集万千宠爱于一身，他们可以敢爱敢恨、任性妄为，"白莲花"却是道德的化身，只做"正义"的事。梅长苏虽然口口声声称自己是"地狱归来的恶鬼"，但在扶助靖王上位、平反赤焰旧案的过程中，他斗倒的全都是罪有应得之人，几乎从未伤及无辜，不知"恶"从何来？唯一的例外是在扳倒谢玉时，他不得不戳穿萧景睿的身世。做出这样的决定，梅长苏的内心是煎熬的，事后也尽量对萧景睿做出补偿。总的来说，梅长苏是正义而博爱的。而靖王萧景琰更是"白莲花"中的"白莲花"。他自始至终站在道德的制高点，不仅自己不愿沾染权谋诡计，一旦发现梅长苏有牺牲忠良或无辜之人的嫌疑，就立即斩断铃铛，以免同流合污。正是主角身上这种与传统道德吻合的浪漫主义或理想主义气息，规避了电视剧《甄嬛传》被批宣扬"比坏"价值观的前车之鉴，① 使《琅琊榜》电视剧成功地被主流接纳并推崇。这种原本难以成立的君臣相处模式，借由一个愿打一个愿挨的设定，再配上两位演员的一身正气和两张帅脸，不仅收获了电视观众的喜爱，更成为"女性向"同人创作的热门 CP。该剧原本略显薄弱的历史逻辑被原谅和忽略，通过"良心剧"制作水准与"兄弟情"和"颜值"的包装，得到了大众的认可和追捧。

二、"女装花木兰"："网络女性主义"浮出历史地表

除了男性角色，3 位独特的女性角色也给电视观众留下了深刻印象：统帅南疆的女将军穆霓凰，帷幕之后的蛇蝎美人秦般若，果决刚毅的悬镜使夏冬。她们共享着这样一些特质：这 3 位女性从未试图女

---

① 2013 年 9 月 19 日，《人民日报》刊出学者陶东风《比坏心理腐蚀社会道德》一文，将电视剧《甄嬛传》与韩剧《大长今》对比，批评《甄嬛传》宣扬"比坏"的错误价值观。

扮男装，而是身着专为女子设计的朝服、盔甲，以女性身份坦然穿行于宫闱、朝堂乃至战场之上；她们在政治军事斗争中的实力和权谋手段不亚于男子，却不会因此招来男性角色的反感和攻击，反而得到尊崇和重用；她们有自己的事业，却不是人们口中"灭绝师太"式的"女强人"——她们也有自己的爱情。这 3 位女性角色共同构成了"女装花木兰"的形象序列，与男性目光下的女性范式不同，这是女性视野中的女性想象，她们身上携带着"女性向"网络文学积极的女性主义倾向。这种女性主义是网络原生的，与 20 世纪 80 年代传入中国大陆的西方女性主义理论思潮不同，它是在网络天然形成的欲望空间和充沛的情感状态中生长出来的，它是未经训练的、民间的、草根的、自发的"女性向"，我们姑且称之为"网络女性主义"。

　　由于电视剧"主旋律""正剧范儿"的潜在要求，无论是男性之间的"兄弟情"，还是"女装花木兰"的形象，都不得不做出一些调整和修正。电视剧中，霓凰在林殊"去世"后屡次拒绝皇帝"招婿"的安排，只想守着她的"林殊哥哥"，深情不改，从一而终。敏锐的观众已经发现，身为女主角的霓凰在整个故事中所占的分量实在不够，甚至出现了"女主掉线"①的情况，苏凰的感情线索也不甚明朗。这是因为，小说原著中霓凰的爱情早已旁系他人——她爱上了梅长苏派去助她解围的赤焰旧部聂铎。聂铎不肯背叛少帅而远走他乡，霓凰期盼聂铎前来才同意了比武招亲。与梅长苏相认之后，霓凰很快就回到云南与聂铎汇合，从此再没有与梅长苏见面。直到梅长苏战死沙场，两人的婚事才凭着梅长苏遗信中的嘱托得到萧景琰的准许。这样看来，除了与林殊的一纸婚约，霓凰并没有承担起与男主角建立主线情感的女主角职能。电视剧完全删去了霓凰与聂铎的感情支线，甚至删去了聂锋胞弟聂铎这一人物，将相关情节转嫁到其他角色身上，

---

　　① 掉线，即网络断开后进入离线状态。电视剧《琅琊榜》第 24 集穆霓凰前往皇陵为太奶奶守孝，直到 44 集猎宫救驾才再度出现，中间约 20 集没有戏份，被网友戏称为"女主掉线"。

力图将霓凰塑造成真正的女主角。这既是作者可能有意为之的写作策略，① 又隐去了原著对传统爱情价值的挑战——在婚约对象已经"去世"的情况下，女性有资格去追求一段新恋情，并得到认可和祝福。

电视剧中，秦般若不时在辅佐誉王的间隙，流露出对他的爱慕之情；誉王存心利用，以上位之后一个暧昧的"不辜负"的承诺，诱使般若为他筹谋；将一切看在眼里的誉王妃则是为了大局忍气吞声，最终对誉王生死相随的正妻形象，对比之下，秦般若难免有"小三"的嫌疑。与电视剧截然不同的是，小说中誉王对秦般若爱慕有加，而秦般若只把誉王当作复兴滑族的桥梁，以"曾对师父立誓，此生绝不为妾"为借口，断绝誉王的觊觎之心——誉王妃的存在只是构成这个借口的必要部分而已。这种性别角色处境的对调，表现出小说积极的女性主义诉求：在不那么纯粹的爱情与纯粹理想的事业之间，女性有权利选择后者。电视剧还增加了誉王是滑族王子的情节，将秦般若爱情和事业的对象合二为一，巧妙地避开了矛盾发生的可能，缓和了这一诉求的激进性。

对夏冬与聂锋爱情支线的处理，小说与电视剧终于达成了一致，但夏冬的人物形象却发生了一些改变：电视剧中的夏冬是以一个明显的女性形象出现的，而小说中的夏冬与同胞兄长夏秋长得一模一样，雌雄莫辨。相比之下，小说中夏冬的雌雄莫辨天然地模糊了性别的界限，能够更加有效地规避固有的性别成见；而电视剧中夏冬以女儿身行男人事，倒也不失为一种打破性别范式的尝试。

事实上，"纯爱"与"网络女性主义"并不矛盾，二者完全可以相辅相成，在小说文本中也确实如此。电视剧对"兄弟情"进行了包裹，对男女关系却进行了主流化的修正，使这些肉身的"女装花木

---

① 小说《琅琊榜》在晋江论坛"连载文库"（此版块一般专门连载纯爱作品）连载时，读者对它的期待是"纯爱"；但转到晋江原创网连载后，小说中带有纯爱性质的暧昧情节明显减少，引发原始读者的不满；后来小说在起点女频与晋江同时连载，海宴澄清自己从未明确标注过作品的纯爱属性，并在 2007 年 3—4 月期间对小说已经发表的部分进行修改，整体删去了暧昧向的情节。此举遭到晋江读者的抨击（纯爱转言情在当时是晋江读者的大忌）。此后，《琅琊榜》在晋江的所有连载页面都被锁定或删除了。

兰",内心生出一朵"白莲花"。虽然无论是"男版白莲花"还是"女装花木兰",背后挥之不去的是"白莲花"幽魂,小说和电视剧《琅琊榜》都在"网络女性主义"的道路上滞后于网文界的先锋,但至少电视剧让观众们看到了"女装花木兰"的形象,对大众视野已经构成了新的冲击。或许再下一个阶段,读者和观众会愿意接受一个由内到外的、真正的"女装花木兰";或是在"女装花木兰"现实版本碰壁之后,继续寻找女性实现自我价值的其他可能性。

(本文与叶栩乔合写)

颠覆"倾城之恋",重写末世文明

——评非天夜翔《二零一三》

  非天夜翔是女频网文界公认的"男神","80后"作家,2008年开始在晋江文学城连载作品,至2018年9月已创作长篇小说近30部。非天的写作类型十分多样,从早期的西方奇幻、穿越历史、科幻、网游,到近年的都市奇幻、东方奇幻,多部作品都引领了女频网文的类型潮流:《金牌助理》(2014)引领了"后净网时代"的"娱乐圈文"风潮,《国家一级注册驱魔师上岗培训通知》(2015)则是都市奇幻类型的集大成者。而令他封神的《二零一三》(2011年8月1日—9月16日连载于晋江文学城,2013年6月由湖南人民出版社出版,书名为《末日曙光》)更是"末世丧尸"类型的开山及里程碑之作,完结后迅速掀起了晋江2012全年的末世文大潮。2015年5月,《末日曙光》成为全网第一部卖出影视版权的纯爱作品,此后由腾讯动漫陆续推出改编网络漫画(2017年10月,画手银狐之殇,与快看漫画同步推出)和改编动画(2018年5月),一直是女频网络文学界最炙手可热的IP之一。

  "末世"即世界末日,是网文常见的世界设定之一,一般又分为"丧尸类(生化类)"和"废土类"两种,分别描绘具有强烈感染性的生化病毒和核弹等大杀伤力武器对自然环境和人类造成空前破坏后人类的非日常化生活。《二零一三》中的"末世"设定是典型的"丧尸类"。小说描述2013年丧尸病毒在世界范围全面爆发,幸存的人类迅速建起防线,展开一场大规模保卫战,在黑暗中等待黎明的到来。机械设计院研究生刘砚与退伍特种兵蒙烽,共同在末世浴血求生,带领路途中结识的伙伴退守至最后的保留地，随后踏上人类反击之旅。经过惨烈的战斗和痛苦的牺牲，人类最终迎来了长夜之后的曙光。

末世降临，丧尸潮爆发，整个世界的颠覆，似乎就是为了成就两个主角的爱情——哪怕天崩地裂，只要彼此相守，这是张爱玲的"倾城之恋"，也是大多数女频文的写法。然而在《二零一三》中，非天夜翔叙写的却是倾覆的世界如何重建文明。在这个过程中，各个独立个体之间的关系也一点点展开：亲情、友情、爱情，破碎的信念在灰烬中重生。

正是在这个意义上，《二零一三》是女频网文中一面屹立不倒的旗帜。它代表的不仅仅是"末世"这一类型的开山和巅峰，也不仅仅是非天创作历程中最具代表性的硕果——这面旗帜矗立之地，是千千万万女作者唯有翻越那座名为"从女人（Women）到人（Human）"的巍巍高山才能站上的起点。

纵观20年来的女频网文，女性在面对"世界"之前要处理的是"关系"，在建构"世界观"之前要优先考虑"人物属性"，在思考"人"应当如何之前要先解决"女人"应当如何。外部世界的广阔天地、宏大历史，是解决这些论题的模拟环境。而身为男性的非天夜翔，从一开始就跳出了这一框架。首先，他以电影级的世界设定见长。《二零一三》最令读者印象深刻的便是一幅幅科幻大片式的末日图景，其中的文化基因或许来自哺育"80后"长大的美国科幻和好莱坞电影，无论是画面感还是价值观都能与年轻读者无缝对接。其次，非天擅长写人物，尤其是人物群像。读者常评价他的主角有他自己的影子，他们总是或如刘砚，机智聪慧且怀抱一颗赤子之心，带领读者去体验一个青涩少年磕磕绊绊的成长之路；或如蒙烽，空有本领抱负，总是失败碰壁，让读者去体味一个莽撞闯入俗世的强者，如何与这个庸常世界缓步和解。他们携带的人性之光和劣根性，都是如此真实而坦然，如邻家男孩般亲切，是读者愿意信服的平民英雄。

此外，非天还创造了许多不只是"属性"，代表着不同的立场和价值观、有血有肉的"人"：丛林法则的信奉者林木森，绝对的爱国主义者赖杰，犯过错然后用生命赎罪的牺牲者闻且歌……这"人山人海的炮灰中，几张明媚的脸孔"① 没有一人是为主角"倾城之恋"的"关系"而写，他们是唯有关切"世界"的作者笔下才会自然流露的关怀和浪漫。活生生的英雄或枭雄，像一团烈火，燃起了对"家国""大义"已经失去兴趣的读者深藏的热血；又像一记重锤，敲响在沉迷爱情叙事与完美恋爱对象的读者耳畔，叫醒她们——有温度、有重量、会犯错，这才是真正的世界，这才是真正的"人"！

正因如此，非天夜翔和《二零一三》是"女性向"世界中的一面镜子，女性望着它，能够看到性别的天堑、男儿的热血，也能够接过它传递过来的新鲜类型元素，锻造成下一个爱情故事华丽的外壳——从"末世""科幻""网游"到"都市奇幻""东方奇幻"，非天不断引领着女频类型的创新。更重要的是，在从"女人"到"人"的自我突破中，她们时不时地瞥见这面镜子，见自己，见天地，见众生。

非天深受好莱坞大片等影视化作品的影响，优长在此，短板亦在此。电影级的画面填补了核心科幻设定上的不足，史诗的悲壮感也掩饰了价值观探讨如空中楼阁般的不能落地。近年来，非天的创作逐渐偏向影视编剧和 IP 订制，着力于语言文字与影像画面的转换，读小说如看电影的看家绝活越发精进，却更像是炫技，失去了当年的天真赤诚和开疆拓土的魄力。或许《二零一三》于非天自己而言，也是一面镜子，透过它，才能找回他创作之初，对世界和人类无限的探索和希冀。

---

① 侧耳偎何：《人的境况》，晋江文学城评论区，原文地址 http://www.jjwxc.net/comment.php?commentid=186341&novelid=1205245，发表时间 2011 年 10 月 1 日，查询时间 2018 年 9 月 16 日。

"大数据"时代的"反类型"

——评风流书呆《快穿之打脸狂魔》

  作为 2015 年晋江文学城纯爱最大的"黑马",《快穿之打脸狂魔》（以下简称《快穿》）自 3 月连载伊始就引发了追文狂潮，4 月进入 VIP 收费模式后更加势不可挡，霸占金榜榜首直至 8 月完结。短短 5 个月内，《快穿》掀起了一种堪称"现象级"的狂热，只有在男频日更数万字的"小白"文那里才能看到类似的景象——而《快穿》也的确转借了男频的"系统""快穿""无限流"等元素。那么，它是否如风流书呆自嘲的那样"苏苏苏，雷雷雷，金手指粗粗粗"，只是一篇加入了纯爱元素的女频"小白"爽文？事情远没有这么简单。

  小说中，主角周允晟被吸入"主神空间"并装载"反派系统"，被迫进入数个游戏副本式的世界，并注定成为悲惨收尾的反派。在发现系统存在漏洞之后，真身是顶级黑客的周允晟决定奋起反抗，改变反派的命运，使每个副本的故事走向发生偏移，以此达到最终破坏"主神"的目的。凭借预知、智脑等"金手指"，周允晟先后进入 14 个副本，以反派、炮灰的身份逆袭主角，使主角经历他们曾加诸他的悲惨下场，即所谓的"打脸"。在此过程中，周允晟发现他在每个副本都会遇见一个命定的"爱人"。当他回到现实世界，终于发现"主神空间"是未来世界反叛了人类的人工智能终端"女皇"，"爱人"则是阻止"女皇"侵略的一组高级数据体。随后周允晟再次进入副本……

  《快穿》的结构，遵循"无限流"的惯例，以系统副本的形式，划分为各自独立的故事单元。阅读《快穿》的过程，就像是没头没脑地被塞进一辆飞驰的高速列车，"快速穿越"于 15 张副本地图，每停一站，立即有任务卷轴交到手中，必须跟随主角去完成"打脸"任务，顺便与命定的爱人把恋爱谈了，再马不停蹄地开往下一站；旅途中，主角渐渐发现了世界的真相，而我们也慢慢看清了这辆车的全貌——原来列车的预定轨道是绕不出去的死胡同，唯有通过"打脸"使轨道一点点偏移，才能脱轨而出，碾碎制造这一迷局的终极 BOSS。

列车行驶过快，路上的风景就成了一晃而过的色块。大量细节被一笔带过，许多情节隐线没有充分展开，主角之外的其他角色刻画也显得过于单薄……只有这样，我们才能保持十章左右（多则 10 万字，少则 4 万字）刷完一张地图的节奏，趁着"打脸"的快感刺激和对命定爱人身份谜题的好奇，立即赶赴下一站。通常情况下，如此简单粗暴的叙事会被看作是粗制滥造，甚至被当作网文写作水平低下的证据。但就《快穿》而言，这更应该被理解为一种故意为之的写作策略：列车始终高速运转，正是令读者欲罢不能的原因所在。

这种几乎可以被读作"写作细纲"的简单粗暴，之所以能够得到女频读者的容忍、接受甚至鼓励，其背后隐藏的，是一个网络互文环境下的"数据库"。小说的预设读者，是一群对女频类型文有着丰富阅读经验的资深读者。凭借以往的经验，她们完全可以自行"脑补"出那些已经被重复书写过无数遍的桥段，不必在细节上着墨太多。以"绿帽子帝王"副本为例，周允晟化身的帝王，与让他戴了绿帽子的贵妃赵碧萱和恭亲王齐瑾瑜，这三个人的关系活脱脱是《后宫·甄嬛传》中皇帝与甄嬛、果郡王三人关系的翻版。作者只需以寥寥数笔勾勒框架，读者们记忆中《后宫·甄嬛传》的所有丰富细节就会自动填补剩下的空白。

这种"脑补"，是只有在网络"大数据"时代才得以在读者中形成的特殊默契。在她们这里，既有的无数女频文形成了一个"数据库"式的互文空间。任何一部作品，作为类型文，其所属的类型都有一个固定框架。这些框架拆散了、揉碎了，就成了"数据库"中的无数背景、人设、情节等元素碎片。而任何一部新作品，都是抽取其中的部分碎片并进行重新拼接的产物，它的身后可能有一个或多个类型的无数文本充当注脚。如"绿帽子帝王"，它在类型上属于"宫斗文"，抽取的碎片是类似《后宫·甄嬛传》的背景和人设，并加入了纯爱类型中的"君臣"情节模式。

《快穿》使"数据库"机制第一次如此明确地表现为一部完整的作品,来自不同类型的元素碎片杂糅在一起,看似天衣无缝,却又在简单粗暴的叙事中暴露无遗。这正是其突破性所在:《快穿》暗示着"大数据"时代网络文学的全新读写方法——不要前奏,直奔高潮!你嫌细节不够看?有一整个类型的文本等着你去补充。

此外,《快穿》将类型的固定框架,即"商场""重生""种田""娱乐圈""末世""西幻""修仙""宫斗"等女频类型文的经典套路,进行了一次练兵式的陈列。主角周允晟化身"打脸狂魔",以反派、炮灰、深情男配的身份揭竿而起,拳打"主角光环",脚踢类型传统,实现了"反类型"的逆转。事实上,从"反琼瑶"到"反白莲花",在类型文的发展过程中,因套路的陈旧而产生"反类型"的冲动是很常见的,"反类型"自身也渐渐成为类型的一种。因此,《快穿》不仅是"反类型"的集大成者,也是类型的集大成者。即使是一个缺乏"数据库"积累的新人读者,《快穿》也可以作为一部"入门小百科",引导我们按图索骥地去熟悉每个类型背后的知识谱系,做到"一书在手,女频我有"。

值得注意的是,纯爱作为《快穿》最核心的类型,并没有随着其他女频类型一同被打破。爱情叙事不仅承担着串联各个故事副本的线索,更是所有碎片重组的必备要素;在解构了所有类型文套路的同时,"生生世世一双人"的设定,反倒强化了固定配对模式。这在一定程度上道出了纯爱类型的某种本质:即使在言情的"职场""宫斗""宅斗"那里已经被消解了无数次,爱情在纯爱这里,仍旧是亘古不变的追求、不可逾越的底线。

如果说类型是宏大叙事,那么"反类型"可能是对宏大叙事的解构,也可能只是另一种串联被压抑的可能性的冲动。虽然作者只在少数几个副本中做到了从根本上推翻这一类型的固有逻辑,其他时候都只能用"金手指"(即游戏外挂/作弊器)强行"打脸",但总体来说,《快穿》在展示"反类型"的可能性方面做出的尝试仍是弥足珍贵的。

"历史演义"与"东方奇幻"的女频引渡

——评非天夜翔《天宝伏妖录》

女频网络文学公认的"大神""女神"不少,而"男神"的称号却几乎专属一人——非天夜翔(以下简称非天)。男性的性别身份,不仅赋予了非天瑰丽宏大的世界观架构、天马行空的设定想象、高潮迭起的叙事节奏;更重要的是,它令非天成功地将"历史演义"与"东方奇幻"这两大源自"男性向"类型文学的传统脉络引渡至女频,为充溢着"软科幻""软历史""软奇幻"的女频世界注入了一股滚烫的男儿血气,从此山摇地动、乾坤骤变,辟出一方新天地。

2017年的新作《天宝伏妖录》,沿用了都市奇幻前作《国家一级注册驱魔师上岗培训通知》的设定,将现代的"驱魔师委员会"推衍至由狄仁杰创立的"大唐驱魔司",建构起一个恢宏奇诡、圆融完整的东方奇幻世界,是"历史演义"与"东方奇幻"的完美融合。故事发生在天宝年间的盛世大唐,黑蛟獬狱化身朝堂奸佞,带领众妖横行长安,试图取代天魔成为妖界至尊;凤凰养子鸿俊初入长安,误打误撞地把能驱逐一切污秽的心灯传给了凡人李景珑,李景珑率领鸿俊与毛腿鲤鱼、苍狼白鹿、波斯王子、降龙仙尊一起重整狄仁杰留下的大唐驱魔司,与魔物对抗……一系列的混战与传奇就此展开。

此前,非天已经多次尝试过这种掺杂着奇幻、穿越、同人元素的历史题材,带领读者穿梭于殷商、战国、三国等群雄逐鹿的乱世,已经成为他最具代表性的标志动作。经过十余篇历史、架空作品的锤炼,非天糅粹出一种凝练利落又不失古典风韵的小说语言。在他笔下,无论是"九天阊阖开宫殿,万国衣冠拜冕旒"的盛唐气象,还是胡汉混居、民风开化的长安风物,无论是千里雪原尸鬼屠城,还是飓风过境妖王大战，诸多波澜壮阔的宏大描写如撒豆成兵般信手拈来。非天将那些绚丽的场景描绘得纤毫毕现，勾勒出一幅幅直逼 3D 巨幕电影质感的史诗画面；多线叙事万箭齐发，如同飞速闪跃的蒙太奇分镜，使画面获得了共时的空间张力。而非天塑造的人物群像，每个都是有血有肉的少年英雄，各有各的固执与怪癖，也各有各的守望与强悍。如那些遥远时光中的传说一般，他们逐鹿沙场，煮酒论事，击筑放歌，千金豪掷，尽得三国风流。

这些叙事特征，毫无疑问是从《三国》（包括《三国演义》和《三国志》）所代表的古典"历史演义"中吸收了大量养分。非天也的确创作了不少可以视为"三国同人"的小说，如《破罐子破摔》（2009）、《武将观察日记》（2010）、《江东双璧》（2015）就是围绕刘禅、赵云、吕布、孙策、周瑜等人物创作的"三国同人"；但非天的同人写作又不同于正统"三国同人"的路数，是将同人与网文的穿越元素结合的类型融合尝试。

非天不仅接过了《三国》"演义"传统之衣钵，更将它与现代的科幻、武侠，尤其是"东方奇幻"类型进行了完美的融合。这一方面，他的创作资源一部分来自电子游戏：从大的叙事框架上看，《天宝伏妖录》的分卷已经透露出其故事单元的游戏副本性质；在各个大小副本当中，驱魔师小队分工明确、各司其职，也正像是游戏的小组分工。非天与电子游戏渊源颇深，写于 2010 年的《飘洋过海中国船》就是一部未来背景的"全息网游文"，小说中的游戏《蜀剑》，是一个以《蜀山》《仙剑奇侠传》等现实作品为蓝本的同人世界。此后，非天在仙侠类游戏设定方面的丰富工作经验，使高度幻想的设定元素越来越多地渗透进其作品当中。①

"奇幻"一词在男频文中一般指西方奇幻，在女频文中，西方奇幻有"西幻"这一专属称谓，"奇幻"则是一种高度幻想类作品的通称。而之所以用"东方奇幻"的概念，是为了与仙侠、修真色彩浓厚的"玄幻"相区分——修仙、升级从来不是非天的创作主题，重要的

---

① 2012 年以笔名"逐风"与某树合著《古剑奇谭》游戏世界观衍生小说《神渊古纪》，2014 年以笔名"逐风"参与《古剑奇谭》电视剧编剧，2017 年以笔名"敛青锋"与工长君合著《九霄奔云传》游戏同名设定小说。

是那个极具东方色彩的人、神、妖、魔并存的世界设定。非天舍弃了现成的"玄幻"背景，以一己私设，建构起一个完全不同的"奇幻"世界。

这里没有仙风道骨、鹤发童颜的修炼者，也没有手捏剑诀、御剑飞行的侠士，有的只是一群各怀抱负、总是碰壁的少年。他们的驱魔之力，都来自古老神秘的"东方"传说：草原上掌管晨昏的苍狼白鹿之神，西域吐火罗袄教的飓风烈火，西湖镇龙塔丈量时间的九条老龙，燃灯古佛的心灯，不动明王的法器，孔雀明王、金翅大鹏、凤凰、鲲神的馈赠……那力量就在他们的血脉里，天生天赐，并非修炼而成，也带给他们与生俱来的责任和使命。妖怪们也是蛟龙、狐妖、"酒色财气"、画皮、化蛇等颇具"东方"色彩的古典妖精。

"历史演义"与"东方奇幻"两股脉络的有机结合，已经足以使非天登上网络文学类型写作的巅峰，然而他之所以能在女频被封为唯一的"男神"，正是因为他的核心叙事动力不是开疆拓土，也不是无限升级，而是"女性向"永恒的主题——爱。

非天笔下的主角，有的往往像李景珑，生来便是逆境，生活赐他无尽的霉运，他或许感到灰心，却抛不掉铮铮傲骨，终于练就一身本领，在乱世中一雪前耻，重振英雄的荣光；有的则常如小鸿俊，尽管养尊处优，却保持着一颗最为澄澈的赤子之心，能够透过尘埃，望见对方闪耀的心灯。非天总是带着脉脉温情与激扬的热血，写这样的一群英雄少年，为了守护彼此、守护伙伴、守护天下而携手并肩、浴血奋战，总能轻易勾起人们心中的情怀、悲悯、希望，和既甜蜜又苦涩的爱情。这些被用到烂的字眼，多数时候是类型，是套路，是潮流，在他这儿却是实实在在的，它们堵在你的胸口，使你双眼发热。而这群英雄少年，在褪去了英雄的光环时，也不过是一群会哭会笑、会闹别扭发脾气的普通人。

他们是那样血肉丰盈地真实着，就像邻家的阳光大男孩，仿佛你不经意间一瞥，就能透过窗棂，望见那一段传奇。

"女性向"大神的主流化之路

——评淮上《破云》

  2011年，淮上以《提灯看刺刀》一书成名，此后，"虐""狗血""重口味"就成了淮上作品的特色标签，如同好莱坞电影中自成一家的cult血浆片，总有特定读者拥有此类极致的阅读癖好。2018年，淮上的新书《破云》在第二卷（共四卷）刚一开篇就宣布卖出影视版权，心照不宣地预示着这部作品必将顺应IP改编大潮做出改变，舍弃血浆片的小众邪性，转型为更容易被大众接受的缉毒刑侦剧。

  为此，淮上在写作的多个层面均做出了调整。

  提起淮上，最深入人心的是"楚慈式"的主角。《提灯看刺刀》的主角楚慈，是个不苟言笑的冰山美人，看起来弱不禁风、多病可欺，实际上却是个手起刀落、杀伐果决的狠角色，可以为复仇卧薪尝胆，但绝不会对强权低下高傲的头颅，不愿依附，不甘示弱。这样一个经典的"美强"形象，得到了"女性向"读者深刻的认同和喜爱，也是淮上自己心头的白月光，此后，她笔下的每一个主角都带有楚慈的影子。

  与之相对，楚慈的对手往往身居高位，或在武力上更占据优势，面对硬骨头的第一反应是镇压，遭到反抗后则会"大男子气"十足地恼羞成怒，蛮横霸道地显示自己的绝对控制权。在爱情中，他们却又有"大男子"的一些"优良传统"，有担当、宠老婆、绝对忠诚。

  在这样一组忠犬×女王的"强强"搭配之外，往往还会有一个更加强势且有魅力的第三人，形成令读者浮想联翩的三角结构。这便是淮上最擅长的人物关系，虽老套但有效，被发挥到极致，足以造就一大神。

  在《破云》中，这样的三角结构依然存在，但都被改造成了更加主流的面貌。

小说讲述建宁市公安局刑侦支队年轻的副队长严峫在调查一起冻尸案时，意外牵扯出毒品"蓝金"的重要线索，并发现案件中提供了诸多协助的报警人陆成江，竟是 3 年前在恭州塑料厂爆炸案中牺牲的恭州禁毒总队第二支队原队长江停。严峫、江停追踪"蓝金"，在接下来的连环绑架案、胡伟胜制毒案、乌头碱投毒案等一系列案件中，背后潜藏的庞大犯罪团伙逐渐浮现。二人密切合作，揭开 3 年前塑料厂爆炸案的真相，揪出警队内鬼，一步步向那张无孔不入的贩毒网络及幕后操控一切的毒枭黑桃 K 逼近。

三角结构中最重要的主角江停，同样是一朵倔强狠辣的"高岭之花"，但其阴狠和隐忍，因游离于黑白两道的卧底身份而得到了解释，冷面喋血也具有了缉毒的正义性，体弱多病和倔强不屈的特质，则加强了随时可能牺牲的壮烈感。

与江停并立的男主严峫，爆棚的荷尔蒙不再体现为"大男子"的霸道，而是转化为英勇无畏的警察习性，控制欲和占有欲也替换成了2018 年最为时髦的"骚话"[①] 属性——这里的"骚话"指的当然不是下流话，而是情话，一点不藏着掖着、直截了当地表达喜爱的情话。这是对"口嫌体正直""嘴硬""毒舌"等"傲娇"属性的反叛，甚至与"口嫌体正直"完全相反，只是嘴上撩撩，行动却很正人君子。见多了含蓄的、禁欲的、打死都不说出口的爱，敢于撩拨的、很"会"的男性角色反而带来新意。

本该浓墨重彩书写的第三人黑桃 K，原来的设定是高智商反社会变态毒枭，整个第二卷"血衣绑架案"的设置都是为了突显他与江停之间的恩仇羁绊，行文过半，却因"正必胜邪"的题材要求，被削弱得漏洞百出，虎头蛇尾地领了盒饭，沦为警匪片套路中的功能性反派 BOSS。

而主要情节冲突则从双主角间的爱恨纠葛转向二人与绝对之"恶"的殊死搏斗。这种转变早在淮上的上一部作品"丧尸文"《不死者》（2017）中已有尝试。《不死者》中的绝对之"恶"是丧尸病

---

① 《破云》中的严峫，与《AWM［绝地求生］》祁醉、《碎玉投珠》丁汉白、《伪装学渣》贺朝，是 2018 年最具人气的小说角色。

毒，《破云》中则是毒品和毒贩。无论是丧尸屠城，还是穷凶极恶的毒贩悍匪，都能够最大程度地容纳淮上的暴力美学和血浆气息，是较为理想的外壳包装——更别说令人毛骨悚然的作案手段和凶案现场，处处暗藏着淮上的"邪性"气质。

这样的改造，使原本剑走偏锋的个性人物、纠结虐心的情感关系，都被冲淡稀释，换上了缉毒题材的光辉背景，朗朗乾坤，岁月静好，不免被粉丝抱怨"《默读》化""Priest 化"——同样是情节/感情双线并重的刑侦类型文，褪去淮上特色，《破云》与 Priest 的《默读》（2016）的区别，似乎更多在于人物属性搭配和情节结构组织布局的不同，而非作者本身的个性差异。

但这种改造，并没有使《破云》变得寡淡无味。

十年的写作经验，使淮上能够游刃有余地驾驭各种题材类型，在"刑侦文"的写作中也毫不露怯。她将错综复杂的案件线索布置得井然有序，又结合了警匪题材中经典的"无间道"式内鬼疑云，还有意识地引入缉毒专业知识使故事显得"硬核"内行。

影视改编的创作导向，令淮上在大场面描写方面进步斐然。凶杀血案、警匪火拼、火线追车等"大场面"，都以"大片"节奏写出了电影级的画面感。

而淮上在写作技巧上的个人专长，是善于抓住读者的情绪。熟练掌握了"狗血"的要义后，淮上处理任何题材都能举一反三、无师自通。一桩接一桩的案件，以密集的信息量、令人喘不过气的急促节奏，猝不及防地向读者袭来，将读者的紧张情绪吊到最高点，也使案件越发扑朔迷离，成功营造出悬疑烧脑的紧张气氛。

淮上舍弃了一些王牌，同时加强了其他短板，最终仍打出一流水准，只是味道清淡了许多，不那么符合"重口味"的预期，却也更加大众化。小说的最后，黑桃 K 在那场关键性的追车打斗中自废一掌，摆脱手铐的禁锢，迎来一场雷声大雨点小的终极对决，理所当然地输给了正义的警方；《破云》亦是大神淮上自废一掌、"自我阉割"后的 IP 投诚之作。而市场成绩（《破云》连载期间一直位于晋江 VIP 金榜前三名）和圈内口碑（严峫位列"四大流量"成为 2018 年最具人气的小说人物）的双赢，则证明这一转变确为"女性向"大神走向主流市场的必经之路。

少年侠气，死生同，一诺千金重！

——评好大一卷卫生纸《见江山》

《见江山》似乎可以看作一部仙侠版的《哈利·波特》。

小说讲述现代人程千仞穿越至仙侠世界，结识了双刀女老大徐冉和落魄公子哥顾雪绛，分别进入南渊学院的三大院——习"武"的青山院、学"艺"的春波台和驭"术"的南山后院修行的故事。作者在这个架空的仙侠世界中设置的这座小小的南渊学院，是个如同霍格沃茨魔法学校般的象牙塔；小说的 3 位主角"南渊三傻"，与哈利、罗恩、赫敏铁三角同样是两男一女；上卷"少年游"以南渊与北澜两座学院的"双院斗法"为主线，也与《火焰杯》的四校大赛异曲同工。

但《见江山》终归不是《哈利·波特》，仙侠网文武侠与玄幻相融合的背景，使 3 位主角的身世与友情都带上了浓重的江湖侠义之气，也赋予了他们更深的使命——不仅要手刃宿命的敌人，更要做江山之主，执掌天下。

中国的情义，讲究相识于微时、相守于贫贱。三人在学院里成为两肋插刀的"狐朋狗友"时，在学院外只是面馆打杂的小工，书画摊写话本的书生和街巷收保护费的女老大。三人因饭结缘，吃出了相依为命的交情。

他们的情义，和哈利三人组相似，有同窗苦读、翘课惹麻烦的同学之谊，也有交出后背、生死相托的兄弟之义，但更重要的，是一个肝胆相照的"信"字：因为相信徐冉能撑住，无论多难的关卡，都任她横刀立马站上演武场，伤得再重，自己输的也要自己赢回来，绝不代劳；因为相信顾雪绛的隐忍和等待，暮云湖的鸿门宴上才能不问是非、当机立断，杀人灭口、默契十足；因为相信程千仞能胜，才敢将全副身家押上赌坊，赚出半条花街的"程府"，赢来他们梦想的家；因为相信对方的信念，即便分道扬镳，也会叮嘱一句按时吃药、别死就行，需要时不远千里抵命相助。

这种"信"与"义"，既有成年人的理性判断，又有孩子气的不管不顾，不仅存在于三人之间，更激荡于南北两院所有少年学子的胸怀之中。平凡学生或许愚昧，却不忘恩义，愿意为自己的选择负责，一票一票投出一个新未来。就连他们的对手，也都是光风霁月、磊落不凡的侠义少年，虽秉性不同，但道义相似，所以劲敌对决前，可以坦然托付身后之事；有事相求时，可以用一个诺言作为筹码；才萍水相逢，就能因你是友人之友而推心置腹。

作者复活了一种天真的少年侠气，"交结五都雄，肝胆洞，毛发耸，立谈中，死生同，一诺千金重！"将一座古老的修真学院，建造成一个过分美好的桃花源，少年们游弋其间，得以抛开一切"大人"世界的"成人法则"，任性放肆。

借主角三人的友情，作者其实是在写少年人"入世"闯荡天下、跟旧世界对抗的勃勃野心。

"南渊三傻"，一个是失忆流落的皇子，一个是年少成名却跌落神坛的世家公子，一个是含冤灭门的将军之女，原本都是被江山放逐的人。他们有着很简单的梦想，努力赚钱买个大宅子，跟好朋友们住在一起，只是冲着前二十名每人三百两的奖金，才拉着学神林渡之组队，参加了双院斗法。不料这场暗潮汹涌的比试，云集了这个架空世界中所有和他们一样天资卓绝的少年天才，因而也汇聚着权力更迭之际旧人对新人的全部目光，裹挟着他们去"见江山"，触摸权力、触摸大人的世界。

这群不可一世的天才少年，顺风顺水地赢下一场场看似不可能的战斗，一级一级地上升。金手指大开的程千仞，年纪轻轻就突破大乘境界，从双院榜首做到南渊院长，再做到剑阁山主、将军帝王——这不是在简单重复逆袭升级的爽文套路，而是憋了一股破开天穹的狠劲儿，要跳出来对大人们大声宣告：都让开！这是我们的新世界！

大人告诉他们，权力之下必有牺牲。他们说不！谁活该被牺牲吗？

大人循循善诱，说这是先贤公认的道理，向来如此。他们说不！向来如此，便是对吗？

大人劝他们识时务，收下一点好处，息事宁人。他们说不！凭什么别人嚣张我忍让？

大人恐吓他们，这大局事关天下苍生。他们说不！反过来威胁道，我可不在乎天下苍生，博名声，做圣贤，不如谈钱！

大人让出一步，说等你坐上这个位置也一样。他们说不！我对你的位置不感兴趣。

大人说喊，一个女人。他们说不！女子偏是大将军，哪个不服，老娘打得你满地找牙！

追随者说，原来你竟是这样的人，完全不符合我们的期待。他们说呸！你们的期待算什么东西！

听起来虽幼稚，但每一句都贯通肺腑、掷地有声。

在下卷的末尾，少年们终于长大，终于被江山、苍生挟持，出于责任心，不得不成为帝王将相。执掌天下，作者用现代穿越者的身份给了新皇程千仞一个不讲道理的取巧解法，以现代的民主思想对封建帝国进行降维打击，以此说服魔王、收束帝制，建立元老院会议，开启民主进程……一切都天真得接近童话，却不只是痴人说梦——这是作者在用稚嫩的笔触画给你看，他们这代人的永无乡长什么模样。

遗憾的是，作者建立了一个新世界和新友情，却没能想象一种新的爱情，在爱情叙事中，仍旧停留在兄弟情深、傲娇忠犬、拉郎配对的套路上，与所描绘的崭新天地并不匹配。但这或许是少年故事的某种通病：当哈利与罗恩、赫敏的冒险足够惊心动魄，谁又会在乎哈利的恋爱对象究竟是秋·张，还是金妮？

时间辗转，唯爱永恒

——评微风几许《薄雾》

悬疑、恐怖作为纸书时代的通俗小说类型，虽有固定受众，在网络创作中却长期处于相对小众的地位。然而近年的女频小说堪称迎来了悬疑、恐怖元素的全面复苏，《薄雾》正是这股浪潮中的一朵。

小说设定时空穿梭技术被发明后，人类建立起掌控时空管理的"天穹"系统，可运送"记录者"回到过去，但只能观测，不能改变历史；也可派遣"守护者"去到未来，阻止毁灭性灾难的发生。因患有"超忆症"事无巨细过目不忘的季雨时是个优秀的"记录者"，他被借调到"守护者"的天穹七队去完成一次高难度任务。整队人刚进穿梭仓，意外发生了——他们被产生了自主意识的"天穹"系统劫持到了其他的时空。季雨时必须与原本看他不顺眼的七队队长宋晴岚通力协作，和其他队员共同完成一个接一个的副本任务，找出修复时空漏洞的线索和方法，才有可能回到原来的世界线中。

在短短40多万字的篇幅里，作者张弛有度地排布了四个复杂的时空副本和一条主世界线。主角们所在的天穹七队被掌控时空的系统劫持，只收到寥寥数字语焉不详的任务提示，就被骤然推入危机四伏的副本世界，疲于奔命地寻找破局的线索。读者们的大脑随之高速运转，一面接收着信息量巨大的逻辑推理，还来不及消化旧的，即刻又有新的悬念袭来；一面感同身受着未知的恐惧，有时是丧尸来袭、身首异处的直接冲击，有时则是仿佛对镜自照、镜中人朝你一笑的背后发凉。烧脑和肾上腺素的双重刺激，促使他们不断投入到下一个、再下一个副本中去。

而《薄雾》之所以能在一众悬疑、恐怖故事里脱颖而出，则要归功于它的核心类型——硬核科幻。在四个副本"衔尾蛇""卡俄斯""我是谁""魔方"和主线"现实—闭环—超载"连缀而成的五个情节段落中，作者以炫技般的密度，玩转"时间锚""双缝干涉""气泡世界""祖父悖论"等物理概念，展示了五种既相异又相关的时空装置。小说的评论区活跃着一群认真梳理时间线、科普艰深物理知识的优秀"课代表"，她们致力于拯救一头雾水的文科生于"厚雾"。于是，无论看懂与否，读者都会先高喊一句"不明觉厉"，继而投入这场与科幻概念嬉戏的狂欢。

对于一篇"女性向"科幻文来说，《薄雾》确实足够"硬核"。时空装置既是组织文本的结构，也是故事本身。作者以清晰的笔触，条分缕析地将每一种装置描绘于读者面前，但仍旧太过复杂，尤其是对非科幻爱好者而言，以至于用记笔记的方式梳理时间线，的的确确成了看懂这些装置的最佳手段。以第一个副本"衔尾蛇"为例，这也是"课代表"们最热衷于梳理时间线的副本。天穹七队进入了一个有原始出生点、全员阵亡后立即回档重来的丧尸围城游戏，它不只是无限循环的，每一次重新出发开启的新时间线，都会与之前、之后的多条时间线重叠，像"衔尾蛇"一样因果相济。简单解释的话，时间线产生的机制是：

小队 1（1 指第一次读档形成的时间线，下同）的阵亡原因是被空间车撞死。

小队 2 吸取经验，避开了空间车。阵亡原因是被黑墙吞噬。

小队 3 为躲避黑墙抄捷径，驾驶空间车，发现原来是自己撞了小队 1。

知晓了 1 与 3 的因果关系后，就会发现 2 同样对应着一组因果——小队 2 避开了的那辆空间车里也需要有人驾驶，由此反推，必然存在第四条时间线上驾驶那辆空间车的小队 4。

以此类推，更多选择引发不同时间线，生成了更多的小队，但只有小队 3 和小队 4 之间不存在"鸡和蛋"的因果悖论，被允许并行。因而其他后来生成的小队都开始为这两支队伍的推进创造机会，甚至牺牲，直到他们制造出黑墙，关掉时空裂隙，完成副本任务。

以上是对"衔尾蛇"时空装置和副本情节的粗暴简括，不可谓不

"硬核"。这个装置还引出了后续的时空裂隙与"时间锚"的关键概念，让读者在阅读过程中逐渐领会——整部小说的结构也如同一条"衔尾蛇"，四个副本环环相扣，主线的悬念则掉头回到了"时间锚"的概念，组装成一个更大的时间闭环。

在科幻文学中，时空穿梭是一个古老的母题，在 20 世纪以来的科幻小说、电影中不断被推陈出新地讲述着。但在网络小说，尤其是"女性向"网络小说领域，"穿越"多数时候只是借了这种时空装置最表层的壳子，很少把它当成本体。当新一代的"女性向"作家开始关注世界设定本身，《薄雾》的"硬核"才成为可能。作者毫不避讳，直言"魔方"副本的灵感来自电影《心慌方》（1997），① 全文的"参考文献"清单或许还可以增加《蝴蝶效应》（2004）、《环形使者》（2012）等等。她当然从西方正统科幻中汲取了资源，那毕竟是一方硕果累累的沃土。但在同时代的科幻想象中，全球"网生代"科幻爱好者们站在了同一起跑线上。《薄雾》不仅很好地融合转化了前辈们的设定，以"无限流""系统文"的结构使它们浑然一体，更因其"女性向"的受众面向，给一些原本对科幻不感冒的女频读者进行了一次科普。甚至有读者追完《薄雾》再去看 3 个月后上映的好莱坞科幻大片《信条》，惊奇道："有《薄雾》打底我看《信条》看懂了60%（对，我还是好渣）。但是！就是有一种自己见过世面的成就感！"② 与好莱坞顶尖导演诺兰共享着相似的想象资源，一定程度上证明了中国新一代网络作者世界一流的幻想能力。

如何激活时空装置、掷出最初的时间锚？在科幻的叙事动力上，全球文艺作品不约而同地选择了回归"爱"的情感内核，在这方面《薄雾》因其"女性向"的本质而具有得天独厚的优势。事实上，微风几许的其他作品几乎都是都市恋爱"小甜饼"，创作题材和风格反差之大，令许多粉丝戏称为"魂穿型"作者，她在"爱"的叙事上自然驾轻就熟。

在《薄雾》的设定中，穿过层层叠叠的时空装置，唯一能与时间

---

① 作者在第 59 章、62 章的"作者有话要说"中都标明了"魔方"副本灵感来自《心慌方》。

② 引自微博账号 1kyne_forever2020 年 9 月 5 日微博。

抗衡的，是记忆。主角季雨时的"超忆症"——一种事无巨细、过目不忘的病，才是全文唯一的"金手指"。它意味着无论到了哪个时空，季雨时都永远不会忘记，永远能在人群中找出最特殊的那一位。

记忆，给了人们突破时空界限、永不走散的特权，这是爱的特权。在一切的开端，季雨时为了找到父亲死亡的真相踏上时空之旅。而故事的尾声，所有时空的身影重叠为一张记忆深处的背影，他终于认出，那是他苦苦寻觅 17 年的父亲——原来父亲从未真正离开，原来他一直都是被爱着的。

"时间辗转，唯有爱恒久不灭。"

多重"穿书"的社畜猜心游戏

——评七英俊《成何体统》

"你以为我在第一层，其实我在第五层。"

这是 2020 年的一个网络流行梗，源自电竞主播大司马的一次游戏直播。大司马在一通"菜鸡"操作后，向"只看到了第二层"的观众们说出了这句托词，用以掩饰自己的失误。此后这个梗流传开来，以高深莫测的口吻，把看似最简单的思路说成深思熟虑后的化繁为简，既自夸又自嘲，颇有戏谑效果。

而七英俊的《成何体统》却在字面意义上诠释了五层的世界：

宫斗文《东风夜放花千树》（以下简称《东风》），妖妃庾晚音碾死炮灰女谢永儿，跟心机王爷端王联手，除掉暴君夏侯澹，登基封后，是第一层；

穿书文《穿书之恶魔宠妃》，马春春穿进《东风》成了炮灰女，抢了妖妃的故事线，成功逆袭，是第二层；

《成何体统》的女主角王翠花，穿进《穿书之恶魔宠妃》成了妖妃，跟同是天涯穿书人的张三——他穿成了前两层的故事线里不得善终的暴君——结成联盟，努力存活下去，是第三层；

高于这 3 个文本世界，王翠花和张三原本属于的现实世界，是第四层；

在与原文本的"真命天子"端王的交锋中，王翠花惊恐地发现，这个角色竟然没有完全听信穿书者的预言，悄悄地改变了剧情，有可能他才是那个洞悉一切、从更高维度来的真正的"主角"——在这样的假设中，她和张三都像马春春一样，是自以为"真"的"纸片人"，而端王所属的那个世界才是真正的现实，这是第五层。

小说就在这样的层层嵌套中紧锣密鼓地高速推进着，引着读者追随主角陷入战战兢兢、如履薄冰的焦虑之中，头皮发麻地问出——我到底在第几层？

这样的解谜叙事，并非七英俊的首创，在近年流行的"剧本杀"游戏中，类似的嵌套结构和找出谁是"卧底"（在小说中表现为谁是"真人"）的玩法早有先例。难得的是，七英俊把自己已经玩出过另类花样的"群穿"类型（其另一部代表作《有药》即是一篇不走寻常路的"群穿文"）与"穿书"设定、多层套娃结构融合起来，凝练到极致，在短短十余章里呈现一场密集的烧脑轰炸。这一表现效果，有赖于其"大纲文"写作的高超技艺。

所谓"大纲文"，是指小说只写主要情节，略过具体细节描写，形如一部剧情大纲——从主角王翠花、张三这样任性的取名方式，足可窥见大纲的不修边幅。"大纲文"多见于微博等不以 VIP 付费阅读为盈利模式的平台，往往由一个脑洞生发而来，不重篇幅，只追求即时的惊喜和刺激，《成何体统》正是这样在微博连载的。① 于是，妨碍故事推进的所有细节全被省去，只剩榨干了水分的纯情节。如脱口秀般，小说一番接着一番地抛出包袱，把一重重的反转、一个个的爆梗砸向读者。唯有层出不穷的离奇和脑洞，才足以刺激到谙熟惯常套路、阈值被锻炼得越来越高的熟练读者。

当然，带来刺激的反转和爆笑，只是吸引读者进入文本的手段和外壳，要触动人心，还得靠故事的内核。在这个找真人、找真实、找真情的猜心游戏里，作者讲了三种故事，每一种都有摄人心魄的魅力。

对王翠花/庾晚音来说，这是一段社畜的艰难求生之旅。后宫如职场，端王和马春春/谢永儿是 BOSS 和他的辅助，对手深不可测，外

① 《成何体统》于 2020 年 8 月至 2021 年 6 月在微博连载，总字数约 30 万。其更新方式是把每一章内容制作成文字长图，依次转发发布，每一章更新均有数万点赞、数千评论。正文共 64 章，连载过程中始发章节累计吸引 16 万转发、32 万点赞，显示出作品超高的关注度、讨论度与 IP 潜力。完结当日即宣布启动动画改编，后签出实体书、漫画、广播剧版权。

挂人手一个。她像蝼蚁一样谨小慎微，却也像太阳一样积极乐观，总是拼尽全力，绝不轻言放弃。一旦确认了张三/夏侯澹是自己的同类、是可以并肩作战的同事，即使不能完全放心，她也会拉着他一路"苟"到最后。故事的结尾，她不甘二选一的困局，对"天道"发出挑战，秉持的也是职场社畜最朴素的逻辑：老天爷也要讲道理，既然让我干了活儿，就要给我好处，才算公平。

对张三/夏侯澹来说，这是一场"真人"抵抗"纸片人"同化的灵魂救赎。他比女主早了10年进入文本世界，在等待同类的漫长岁月里，少年的现代灵魂在暴君的躯壳中被一点点消磨殆尽，毫无办法地看着自己被原主的宿命蚕食吞噬。自己到底还有几分"真"几分"假"？那些只有"真"才会坚守、才配拥有的"善"，他还配得上吗？于是只好欺瞒，一个谎言接着另一个谎言，直到骗得女主爱上自己，不舍离开，只好重新夺回"真人"的灵魂，和女主一起重建一个太平盛世。他们起初只想"苟"着生存下去，后来竟也燃起了"不能把世界拱手让给恶人"的热血，看似中二，却是《成何体统》真正的价值底色。由于《穿书之恶魔宠妃》遵循的是抢夺胜利者故事线的炮灰逆袭经典套路，文本世界里的主要角色都遵循着以恶制恶的行为逻辑，真假之辨几乎可以等同于善恶之争。所以女主对"纸片人"的悲悯并非泛滥的圣母心，而是对人性最后的坚守，才能和视人命如草芥的"非人"反派划清界限。而在半真半假的马春春身上，"真人"与"纸片人"的辩证法更是发挥到了极致，当她跳出"纸片人"的逻辑想要去看看外面的大千世界，就拥有了真实的人性，也拥有了可以与主角们平等对话的灵魂。

对"鱼蛋"CP（读者对庾晚音/夏侯澹CP的昵称）来说，这是相互寻觅的恋爱故事。男主漂泊无依的灵魂找到了他唯一可以确认的"真实"，挽留、爱上女主是理所当然的自我救赎。而女主对男主的爱恋，却是经过了反复确认的。初次的惊觉，是发现自己对夏侯澹怀有真善美的期许，而"社畜是不会要求同事真善美的"——这种期许通常是对喜欢的人。女主开始清醒地审视自己的"恋爱脑"，分析其中有多少成分是战友间的"吊桥效应"。而后的试探，终于在一句"他矢口否认纸片人有灵魂，却相信一个纸片世界里有地狱"里得到了确认——不只满足于同类的安全感，价值和道德的认同才是更高的追求。至此，女主和文本世界达成了和解。即使世界是假的，但我们两个人是"真的"，那便不再孤独，那便无所畏惧。

五层世界，三种故事，编织成一段社畜的猜心游戏。然而真正的社畜读者们是不能奢求公平、善良、爱情的，小说圆了这个梦。女主与文本世界的和解，亦是读者与现实世界的和解。

如何建立一个西幻世界

——评羊羽子《如何建立一所大学》

　　《如何建立一所大学》作为一部新人新作，却能迅速吸引"老白"读者的目光，其不凡之处首先在于一个打破常规的开头。

　　小说由一篇案件报告开篇，报警记录和录音文档拼凑出一桩诡异的案件：男人在家中离奇惨死，嫌犯是被丈夫虐待致死、化作恶灵归来索命的妻子，结案时恶灵已被"执行员"清除，但这家9岁的小儿子至今下落不明。这篇报告不是写给主角看的——作者笔锋一转，主角徐平安在第一章的结尾发现了一个奇怪的男孩（的鬼魂），通过他与断头男孩查尔斯的对话，读者补全了儿子的视角，这才了解案件的完整真相。因而这篇报告是写给读者看的。小说从一开始就暗含一重游戏玩家式的阅读视角，"穿"成法师塞勒斯的主角徐平安只是带领大家走入这个西幻魔法世界的一位导览者或虚拟化身（avatar），他并不需要知晓全部真相，故事也不全围绕他展开，他是帮助读者把散乱的碎片串联成故事的那一根针线。

　　当塞勒斯宣称自己是一所魔法大学的校长，查尔斯回应"我想学"的那一刻，小说的另一重设定由此揭开：系统面板冒了出来，主角完成了自己在"建设魔法大学"系统中的第一个新手任务——招收第一位学生。

　　至此，小说的两条主线已然浮现。一是按照系统发布的任务建设一所大学，塞勒斯遇到的每一个人物都将是这所魔法大学的潜在学生、教工，每一桩事件都将为大学提升声望、积累人脉；任务完成到一定程度，系统会发放教学楼、图书馆、宿舍、天文台等建筑作为奖励，超额完成时甚至还有"抽奖"机会，奖池里有特殊建筑和道具……系统的存在以及魔法大学建设在"里世界"（与普通人生活的"表世界"对应）亚空间里的设定，将电子游戏的模拟经营、基建升级等玩法顺畅地引入小说叙事。二是带有恐怖色彩的悬疑冒险——悬疑和恐怖正是近年网文中最为流行的叙事要素，塞勒斯和他"倒霉"的学生们像柯南一样不断出现在凶案现场，随后协助调查。一幅幅令人寒毛倒竖的诡秘图景，预示着魔法世界已面临疯狂的侵染，种种蛛丝马迹都指向千年前陨落的繁荣女神正以邪神的面貌复生，师生们无可避免地被卷入其中。

除了这两条主线，小说还埋藏着一条隐线，即塞勒斯的身世之谜。徐平安"穿"过来时并未获得原主的记忆，随着故事的推进，3段记忆碎片被逐一寻回，给系统的存在提供了一个终极解释——千年前重伤的大法师决定沉睡，为了防止苏醒时灵魂无法承受而将记忆分为3份，并将年少时"建立一所大学"的理想设为系统，好让失忆的自己醒来后有点事做。这一设置让身怀系统的塞勒斯"降维"成西幻世界的"土著"，突显了主角以徐平安作为玩家、以塞勒斯作为虚拟化身的双重结构，鲜明地昭示了小说的游戏性。

随着《原神》等开放世界（Open World）游戏的流行，这类游戏的玩家经验开始在网络小说创作中被转化。乍一看，《如何建立一所大学》像是一部《哈利·波特》式的魔法西幻文，讲的是失忆的邓布利多如何率领师生们一边建设霍格沃茨，一边对抗黑魔王的故事，但小说真正的重心却放在了这个庞大的西幻世界的呈现上，因此叙事节奏极为舒缓。塞勒斯像开放世界游戏的玩家般，碰到 NPC 就顺手完成一下系统任务，遇到案件副本就开启一段解谜冒险，其他时候则只是漫无目的地在地图上闲逛，跟其他角色进行互动。"系统—副本"的叙事结构也被比喻为"串珠"，这部小说的珠链十分松散，到处都是空隙，由大量与主线无关的日常和细节填充。这种填充不是在故事的空白处塞入细节，而像是那个流光溢彩的幻想世界主动撑破了故事的网，从缝隙里透出光来，让读者的目光不得不从故事中抽离，为壮美的路边风景驻足。

带有克苏鲁风格的恐怖悬疑，给这个西幻世界套上了一层冷调的滤镜，但小说中间更夹杂着亮色的校园生活日常。每个看似不起眼的角色背后都有一段传奇——比起人物群像，或许更应该将它们读作NPC 的背景故事介绍。学生里勤奋的蒂芙尼、倒霉的加西亚、被宿命诅咒的威尔、不会数学的小马驹梦魇；老师中傲娇的白塔首席、带着骷髅助教的死灵法师、意外闯入魔法世界的"麻瓜"心理辅导员……追踪每个 NPC，又会邂逅一段新故事。读者就像是跟随主角这个游戏主播选择性地参观、游览这个世界，认识这些 NPC 人物。

一些为读者诟病的"故事干瘪贫瘠""像大纲文"的缺点，正是因为小说重在叙"世"而非叙"事"。于是连食堂在节日里新增了什么新菜色、师生们为此进行的准备，都可以写一整章；一些重要情节反而未被详细展开，如邪神组织的具体计划、塞勒斯千年前的回忆、他与黑猫和巨龙的往事等，诸多未被打开的伏笔让这个世界愈发像一个无边建模的游戏，静候旅人的探寻。因而这也是一部十分适合同人创作的作品，其为数不多的长评中就有同人的身影。这里的时空维度跨越千年，每一处风物、每一种魔法与信仰背后都有一段堪称童话或史诗的背景故事；每章末尾附上的彩蛋般的"魔法小贴士"，将故事的碎片铸成了历史化、民族志化的文体，昭示着作者创造一个充满缤纷细节的西幻世界的野心。在这部作品中，情节退居其次，系统、悬疑、恐怖都是吸引读者走入、探索、演绎这个开放世界的诱饵。

而阅读这样一部小说的风险在于：由于缺乏情节驱动力，读者很容易被路过的风景吸引到任意一条小路上，去翻动几颗熠熠生辉的石子；代价却是当他赶到"主线"时，只能观赏诸神混战后留下的一地废墟，与"宏大叙事"擦肩而过。作为真正的导游，作者十分任性地保留了这份遗憾，将最终 BOSS 繁荣女神的复生与再次陨落以寥寥数笔轻飘飘地带过，徒留猝不及防的读者站在传奇发生后的遗迹中怅然遐想。

不过，这个世界的冒险尚未终结，作者的下一部作品《明彻斯往事》将继续拓展着时空的边界。只要旅人步履不停，故事就会一直流淌。